*Susan Andersen*

# Wer nicht hören will, muss küssen

Roman

Aus dem Amerikanischen von
Tess Martin

W0339073

MIRA® TASCHENBUCH
Band 25845
1. Auflage: Juli 2015

MIRA® TASCHENBÜCHER
erscheinen in der HarperCollins Germany GmbH,
Valentinskamp 24, 20354 Hamburg
Geschäftsführer: Thomas Beckmann



Titel der nordamerikanischen Originalausgabe:
No Strings Attached

erschienen bei: HQN Books, Toronto

Published by arrangement with
Harlequin Enterprises II B.V./S.àr.l

Für die Leseprobe:
Titel der nordamerikanischen Originalausgabe: I Want It That Way

Erschienen bei HQN Books, Toronto
Aus dem Amerikansichen von Alexandra Hinrichsen und Ivonne Senn

Konzeption/Reihengestaltung: fredebold&partner GmbH, Köln
Umschlaggestaltung: pecher und soiron, Köln
Redaktion: Daniela Peter
Titelabbildung: Thinkstock/Getty Images, München
Autorenfoto: © Harlequin Enterprises S.A., Schweiz
Satz: GGP Media GmbH, Pößneck
Druck und Bindearbeiten: CPI books GmbH, Leck – Germany
Printed in Germany
Dieses Buch wurde auf FSC®-zertifiziertem Papier gedruckt.
ISBN 978-3-95649-191-7

www.mira-taschenbuch.de

mtb

*Umwelthinweis:*
Dieses Buch wurde auf chlor- und säurefreiem Papier gedruckt.

*Dieses Buch ist allen Mädchen mit Brille gewidmet –
und allen Lesern, die sich die Zeit nehmen, Rezensionen zu
schreiben, damit ich weiß, wie ihnen meine Bücher gefallen.
Vielen Dank!*

# PROLOG

*Vor sieben Jahren. Andros Island, Bahamas*

Eine feuchtheiße, nach einer undefinierbaren exotischen Blume duftende Meeresbrise wehte durchs offene Fenster der Hütte herein, gerade als Tasha Riordan auf Diegos Brust sank.

Ihre Nase lag an der feuchten Rundung, an der sein Hals in die muskulösen Schultern überging, und als sie geräuschlos seinen salzigen, leicht würzigen Duft einatmete, ging ihr auf, dass sie ihn während der ungefähr dreißig Stunden, die sie sich jetzt kannten, nicht mal nach seinem Nachnamen gefragt hatte.

Sie wartete darauf, dass der donnernde Reggae-Takt ihres Herzens nachließ, wollte sich jedoch nicht zu genau mit der Erst-gestern-kennengelernt-Sache auseinandersetzen.

Okay, man könnte meinen, sie würde den Moment zum In-sich-Gehen begrüßen – angesichts der Tatsache, dass sie einen Großteil ihres Lebens damit verbracht hatte, den Kopf hochzuhalten, um das Ansehen ihrer Mutter wiederherzustellen. Schließlich war es etwas ziemlich Ungewöhnliches für sie, mit einem praktisch Fremden ins Bett zu steigen.

Etwas wirklich sehr Ungewöhnliches. Unfassbar ungewöhnlich. Und sie sollte deshalb zumindest etwas beunruhigt sein, oder?

Schwielige Fingerspitzen strichen ihr nacktes Rückgrat entlang, entfachten neues Leben in ihren Nerven, die eigentlich zu kalter, toter Asche verbrannt sein müssten.

„Alles in Ordnung, *cariño*?“, fragte Diego.

Seine Stimme wirkte wie eine laute Vibration an ihrem Ohr, das sie an seine Kehle gepresst hatte.

Mir nichts, dir nichts schmolz ihr halbherziger Versuch dahin, sich in Selbstvorwürfen zu ergehen, und sie verzog die Lippen zu einem kleinen Lächeln. Sie wusste nicht, woran genau es lag, aber eins war sicher: Von diesem Typen ging unbestreitbar eine Magie aus. Und zwar in höchstem Maße. Schon von der ersten Sekunde an, als sie ihm am Morgen zuvor am Strand begegnet war, hatte er sie vollkommen umgehauen.

Und das wollte was heißen. Zu Hause in Razor Bay war sie eher dafür bekannt, mit beiden Beinen fest auf dem Boden zu stehen. Immer.

„Ja, klar", murmelte sie und behielt ihre Gedanken für sich.

Für ihn war dies vermutlich nichts Besonderes. Er hatte sie weiß Gott Dinge fühlen lassen, von denen sie bisher nicht einmal etwas geahnt hatte, und sie konnte nur vermuten, wie viele Frauen ihm ihren Zimmerschlüssel zuwarfen. Auf die Tatsache, dass sie sich erst jetzt von ihm hatte verführen lassen, durfte sie wirklich stolz sein, hätte sie sich ihm doch am liebsten schon in der ersten Minute in die Arme geworfen.

Bei dem Orgasmus, den er ihr beschert hatte, wäre das eine gute Idee gewesen. Es war der unglaublichste, phänomenalste Orgasmus ihres Lebens gewesen.

Sie unterdrückte ein leises Schnauben. *Als ob du so viele Vergleiche ziehen könntest.* Dann verwarf sie den Gedanken als unwichtig. Ja, ja, sie hatte in ihren zweiundzwanzig Jahren nicht gerade eine Fülle von nicht selbst verursachten Höhepunkten erlebt. Aber sie war keine Jungfrau mehr, und deswegen konnte sie durchaus behaupten, noch nie etwas empfunden zu haben, das dem hier auch nur nahekam. „Wie geht es dir?", fragte sie leise.

Er blieb so still, dass sie schon glaubte, er hätte aufgehört zu atmen, und sie stellte fest, dass sie vor Schreck keine Luft bekam. Während die Sekunden verstrichen, löste ihr Glücksgefühl sich in nichts auf. Oh Gott, dachte sie, natürlich hast du ihn nicht so vom Hocker gehauen wie er dich. Man brauchte Diego doch nur anzusehen, um zu erkennen, dass er viel erfahrener war als sie. Sie beide trennten Galaxien.

Seine Hände an ihrem Rücken umfassten sie fester, und er sagte mit tiefer, heiserer Stimme: „Du willst wissen, wie es mir geht?“ Er stieß den Atem aus. „Das war so großartig, dass es schon nicht mehr lustig ist.“

„Ach was.“ Tasha lachte ungläubig und stützte sich auf, um ihn anzusehen. Sie machte sich keine Illusionen über sich. Sie war groß und dünn und hatte anständige Brüste, allerdings Hüften und Hintern wie ein zwölfjähriger Junge. Sie wusste, dass Männer sie attraktiv fanden, dass sie aber auf keinen Fall in derselben Liga spielte wie dieser Typ.

Die Masse ihrer rotblonden Locken kräuselte sich noch verrückter und beängstigender als sonst, da es vor einer Weile heftig geregnet hatte – von Diegos fordernden Händen und Fingern, mit denen er sie zerzaust hatte, ganz zu schweigen. Dort, wo das Haar ihr über die Schultern fiel, vermischte es sich mit seinen geschmeidigeren schwarzen Locken. Sie betrachtete ihre Hände, die auf seiner behaarten dunklen Brust lagen. Nach neun Tagen in den Tropen war ihre Haut gebräunter als jemals zuvor. Leider hieß das lediglich, dass ihre Farbe nicht wie sonst an Magermilch erinnerte, sondern an zu kurz getoastetes Brot.

Diego strich ihr das Haar aus dem Gesicht und nahm es zu einem dicken Pferdeschwanz zusammen. Er sah ihr in die Augen, und vielleicht zum ersten Mal, seit er auf sie zugeschlendert war und sich ihr vorgestellt hatte, sah sie in seinen Augen kein Lachen.

„Doch“, sagte er. „Das war wirklich der Wahnsinn.“ Er zuckte mit seinen breiten Schultern. „Das habe ich nicht kommen sehen.“

Wahrscheinlich war das nur einer seiner Sprüche, aber ein sehr guter. Jedenfalls funktionierte er bei ihr – ihr Herz wurde so klebrig weich wie Trüffelschokolade in einer heißen Tropennacht.

Diego starrte zu ihr hinauf. „Ich liebe deinen Mund."

Seine Stimme war rau, seine dunklen Augen funkelten heißblütig, und Tashas Herz begann wieder heftig zu schlagen, als er seine Sixpackmuskeln anspannte, um sie zu küssen. Doch bevor er das tun konnte, klingelte sein Handy.

Fluchend sah er zum Nachttisch. Dann fluchte er erneut.

„Tut mir leid", sagte er. „Da muss ich rangehen." Sanft hob er sie von sich und legte sie in die Mitte der Matratze. Anschließend stand er mit einer geschmeidigen, fließenden Bewegung auf, nahm das Handy vom Nachttisch und drückte auf den grünen Knopf. „Yeah", sagte er. „Das sollte besser wichtig sein."

Während Tasha ihn betrachtete, fiel ihr auf, dass er mit einem Mal überhaupt nicht mehr charmant aussah, sondern gefährlich. Groß, dunkel und unbefangen in seiner Nacktheit, die Augen hart und der Mund grimmig. Sie zog die Bettdecke bis zum Kinn hinauf und sah auf die Uhr.

*Oh Gott.* Wenn sie den letzten Flug nach Nassau noch erwischen wollte, musste sie sich so langsam mal anziehen.

In die Decke gewickelt, stieg sie aus dem Bett. Auf einmal kam ihr ihre Idee, Diego spontan auf die Insel Andros zu begleiten, nicht mehr wagemutig und aufregend vor, sondern vielmehr unbesonnen und idiotisch. Sie begann, ihre auf dem Boden verstreute Kleidung einzusammeln.

Schnell schlüpfte sie in ihre Unterwäsche, zog das Sommerkleid über und durchwühlte ihre Tasche nach etwas, womit sie sich die Haare hochstecken konnte. Da schlangen sich warme, harte Arme um ihre Hüfte, und sie wurde an eine noch härtere Brust gezogen.

„Hey.“ Diego beugte sich herunter, um in ihr Ohr zu flüstern. Inzwischen hatte er seine Shorts und das Muskelshirt übergezogen, das er ursprünglich getragen hatte. „Was machst du denn da?“

Es fiel ihr nicht leicht zu denken, umgeben von seiner Hitze und seinem Geruch und diesen Gefühlen. Sie räusperte sich. „Mein Flugzeug geht in eineinhalb Stunden. Ich muss zum Flughafen.“

„Bleib noch eine Nacht bei mir. Ich habe zwar eigentlich Urlaub, mein Chef hat mich jedoch aufgespürt, und jetzt muss ich kurz weg, um mit ihm zu sprechen. Aber das dauert höchstens eine Stunde, dann haben wir noch den Rest der Nacht.“

„Oh.“ Sehr verlockend, sie wollte schon einwilligen, doch ihr üblicher Pragmatismus meldete sich zu Wort. Sie zog ihr E-Ticket aus der Tasche und wedelte damit vor seinem Gesicht herum. „Ich glaube nicht. Ich habe eine Reservierung.“

Diego küsste sie seitlich auf den Hals. „Ich würde wirklich, wirklich gern den Rest der Nacht mit dir verbringen“, murmelte er mit dieser leisen, dunklen Stimme. „Und ich verspreche, dass ich dich morgen nach Nassau zurückbringe, auch wenn ich ein Wasserflugzeug chartern muss.“

Er strich mit seinen Lippen über die empfindliche Kuhle hinter ihrem Ohr, und beides, sowohl ihre Reservierung als auch ihr Verstand, löste sich in nichts auf. „Also, das wäre eventuell in Ordnung.“

„Das wollte ich hören.“

Er drehte sie zu sich um, um ihr ins Gesicht zu sehen, dann küsste er sie lange und leidenschaftlich. Sie ließ ihre Handtasche fallen, und als sie das nächste Mal in der Lage war, zwei halbwegs funktionierende Gehirnzellen miteinander zu verbinden, lag sie flach auf dem Rücken und Diego richtete sich gerade etwas auf.

„Tut mir leid“, sagte er. „Ich lasse uns beide wirklich nicht gern dermaßen hängen, aber mein Chef ist ein ungeduldiger Mistkerl, und ich bin in …“, er sah auf seine Uhr, „… Scheiße, in drei Minuten mit ihm verabredet.“ Er beugte sich herab, drückte ihr schnell einen harten Kuss auf die Lippen und stand auf. „Ich komme, so bald es geht, zurück, okay?“

Sie nickte, und er stöhnte auf. „Ich werde sie nicht noch mal küssen, ich werde sie nicht küssen“, murmelte er vor sich hin, während er die Hütte verließ.

Kaum hatte sie sich aus dem Bett gekämpft, etwas frischen Lippenstift aufgelegt und ein paar Clips für ihre Haare gefunden, da wurde an die Tür der kleinen Hütte geklopft. Grinsend wirbelte Tasha herum und rannte barfuß hinüber. „Hah! Du hast den Schlüssel vergessen, oder?“

Es war jedoch nicht Diego. Auf der Veranda standen mehrere dunkelhäutige Männer, sie trugen die hellblauen Uniformhemden und die schwarzen Baskenmützen der Royal Bahamian Police. Wortlos drängten sie sich an ihr vorbei in die Hütte. Keiner von ihnen schenkte ihr das sonst übliche freundliche Lächeln, an das sie sich seit ihrer Ankunft auf der Insel gewöhnt hatte. Diese Männer in kugelsicheren Westen blickten im Gegenteil sehr grimmig drein.

„Was ist los?“, fragte sie, nur um sich kurz darauf auf einem Stuhl in einer Ecke wiederzufinden, von dem aus sie gerade mal die roten Streifen an den Hosenbeinen des Polizisten sehen konnte, der ihr die Sicht auf das Geschehen versperrte.

Sie hörte, wie die Matratze vom Bett gezerrt und Schubladen aufgerissen wurden. Auf einmal trat der Polizist zurück, und ein älterer Mann in Kakihose nahm seinen Platz ein, eine Hand hielt er hinter dem Rücken, die andere hing locker an der Seite herab. Unter diesen Arm hatte er einen schwarzen

Hut mit einem roten Band und einer weißen Kordel geklemmt.

„Ich bin Inspektor Rolle von der DEU", sagte er mit tiefer, melodiöser Stimme.

„DEU?", fragte sie quiekend. „Was ist das?"

„Drug Enforcement Unit. Ihr Name bitte?"

„Tasha." Sie schluckte. Was zum Teufel ging hier vor sich? Das hatte doch nichts mit Diego zu tun … oder? „Tasha Riordan."

„Wo ist Ihr Komplize, Ms Riordan?"

Ihre Panik nahm zu. Oh Gott, oh Gott, das war überhaupt nicht gut. „Komplize wofür? Ich habe keinen Komplizen!"

„Ist das Ihre Hütte?"

„Nein. Nein, ich bin nur Gast."

„Gast von wem?", fragte er streng.

„Diego …" Sie brach ab, und der ernst blickende Inspektor hob eine buschige Augenbraue. „Ehrlich gesagt kenne ich seinen Nachnamen nicht", stammelte sie. „Ich weiß, das klingt irgendwie …" Endlich setzte ihr Verstand ein. „Der Name müsste auf der Anmeldung stehen. Fragen Sie doch den Mann an der Rezeption."

Inspektor Rolle deutete auf einen Polizisten, der daraufhin aus der Hütte eilte. Sie warteten in nervenzerfetzendem Schweigen auf seine Rückkehr. Diego musste etwas Furchtbares, etwas Kriminelles … etwas Unverzeihliches getan haben. Dann hatte er sich aus dem Staub gemacht – unbehelligt – und überließ es nun ihr, die Sache auszubaden.

Als der Polizist zurückkam, steuerte er direkt auf den Inspektor zu, flüsterte ihm etwas ins Ohr und zog sich in diskretem Abstand zurück. Der Inspektor sah sie an.

„Der Mann an der Rezeption sagt, dass für die Hütte bar bezahlt worden ist. Er hat Sie ziemlich akkurat beschrieben, Ms Riordan, kann sich aber an keinen Diego erinnern."

„*Nein!* Das ist nicht wahr. Ich bin ja nicht einmal mit Diego zur Rezeption gegangen. Ich habe draußen gewartet, während er eingecheckt hat. Nehmen Sie Fingerabdrücke oder so was! Ich war nicht mal in der Nähe der Rezeption."

Er musterte sie einen Moment, bevor er mit den Schultern zuckte. „Das könnte sich als wahr herausstellen …"

„Es *ist* wahr!"

„Doch was wir hier haben …"

Er zog den Arm hinter seinem Rücken hervor und ließ einen großen Beutel mit Zippverschluss auf den Tisch neben ihr plumpsen. Er war gefüllt mit etwas, das wie Puderzucker aussah, aber höchstwahrscheinlich keiner war.

„… ist ein Kilo Heroin – und Sie. Keinen geheimnisvollen Mann namens Diego. Nur Sie. Also, Tasha Riordan, Sie sind wegen des Verdachts auf Drogenhandel festgenommen."

# *1. KAPITEL*

*Gegenwart*

„Mist“, flüsterte Tasha, während sie hinter den anderen Autos in Max’ Auffahrt parkte. Sie kam später als zu spät.

Überrascht dich das etwa, wollte ihr innerer Klugscheißer wissen.

Nun, natürlich nicht.

Die Männer umringten nicht wie sonst den Grill auf der Veranda, um sich gegenseitig mit ihren Grillkünsten zu übertreffen, und im Garten würden sie auch nicht sein, denn es hatte den ganzen Tag immer wieder geregnet. Das konnte nur bedeuten, dass alle längst beim Essen waren, oder noch schlimmer, dass bereits aufgeräumt wurde.

Sie stieg aus dem Wagen und öffnete den Kofferraum, um ihre Mitbringsel für die Abschiedsparty von Harpers Mutter herauszuwuchten. Verdammt, sie hatte nicht nur vorgehabt, nicht zu spät zu kommen, sondern sogar rechtzeitig genug, um bei den Vorbereitungen zu helfen. Da hatte sie allerdings nicht ahnen können, dass der Koch, den sie für ihre Pizzeria angeheuert hatte, ein Trinker war. Und zwar einer, der auch bei der Arbeit trank.

Ironie des Schicksals. Sie hatte geglaubt, die ganze Sache besonders gut durchdacht zu haben. Jetzt, nach dem Labor Day, wo die meisten Touristen abgereist waren, wollte sie einen Koch beschäftigen, um selbst nur noch Teilzeit arbeiten zu müssen. Natürlich hätte sie vor allem im Sommer Hilfe brauchen können, aber da hatte sie viel zu sehr unter Druck gestanden, um sich darum zu kümmern. Nun wäre es ihr möglich gewesen, den neuen Koch in aller Ruhe einzuarbeiten – damit er sie später, beim nächsten Touristenansturm, entlastete.

Sie schnaubte. Theoretisch war das eine kluge, vorausschauende Idee gewesen, eine, die es ihr ermöglichen würde, mal ein paar Tage freizumachen, und vielleicht auch mal wieder so etwas wie ein Privatleben zu haben. Und wer weiß, wenn sie sich erst einmal an den Luxus eines gelegentlichen freien Tages gewöhnt hätte, wäre sie womöglich sogar so weit gegangen, sich einen richtigen Urlaub zu gönnen.

Okay, allein bei dem Gedanken begann ihr Herz wild zu schlagen, und ein Geschmack, der an Kupfer erinnerte, machte sich in ihrem Mund breit. Aber war es nicht höchste Zeit, dass sie endlich darüber hinwegkam?

Wobei diese Frage im Moment rein rhetorischer Natur war. Ihr neuer Koch, der beim Vorstellungsgespräch umwerfend gewesen war, war höchstwahrscheinlich schon betrunken zur Arbeit erschienen. Auf jeden Fall war er voll wie eine Haubitze gewesen, als sie seinen traurigen Hintern aus dem Bella T's geworfen hatte. Zu allem Überfluss hatte er sich an ihrem Hauswein bedient, was das Ganze noch schlimmer machte.

Was ihr jedoch den Rest gegeben hatte, war die Tatsache, dass er auch noch versucht hatte, Jeremy den Weindiebstahl in die Schuhe zu schieben, dem Jungen aus Cedar Village, den sie erst in der vergangenen Woche angeheuert hatte. Das Village war eine Einrichtung außerhalb der Stadt, in der man Jungen mit gewissen Schwierigkeiten half, ihr Leben wieder auf die Reihe zu bringen. Und genau das war es, was Jeremy tat. Da brauchte er nun wirklich keinen Vollidioten, der ihm einen Diebstahl unterschob.

Sie stieg die Treppe hinauf, blieb vor der Tür stehen und stellte die Tüten ab. Dann wischte sie, so gut es ging, ein paar

Flusen von ihren Shorts und suchte in ihrer Handtasche nach dem Lippenstift.

Eins der ersten Dinge, die ihr an Harper aufgefallen waren: Egal zu welcher Gelegenheit, die Frau war immer perfekt gekleidet. Offensichtlich hatte sie diese Angewohnheit und den irren Stil von ihrer mondänen Mutter übernommen.

Sie selbst hingegen war nur schnell aus dem Restaurant nach oben in ihre Wohnung gerannt, nachdem sie den betrunkenen Koch aus dem Bella T's geworfen hatte, und hatte sich das gegriffen, was ihr zuerst in die Finger gekommen war. Fusselige schwarze Shorts und – schon besser – ein hübsches Tanktop in einem tiefen Blau, das ihre eigentlich eher grauen Augen blauer wirken ließ. Nachdem sie sich eine Jacke und die Tüte mit den Lebensmitteln für die Party geschnappt hatte, war sie losgejagt.

Ohne einen Hauch von Make-up, von der Wimperntusche einmal abgesehen, die sie morgens aufgetragen hatte, damit die Leute sahen, dass sie tatsächlich so etwas wie Wimpern hatte – obwohl man das Gegenteil vermuten könnte, so blass, wie sie waren.

Sie tupfte ein wenig Lippenstift auf, klopfte an die Tür und trat ein. „Hey", rief sie über das Gelächter und die lauten Stimmen hinweg, die aus Max' noch nicht ganz fertiger Küche drangen. „Tut mir leid, dass ich so spät komme. Aber ich habe ein paar Flaschen Rotwein zur Wiedergutmachung dabei und hausgemachte Guacamole und jede Menge Gemüse."

Sie spazierte in den Raum mit dem langen Tisch und entdeckte als Erstes ihre beste Freundin Jenny, die neben Jake saß. „Hey, Süße", sagte sie, anschließend begrüßte sie die Damoths und Mary-Margaret, Leiterin des Villages, die Gastgeber Max und Harper und Harpers Mom.

Als ihr Blick dann dem eines Mannes mit kantigen Gesichtszügen aus dessen samtig dunklen Augen begegnete, blieb sie wie angewurzelt stehen. Bilder eines jüngeren Gesichts tauchten in Lichtgeschwindigkeit aus ihrem Gedächtnis auf, während die Hitze unvergessener Küsse und Liebkosungen durch ihre Venen jagte. Sie musste blinzeln, so sicher war sie, sich zu irren.

Aber nein. Guter Gott. Es war nicht möglich, es *durfte* nicht möglich sein, doch es war tatsächlich Diego ohne Nachnamen, der verdammte Mistkerl, der sie auf den Bahamas in den Knast gebracht hatte, als sie noch deutlich jünger und dümmer gewesen war – oder zumindest naiver –, der letzte Mensch auf Erden, den sie jemals wiedersehen wollte. Und doch saß er dort an Max' und Harpers Tisch, schwarzes Haar, schwarze Augen, dunkle Bartstoppeln, muskulös, lebendig und überlebensgroß.

In ihrem Hirn begann es zu knistern wie bei einem Radio, dessen Sender nicht richtig eingestellt war, ihre Hand wurde taub. Die Tüte mit Wein und Gemüse fiel auf den Boden und kippte zur Seite.

Sie bemerkte kaum, dass sich der Inhalt in alle Richtungen verteilte.

*Heilige Scheiße.* Alles um ihn herum schien sich auf einmal in Zeitlupe zu bewegen. Luc Bradshaw erhob sich halb von seinem Stuhl, genauso wie alle anderen am Tisch. Sie riefen durcheinander und veranstalteten einen Riesentumult, um der langbeinigen Frau zu helfen, die sich gerade bückte, um die Weinflaschen und Plastikbehälter vom Boden aufzusammeln.

Er hörte nur gedämpftes weißes Rauschen, starrte auf ihren gesenkten Kopf und rieb sich unwillkürlich über die Brust, wobei er sich fragte, wann genau aus der Luft im Raum so was wie Wackelpudding geworden war.

Himmel. Das war Tasha.

Als ob er das nicht schon in der Sekunde kapiert hätte, als sie ins Zimmer gestürmt war. Wie oft in dieser Woche hatte Jenny, die Verlobte seines Halbbruders Jake, wohl ihre beste Freundin Tasha erwähnt? Jedes Mal, wenn er den Namen gehört hatte, hatte sich sein verdammtes Herz etwas zusammengezogen, obwohl ihm klar gewesen war, dass Jenny unmöglich über die Tasha sprechen konnte, die er einmal gekannt hatte. Erst vor vielleicht zwei Stunden war er endlich an dem Punkt angekommen, an dem die Erwähnung dieses Namens nicht mehr sofort eine derartige Kettenreaktion in seiner Brust ausgelöst hatte. Somit konnte man es ihm wohl nicht verdenken, dass er eine Sekunde lang wirklich gedacht hatte, er würde sich das Ganze nur einbilden, denn wie wahrscheinlich war so etwas?

Nun, verdammt wahrscheinlich, wie sich herausstellte. Diese Tasha war tatsächlich seine Tasha. Es hatte viele Frauen in der Vergangenheit gegeben, bei denen er zufrieden war, dass sie spurlos aus seinem Leben verschwunden waren – diese hatte nie dazugehört.

Er beobachtete, wie sie auf den Fersen hockte und sich ein wenig streckte, um eine der wegrollenden Flaschen aufzuheben, und sah, wie das blaue Oberteil unter dem kurzen Jäckchen aus ihrem Hosenbund rutschte und einen Streifen blasse, seidige Haut entblößte. Dann betrachtete er sie eingehend von Kopf bis Fuß. Einen Moment lang konzentrierte er sich auf ihren runden Hintern. Sie war … fraulicher als das blutjunge Mädchen, an das er sich erinnerte.

Er unterdrückte ein Schnauben. Tja, keine große Überraschung. Es war sieben Jahre her. Also schön, sie war inzwischen kurviger, hatte aber noch immer keine Hüften, und selbst mit größter Fantasie könnte man sie nicht als üppig bezeichnen.

Auch ihre zügellosen Locken waren anders. Sie sahen jetzt glänzender und gezähmter aus als damals. Ihre blassen blaugrauen Augen und der Mund mit der etwas volleren Oberlippe dagegen hatten sich kein bisschen verändert.

Zum Teufel mit den kleinen Unterschieden. Sie hätte einen Schnurrbart haben können, ein haariges Muttermal und zwanzig Kilo mehr auf den Rippen, er hätte sie trotzdem erkannt. Es bestand nicht der geringste Zweifel, dass es sich bei ihr um das Mädchen handelte, mit dem er zwei Tage und eine unvergessliche Nacht auf den Bahamas verbracht hatte.

„Tash!“, sagte Jenny und hockte sich neben ihre rotblonde Freundin, und auf einmal stimmten Geschwindigkeit und Lautstärke des Kinofilms wieder. „Geht’s dir gut?“

Erdbeerblond. So nannten die Leute diese blasse rotgoldene Haarfarbe, wie er herausgefunden hatte. Er spürte, wie sein Gesicht sich zu einem strahlenden Lächeln verzog. Das allerdings abrupt erstarb, als Tasha den Blick hob und ihn ansah. Es war, als würde ein Feuerball direkt auf seinen Kopf zurasen, und er duckte sich ein wenig und sank auf seinen Stuhl zurück. Diese Augen, dieser Ausdruck.

Wenn Blicke töten könnten, wäre er jetzt bereits in winzige mundgerechte Bissen zerstückelt. *Wieso, verdammt?*

Sie sah Jenny an, aber anscheinend nicht mit demselben Furcht einflößenden Starren, denn Jenny duckte sich nicht so wie er.

„Nein“, beantwortete Tasha Jennys Frage, ob es ihr gut gehe, während sie der kleinen braunhaarigen Frau erst eine, dann eine weitere Weinflasche reichte.

Den Rest hatte sie offenbar schon eingesammelt, weil sie jetzt aufstand und Gina die Tüte in die Hand drückte. Gina war eine elegante, etwas dunklere Version ihrer Tochter Harper, die wiederum die Freundin seines Halbbruders Max war.

Herrje. Bei diesen ganzen Verbindungen drehte sich ihm der Kopf.

„Tut mir leid“, sagte Tasha, als die ältere Frau die Tasche in Empfang nahm. „Ich finde es furchtbar, dass du zurück nach Winston-Salem gehst und dass ich auch noch deine Abschiedsfeier verpasse, doch mir geht es nicht besonders.“

„Ja, du siehst recht blass aus, Liebes“, stimmte Gina ihr zu. Sie strich Tasha beruhigend über den Arm. „Geh nach Hause und leg dich hin. Mit etwas Glück kannst du den Bazillus, oder was immer du dir eingefangen hast, einfach wegschlafen.“

„Eine Erkältung ist es sicher nicht, aber Bazille scheint mir das passende Wort zu sein.“

Tasha warf ihm einen weiteren pfeilschnellen bösen Blick zu und fuhr dann grimmig fort: „Es fühlt sich an, als ob eine haarige, eklige Spinne meinen Rücken hinaufkrabbelt. So schrecklich habe ich mich seit Jahren nicht mehr gefühlt, am liebsten würde ich dem Scheißkerl direkt zwischen seine fiesen Knopfaugen schießen.“

Jenny, die gerade die Weinflaschen auf dem Tisch abstellte, warf ihm nachdenklich einen Blick zu, dann wandte sie sich an Tasha: „Armes Baby. Soll ich dich nach Hause fahren? Jake kann dir morgen früh deinen Wagen vorbeibringen.“

Luc sah einen Ausdruck über Tashas Gesicht huschen, der wie Panik aussah, oder vielleicht bildete er sich das auch nur ein, denn als er geblinzelt hatte, wirkte sie wieder vollkommen ruhig.

Tasha tätschelte Jennys Hand. „Nein, ich kann selbst fahren. Ich bin einfach nur fix und fertig nach der Schufterei der letzten Wochen, und jetzt hat es mich erwischt. Ich muss dringend schlafen.“

„Nur gut, dass du inzwischen jemanden hast, der dir hilft“, sagte Jenny.

Tasha lachte rau auf. „Ach ja, was das betrifft … Wie sich herausgestellt hat, wird nichts daraus.“

Mit einem Mal schien sie vollkommen erschöpft zu sein. Sie strich sich mit ihren schlanken, blassen Fingern durchs Haar.

„Das erzähle ich dir morgen“, sagte sie und betrachtete die anderen Gäste am Tisch.

Nun, alle außer ihn. Nach den tödlichen Blicken hatte sie offenbar beschlossen, überhaupt nicht mehr in seine Richtung zu sehen.

„Entschuldigt das Drama“, sagte sie, dann richtete sie ihre Aufmerksamkeit auf Gina und schenkte ihr dieses süße, großzügige Lächeln, das seit sieben langen Jahren in sein Hirn eingebrannt war. „Gute Heimreise“, sagte sie und umarmte Harpers Mutter. Als sie sich wieder aufrichtete, sah sie Gina mit warmer Zuneigung an. „Es war einfach toll, dich kennenzulernen. Ich hoffe wirklich, dass du bald wiederkommst.“

„Oh, das habe ich vor, Darling“, sagte Gina. „Meine Lieblingstochter lebt schließlich jetzt hier.“

„Ähm, Mom?“, meinte Harper trocken. „Ich bin deine einzige Tochter.“

Gina umarmte sie. „Aber du bist auch immer noch mein einzigartiges kleines Mädchen.“

Harpers olivgrüne Iris verschwand fast vollständig unter ihren fransigen Wimpern, so sehr grinste sie. „Das ist wahr.“

Tasha wechselte einige freundliche Worte mit den Gästen, dann, von einem Augenblick auf den anderen, verabschiedete sie sich, spazierte aus der Küche und war weg.

Luc stand auf. „Ist es okay, wenn ich mir noch ein Bier nehme?“, fragte er Max.

„Bedien dich“, antwortete sein Halbbruder im selben Moment, als Harper schon aufstehen wollte.

„Warte, ich hole dir eins“, sagte sie.

*Nein,* knurrte er in Gedanken, doch er hatte nicht umsonst über ein Jahrzehnt als Undercover-Agent für die DEA gearbeitet. Also warf er ihr sein charmantestes Lächeln zu, das nach jahrelanger Übung zu seiner zweiten Natur geworden war, und sagte bloß: „Bitte, Harper, du brauchst mich wirklich nicht zu bedienen."

„Yeah, Harper", meinte Jake. „Er gehört zur Familie. Das bedeutet, dass er auch das Geschirr spülen kann."

„Zumindest kann ich mir selbst etwas zu trinken holen. Möchte sonst noch jemand was?"

Niemand meldete sich, und er schlenderte gemächlich aus dem Raum und steuerte dann mit wenigen großen Schritten auf die Hintertür zu. Dort angekommen ging er leise hinaus und sah, wie Tasha gerade auf die angebaute Garage zuging, offenbar, um eine Abkürzung zur Auffahrt vor dem Haus zu nehmen. Wolken von der Farbe eines älteren Blutergusses hingen tief am Himmel, aber wenigstens war es im Augenblick trocken. Ohne die Treppe zu benutzen, sprang er direkt hinunter auf den Rasen, wo er leichtfüßig landete.

Er konnte sich schnell und leise wie Bodennebel bewegen wenn nötig, und er trat genau in dem Moment an Tashas Seite, als sie die Garage umrundet hatte. Er drückte sich einen Schritt hinter ihr in den Schatten, streckte die Hand aus und berührte ihren Arm. „Hey, Tasha, warte ..."

Nach Luft schnappend wirbelte sie herum. Wilde Panik blitzte in ihren klaren grauen Augen auf, sie atmete heftig ein und öffnete die Lippen. Luc wusste, dass sie in der nächsten Sekunde das ganze Haus zusammenschreien würde, also legte er ihr eine Hand in den Nacken und die andere auf ihren Mund, um zu verhindern, dass sämtliche Gäste zu ihrer Rettung eilten.

Nicht, dass sie gerettet werden musste – Himmel, er würde ihr doch niemals etwas antun. Trotzdem wollte er nicht riskieren, dass sein Deputy-Sheriff-Halbbruder auf ihn losging. Er zweifelte nicht einen Moment daran, dass Max nur einen Schrei zu hören brauchte, um in der nächsten Sekunde mit gezogener Dienstwaffe vor ihm zu stehen.

„Tut mir leid“, sagte er mit der sanftesten, unbedrohlichsten Stimme, die er aufbrachte. Ihre Lippen waren weich und ihre Haut fühlte sich warm unter seinen Händen an.

Diese Erkenntnis schob er lieber erst mal in die hinterste Ecke seines Verstandes, wo er sich später darum kümmern konnte, wenn seine Konzentration nicht woanders gebraucht wurde. „Ich wollte dir keine Angst machen – ich möchte nur einen Moment mit dir sprechen. Ich werde dich jetzt loslassen, okay?“

Offenbar tat er das für ihren Geschmack nicht schnell genug, denn sie kniff die Augen zusammen, als wollte sie sagen: Nun mach schon! Nicht ganz sicher, ob nicht alles wieder von vorn anfangen würde, starrte er genauso hart zurück. „Und du wirst nicht schreien, hab ich recht?“ Das war ein Befehl, keine Frage. Ohne zu blinzeln, starrte er dabei in ihre kristallklaren Augen.

Sie zögerte kurz, dann nickte sie.

Langsam löste er den Griff um ihren Nacken. Umgehend schlug Tasha seine Hand zur Seite und rieb sich über den Mund, als ob sie mit Giftmüll in Kontakt gekommen wäre. Sie drückte sich an ihm vorbei und marschierte zurück in den Garten, dann drehte sie sich zu ihm um.

„Wenn du mit mir reden willst, kannst du das verdammt noch mal auch hier machen, wo die Leute uns sehen können.“

Er nickte. Aber was zum Teufel … Warum war sie so sauer? Er war schließlich derjenige, der …

Da er jetzt erneut Ziel eines Friss-Scheiße-und-stirb-Blickes wurde, verfolgte er diesen Gedanken nicht weiter.

„Also, als wer gibst du dich heute aus, *Diego*“, fragte sie.

Er stellte sicher, dass er nur innerlich zusammenzuckte, aber … Mist. In dieser Hinsicht hatte sie ihn erwischt, denn er konnte ja schlecht behaupten, dass er sich bei ihrem Kennenlernen nicht als ein anderer ausgegeben hatte. Also sah er sie unverwandt an und sagte ruhig: „Mein richtiger Name ist Luc Bradshaw. Ich bin Max' und Jakes Halbbruder …"

„Oh, *bitte*", stieß sie angewidert aus.

Er blinzelte überrascht. „Was meinst du mit *oh, bitte*? Zumindest Max solltest du ein bisschen was zutrauen. Oder glaubst du etwa, dass er mich nicht gründlich überprüft hat?"

Sie gab einen rauen Ton von sich, und er zog die Augenbrauen zusammen. „Ich weiß wirklich nicht, was hier das Problem ist. Du musst dir doch einfach nur uns drei ansehen – allgemein wird behauptet, dass es eine starke Familienähnlichkeit gibt. Also, warum solltest du bezweifeln, dass ich …"

Sie ging ihm ganz schön auf die Nerven – und es sprach nicht gerade für ihn, dass er das ziemlich heiß fand.

„Hör mal", sagte sie, die Augen zu Schlitzen verengt, ihre lange, schmale Nase war nur Zentimeter von seiner entfernt. „Ich weiß nicht, wer du bist, Kumpel, oder was du hier für ein Spielchen treibst, aber bleib mir verdammt noch mal vom Leib, ist das klar? Wie kannst du es wagen, hierherzukommen und dich als Jakes und Max' Bruder auszugeben?"

Sie pikte ihm in die Brust – doch bevor er ihren Finger ergreifen konnte, ließ sie die Hand sinken und trat einen großen Schritt zurück.

„Ich sag dir was", fuhr sie mit einer Gelassenheit fort, die überhaupt nicht zu ihrem Blick passte. „Ich will großzügig sein. Wenn du deine Koffer packst und aus der Stadt verschwindest – heute Nacht noch –, lasse ich die Vergangenheit ruhen." Wieder bedachte sie ihn mit diesem schlitzäugigen Todesstarren. „Wenn du klug bist, nimmst du das Angebot an und haust ab, denn es ist das Gegenteil dessen, was mein Instinkt mir rät."

Er versuchte, diese Frau mit dem süßen, lachenden Mädchen aus seiner Erinnerung in Einklang zu bringen, versagte allerdings schwer und schüttelte den Kopf. „Wie bitte?"

„Verstehst du kein Englisch mehr, Diego?"

Offensichtlich, denn er hatte keinen blassen Schimmer, wovon sie sprach. Statt ihr das zu erklären und sie zu fragen, was für ein Problem sie hatte und was genau sie zu wissen glaubte, hörte er sich sagen: „Ich heiße nicht Diego. Ich weiß, dass ich das behauptet habe, aber ich war zu dieser Zeit Undercover-Agent bei der DEA, und um meiner guten Gesundheit willen durfte ich niemandem meine wahre Identität verraten. Jedenfalls bin ich Luc Bradshaw, Sohn von Charlie Bradshaw. Halbbruder von Max und Jake."

„Oh, gut, du hältst an dieser Story fest. Genau genommen hoffe ich das sogar. Denn wenn du morgen noch immer hier bist, werde ich Max mit großem Vergnügen erzählen, dass du nichts anderes als ein mieser Drogendealer namens Diego Soundso bist. Und dann, Di-e-go, wird er deinen ekelhaften Hintern ins Kittchen verfrachten."

Luc erstarrte. Einen Großteil ihrer kurzen gemeinsamen Zeit hatte er darauf verwandt, möglichst viel über sie zu erfahren – während er selbstverständlich gleichzeitig alles dafür getan hatte, seine eigene Geschichte für sich zu behalten. Er hatte ihr kaum mehr erzählt, als dass er im Urlaub sei und keine Zeit damit verschwenden wollte, über die Arbeit zu reden. Und als sie ein einziges Mal nach genaueren Einzelheiten fragte, hatte er seinen ganzen Charme aufgewandt, um das Thema in eine andere Richtung zu lenken. Wie zum Teufel hatte sie also seine Tarngeschichte spitzgekriegt?

Um das herauszufinden, reichte die Zeit nicht, denn Tasha trat noch weiter zurück und warf ihre Haarpracht über die Schultern zurück.

„Und wenn das passiert“, sagte sie mit vor Ironie triefender Stimme, „dann werde ich nur eins bereuen, glaub mir.“

Die Hände in den Hosentaschen starrte er sie an, betrachtete ihre geröteten Wangen und die sprühenden Augen und dachte, wie bescheuert es war, sich noch immer zu einer derart Irren hingezogen zu fühlen.

„Okay, ich hab angebissen“, sagte er. „Was genau würdest du bereuen?“

„Dass im Gegensatz zu der winzigen, achtunddreißig Grad heißen dunklen Gefängniszelle auf den Bahamas, in der ich deinetwegen zwei der schrecklichsten Nächte meines Lebens verbracht habe“, sagte sie tonlos, „die amerikanischen Gefängnisse höchstwahrscheinlich ausgesprochen komfortabel sind.“

Und dann, bevor er auch nur eine Frage stellen konnte, wirbelte sie herum und stolzierte zurück in den Schatten der Garage.

Er stand da und fragte sich, was um Himmels willen in jener Nacht geschehen sein mochte.

## 2. KAPITEL

Tasha Renee Riordan, du verheimlichst mir etwas. Wann zur Hölle hattest du die Chance, Luc Bradshaw kennenzulernen, und warum lehnst du ihn so ab?"

Tasha riss den Mund auf und starrte ihre Freundin an. Sie hatte Jenny noch kaum die Tür geöffnet, da ließ deren Frage sie schon zurücktaumeln, als wäre sie ein Rammbock, der sie mitten auf die Brust getroffen hätte. Jenny trat genau in dem Moment ein, in dem Tasha sich daran erinnerte, wieder zu atmen. Und atmen war gut, wenn auch ein wenig schwierig, so heftig wie ihr Herz klopfte. Aber sie tat ihr Bestes, um ruhig und gefasst zu wirken, und entgegnete: „Was? Ich habe ihn gestern kennengelernt. Du warst doch dabei, Jen."

„Sei nicht albern, Süße. Du hast ihn angesehen, als ob du ihn kennen würdest. Also, woher in aller Welt? Ich dachte ja, du kämst nie lange genug aus dem Bella T's raus, um auch nur mal nach Luft zu schnappen."

Sie wollte es für sich behalten, wirklich, aber das war Jenny, der sie immer alles erzählte, und deswegen gab sie klein bei. „Ich habe ihn vor sieben Jahren getroffen." Sie strich sich mit den Fingern durchs Haar und starrte ihre Freundin an. „Und es hat mich total umgehauen zu hören, dass es sich bei Max' und Jakes sogenanntem Halbbruder um den Diego aus meinem Urlaub auf den Bahamas handelt, von dem ich dir erzählt habe." Es laut auszusprechen war zugleich beängstigend und beruhigend. Jetzt konnte sie es zwar nicht mehr zurücknehmen, aber nun war es auch nicht länger ein Geheimnis, das seine ätzende Säure in ihren Bauch träufelte.

Und so mehr Bedeutung annahm, als es sollte.

Jenny wurde schlagartig ernst, was zeigte, weshalb sie ihre beste Freundin war.

„Ach, Mist, Tasha. Wie ist das bloß möglich? Und trotzdem … du warst so … gar nicht du selbst mit diesem Gerede über Bazillen und Spinnen, denen du zwischen die Augen schießen wirst, und diesen ganzen Ich-hoffe-du-stirbst-an-einem-üblen-Herpesfall-Blicken."

„Oh mein Gott." Sie erreichten die Frühstückstheke, die die kleine Küche von ihrem Wohnzimmer abteilte, und in diesem Moment wurden ihre Beinmuskeln zu Pudding. Tasha sackte auf einen Hocker und starrte ihre beste Freundin an. „Es hat mich schockiert, ihn da so cool an Max' Tisch sitzen zu sehen … Verdammt, Jenny. Wie schrecklich, dass es so offensichtlich war."

„Gar nicht, Süße. Oder, okay, schon, aber nur für mich." Jenny beugte sich herunter, um sie schnell und fest zu umarmen, dann richtete sie sich wieder auf. „Und ich kenne dich inzwischen mein halbes Leben lang." Sie warf ihr ein Lächeln zu. „Mich wunderte es nur, dass ich nicht selbst drauf gekommen bin, denn das ergibt Sinn, stimmt's? Er ist schließlich der einzige Mann, auf den du je so leidenschaftlich reagiert hast."

Das ignorierte Tasha lieber. Das Letzte, worüber sie im Zusammenhang mit diesem Mann reden wollte, war Leidenschaft. „Ich habe ihm gesagt, dass er bis heute die Stadt verlassen soll. Aber wie soll ich den Bradshaw-Jungs beibringen, dass er gar nicht ihr Halbbruder ist, falls er nicht verschwindet?"

„Tasha. Schätzchen." Jenny streichelte ihr den Handrücken und sah sie liebevoll und fest an. „Man muss ihn doch nur ansehen, um zu wissen, dass er ihr Bruder ist."

„Nein!" Sie konnte nicht nachgeben, obwohl diese Tatsache schon die ganze Zeit an ihr nagte. Sie zog ihre Hand unter der ihrer Freundin hervor und strich sich das Haar aus dem Gesicht. „Er wird nicht einfach verschwinden, richtig?"

„Ich fürchte nein.“

„Mist.“ Sie atmete tief ein und stieß den Atem resigniert wieder aus. „Wie groß ist die Wahrscheinlichkeit, dass der Mann, den ich nie mehr in meinem Leben wiedersehen wollte, sich als Max’ und Jakes Halbbruder herausstellt?“

„Ich weiß“, stimmte Jenny ihr zu. „Wir leben in einer wirklich verdammt kleinen Welt.“

Luc hatte gerade seine Reisetasche zu Ende gepackt, als es laut an der Tür klopfte. Alte Gewohnheiten ließen sich schwer ablegen, also zog er leise den Reißverschluss einer der Seitentaschen auf und nahm seine SIG Pro heraus. Mit dem Rücken an die Wand gedrückt näherte er sich der Tür, reckte den Hals und spähte durch den Spion.

Sein Halbbruder Max in Uniform.

Er steckte die Pistole hinten in seinen Hosenbund, zog das Hemd darüber und öffnete. „Was bringt dich denn nach Silverdale?“, fragte er. „Und woher zur Hölle weißt du meine Zimmernummer?“ Als ob ihm das nicht klar wäre.

„Ist schon erstaunlich, wie weit man mit einer Dienstmarke kommt“, antwortete Max in seiner ernsten, direkten Art. „Kann ich reinkommen?“

„Ja, sicher.“ Er trat einen Schritt zurück. „Du bist also nur nach Silverdale gekommen, um mich zu sehen?“

„Yep.“

Der etwas größere Mann ließ seinen Blick wachsam durchs Zimmer schweifen und prägte sich vermutlich jedes Detail ein, das er für wichtig hielt. Dann richtete er seine Aufmerksamkeit auf ihn.

„Könntest du Licht ins Dunkel bringen? Warum hat Harper gehört, wie Tasha sagte, dass du nicht Luc Bradshaw, sondern ein Typ namens Diego wärst?“

Luc hatte in der einen oder anderen Form mit dieser Frage gerechnet, doch auf einmal wusste er nicht, wie er sie beantworten sollte. Das sah ihm gar nicht ähnlich. Eigentlich war er ein Meister der Improvisation und Ablenkung, und sein Killer-Charme tat sein Übriges. Es war jedoch etwas anderes, in die klaren, ungerührten Augen dieses Mannes zu schauen, der praktisch ein Fremder war, während die Gewissheit, dass sie Brüder waren, ihn jedes verdammte Mal, sobald er Max oder Jake sah, hart wie ein Schlag auf den Solarplexus traf. Wie er feststellte, konnte er ihm nicht ins Gesicht lügen.

Das brachte ihn völlig aus dem Konzept.

Diese Sache mit seinen Brüdern würde vielleicht doch schwieriger werden, als er erwartet hatte. Als Einzelkind aufgewachsen fand er die Vorstellung, Max und Jake besser kennenzulernen, anfangs ziemlich aufregend. Allerdings wusste er nicht, wie genau er in diese Familiendynamik passen sollte, nachdem die anderen beiden sich schon ein Leben lang kannten. Er selbst hatte erst vor Kurzem herausgefunden, dass sein verstorbener Vater Charlie – ein Mann, den er durch und durch zu kennen geglaubt hatte – noch zwei weitere Söhne hatte.

Doch darüber nachzudenken beantwortete Max' Frage auch nicht, deswegen stieß er den Atem aus. „Möchtest du eine Tasse Kaffee? Die Geschichte hat einen gewissen Hintergrund, und es könnte etwas länger dauern, alles zu erklären."

„Klar. Kaffee ist gut." Max machte es sich auf der kleinen Couch im Wohnbereich der engen Suite gemütlich.

Luc goss Kaffee aus der Maschine ein und reichte ihn Max. „Also", sagte er, noch immer stehend. „Ich werde jetzt ganz langsam meine SIG hinten aus der Jeans nehmen, okay?" Es war dumm gewesen, sie nicht gleich wegzulegen.

Max legte die Hand auf seine eigene Waffe. „Könntest du mir verraten, warum zur Hölle du eine Pistole hast?"

„Ich dachte, du hättest mich überprüft. Müsstest du nicht wissen, dass ich für die DEA arbeite?“

„Müsste ich. Wenn das wahr wäre.“

„Ich lass dir das durchgehen, da wir uns gerade mal – wie lange? Zehn Tage kennen. Momentan bin ich beurlaubt, aber ich bin schon seit dreizehn Jahren bei der Agency.“

Sein Halbbruder betrachtete ihn wachsam. „Ich möchte lieber nicht mit meiner Waffe auf dich zielen, also tu uns beiden den Gefallen und fass deine Pistole nicht an, bevor du mir nicht deinen Ausweis gezeigt hast.“

„Kannst du haben.“ Er deutete auf die Reisetasche. „Der ist da drüben in meiner Tasche.“

Max stand auf, die rechte Hand noch immer auf der Waffe. „Obwohl, wenn ich es recht bedenke, nimm deine Pistole ganz langsam raus, so wie du es gesagt hast, und leg sie auf den Tisch. Dann hole ich deinen Ausweis.“

Luc spürte, wie ein kleines Lächeln seine Lippen umspielte. Es war albern und wahrscheinlich auch gar nicht angebracht, stolz auf seinen Halbbruder zu sein, aber er war es trotzdem. Max ließ sich von niemandem zum Narren halten. Man ließ niemals, niemals einen Unbekannten eine Tasche durchwühlen, die am Ende womöglich mit weiteren Waffen vollgestopft war. „Guter Plan.“

Er tat, was sein Bruder gesagt hatte, und zog langsam die Pistole aus dem Hosenbund, wobei er darauf achtete, den Abzug nicht zu berühren und keine abrupten Bewegungen zu machen, und legte sie auf den Tisch. Max nahm sie an sich.

Luc deutete einladend auf die Reisetasche. „Der Ausweis ist rechts im Seitenfach.“

Zwar tastete Max ihn nicht ab, rechnete aber wohl damit, dass er noch eine weitere Waffe bei sich tragen könnte, denn er ließ ihn nicht aus den Augen, während er zum Bett ging.

Er stellte sich leicht seitlich, um nach dem Reißverschluss an der Tasche zu greifen. Luc verschränkte die Hände hinter dem Kopf, um die Spannung im Raum zu lösen, und bemerkte, dass Max' breite Schultern sich etwas entspannten.

Max tastete einen Moment in der Seitentasche herum und stieß zufrieden einen leisen Laut aus. Eine Sekunde später zog er das lederne Mäppchen mit dem Ausweis hervor und klappte es auf. Auch der letzte Rest Anspannung löste sich auf. Er musterte das mit einem schwarzgoldenen Adler versehene Abzeichen genauer, dann schlug er das Mäppchen wieder zu und starrte ihn durchdringend an.

„Undercover?"

„Yeah." Luc ließ die Hände auf seine Schenkel sinken und richtete sich etwas auf. „Woher weißt du das?"

„Ach bitte", meinte Max. „Diego? Außerdem würden die meisten normalen Polizisten nicht gleich ihre Waffe zücken, wenn jemand an ihre Hoteltür klopft."

„Es war ein ziemlich aggressives Klopfen."

Das Lächeln, das Max ihm daraufhin zuwarf, war so flüchtig, dass es kaum auffiel, aber Luc kannte ihn immerhin gut genug, um zu wissen, dass es Max' Version eines breiten Grinsens war.

„Zudem die Tatsache, dass ich das bei meiner Überprüfung nicht sehen konnte." Schnell wurde er wieder ernst und durchbohrte ihn mit seinem Hab-schon-alles-gehört-also-versuch's-gar-nicht-erst-Polizistenblick. „Die Frage ist bloß, wieso weiß Tasha Bescheid?"

Luc strich sich durchs Haar und rieb sich mit den Handballen die Augen. Er stieß den Atem aus und steckte die Hände in die Hosentaschen. „Sie weiß nichts von der DEA – sie glaubt, dass ich ein Drogendealer namens Diego bin, und ich schwör bei Gott, ich habe keine Ahnung, wie sie darauf kommt." Ungeduldig fuhr er mit einer Hand durch die Luft. „Ich meine nicht die Sache mit dem Namen – ich habe mich ihr als Diego vorgestellt. Aber wie zur Hölle sollte eine zweiundzwanzigjährige Touristin auf die Idee kommen, ich sei ein Dealer?"

„Vielleicht hat sie etwas bei dir gefunden?"

„Nein, ich würde längst nicht mehr leben, wenn ich so unvorsichtig wäre."

Max betrachtete ihn über den Rand seines Kaffeebechers und nickte. „Wo und wann habt ihr euch kennengelernt?"

„Auf den Bahamas vor sieben Jahren. Spanisch ist meine Muttersprache, deswegen übernehme ich meistens Fälle in Süd- oder Zentralamerika. Zu dieser Zeit ging es um ein Kartell in Kolumbien, aber ich hatte damals Urlaub und war einen Kontinent davon entfernt. Also habe ich Tasha gesagt, dass mein Vorname Diego sei. Ich nannte ihr meinen Undercover-Vornamen, nicht meinen richtigen, weil man nie weiß, wann man die falsche Person am falschen Ort trifft, verstehst du? Selbst tausend Meilen vom eigentlichen Geschehen entfernt. Bevor unsere Beziehung intensiver werden konnte, wurde ich abgezogen. Ich dachte erst, es würde sich nur um eine kurze Besprechung handeln, aber das war nicht der Fall."

Himmel, was für eine Untertreibung. Einen Moment lang war er wieder auf Andros Island vor sieben Jahren.

*„Was gibt es denn so Dringendes?", fragte er in der Sekunde, als die Tür zum sicheren Unterschlupf von einem schweigsamen Agenten geöffnet wurde, der kaum alt genug schien, um seine Ausbildung abgeschlossen zu haben. Verdammt, da hatte er endlich mal ein paar Tage frei und wurde vom leitenden Special Agent Jeff Paulson herbeizitiert. Er war jedoch seit sechs Jahren bei der DEA, und das Motto „Arbeit geht vor" war ihm vom allerersten Tag an eingehämmert worden.*

*Also bedachte er den anderen Agenten nur mit einem kurzen Blick, bevor er an ihm vorbei zu seinem Vorgesetzten sah, der in einem bequem aussehenden Sessel in der Mitte des Raumes saß. Ohne vom Papierstapel aufzusehen, den er durcharbeitete, zeigte Paulson auf den deutlich weniger bequem aussehenden Stuhl ihm gegenüber.*

*„Kommen Sie herein und setzen Sie sich."*

*Als Luc gehorchte, legte der ältere Mann die Papiere weg, sah ihn direkt an und verschwendete keine Zeit.*

*„Unser Informationsdienst hat ein gewisses Gerede über Sie aufgeschnappt."*

*„Was für Gerede?" Er war schon zu lange Undercover-Agent, um sich noch von irgendetwas überrumpeln zu lassen, doch jetzt jagte ein kleiner Schreckensschauer durch seinen Körper.*

*„Man hat gehört, dass man droht, Sie hier auf den Bahamas auszuschalten." Paulson lächelte knapp. „Da scheint Sie jemand gar nicht leiden zu können."*

*Er wusste auch genau, wer. „Hector Alvarez."*

*Paulson setzte sich etwas auf. „Morales' zweiter Mann?"*

*„Ja, Sir. Ihm gefällt es gar nicht, dass Morales meinen Sinn für Humor schätzt, denn Alvarez ist ungefähr so witzig wie Mr Grim. Und es gefällt ihm noch weniger, dass seine Freundin gern mit mir flirtet. Er kapiert einfach nicht, dass das mehr mit der Tatsache zu tun hat, wie ich mit ihr umgehe, nämlich respektvoll, während er sie wie Dreck behandelt." Er hatte die vergangenen fünfzehn Monate mit dem Morales-Kartell verbracht, und normalerweise war er mit ganzem Herzen dabei, doch in diesem Moment dachte er ständig nur an eins: Tasha.*

*Der Special Agent runzelte die Stirn. „Wie bitte?"*

*„Bei dieser Reise sollte ich mich eigentlich ein paar Tage erholen, und es wartet eine Bekannte in meinem Zimmer auf*

*mich. Wenn Alvarez damit prahlt, mich auszuschalten, während ich hier bin, weiß er höchstwahrscheinlich auch, wo genau ich wohne."*

*„Ich dachte, Sie haben den Rezeptionisten bestochen, damit er behauptet, Sie nie gesehen zu haben?"*

*„Ja, Sir, das habe ich. Aber Alvarez könnte ebenfalls versuchen, denn Mann zu bestechen, und wer kann schon sicher sein, dass der Typ nicht gern zweimal in die Guacamole-Schüssel langt? Scheiße." Er sprang auf. „Ich muss Tash da rausholen." Sie hatte ihm verraten, dass ihre beste Freundin sie mit dieser Abkürzung ansprach, und er hatte gedacht, wie gut dieser Name doch zu ihr passte.*

*„Setzen", sagte Paulson in einem Ton, der keinen Widerspruch duldete. „Das Einzige, was Sie tun müssen, ist in den Helikopter steigen, der in …", er sah auf seine Uhr, „… sieben Minuten landet und Sie für eine Einsatzbesprechung nach Washington schafft. Dann wird es eine neue Aufgabe für Sie geben."*

*„Nicht, bevor ich sie nicht aus meiner Hütte gebracht habe. Sir." Er eilte zur Tür, überrascht über seine Unnachgiebigkeit. Er liebte seine Arbeit, vor allem den Nervenkitzel, auf sich selbst gestellt und allen anderen immer einen Schritt voraus zu sein. Neue Fälle waren ganz nach seinem Geschmack, da sie von Natur aus gefährlicher und aufregender waren – schließlich musste man sich erst mit den Macken und Eigenarten der Mitspieler vertraut machen. Und sosehr er in seiner rar gesäten Freizeit auch die Gesellschaft einer Frau zu schätzen wusste, sobald er erst mal im Job war, vergaß er sie schnell wieder. Wenn es sich also um eine andere Frau gehandelt hätte, hätte er ihr Schicksal nur zu gern einem DEA-Team überlassen.*

*Der junge Agent versperrte ihm den Weg, und Luc trat so dicht an ihn heran, bis sie Brust an Brust, Nase an Nase standen. „Geh mir aus dem Weg, Kleiner."*

*„Sorry, Sir. Aber das kann ich nicht."*

*Luc musste einsehen, dass er sich wenig professionell verhielt – und das wegen einer Frau, die er erst seit zwei Tagen kannte. Das passte überhaupt nicht zu ihm. Und doch konnte er nicht anders.*

*„Wegtreten, Bradshaw", sagte Paulson, der jetzt hinter ihm auftauchte. Seine Stimme wurde weicher. „Ich werde mich höchstpersönlich um diese Frau kümmern", versprach er. „Aber Sie steigen jetzt in den Hubschrauber."*

*Luc trat zwar einen Schritt von dem jungen Agenten zurück, doch offensichtlich war ihm anzusehen, dass er nach wie vor nicht bereit war, klein beizugeben, denn Paulsons Gesichtsausdruck wurde hart.*

*„Keine Diskussion, Lucas. Ich werde Sie in Washington anrufen, um Sie wissen zu lassen, dass es ihr gut geht. Aber Sie verschwinden …", wieder sah er auf seine Uhr, „… jetzt."*

*Das Rotorengeräusch eines Helikopters näherte sich.*

*„Nein, Sir. Werde ich nicht."*

*„Dann geben Sie Ihre Dienstmarke ab, Bradshaw. Ich kann keinen Agenten brauchen, der sich weigert, Befehle von seinem vorgesetzten Offizier entgegenzunehmen."*

*Natürlich hatte er seine Dienstmarke nicht bei sich, aber er öffnete schon den Mund, um zu sagen, dass Paulson sie gern bekommen könne. Dann dachte er darüber nach, was er da eigentlich machte. Sein leitender Special Agent hatte ihm versichert, dass er sich persönlich um Tasha kümmern würde, und er hatte überhaupt keinen Grund, auch nur eine Sekunde daran zu zweifeln. „Fuck."*

*Im nächsten Moment rannte er los und duckte sich unter dem starken Wind der Rotorblätter des Hubschraubers, der gerade landete. Minuten später flog er von seinem alten Fall davon auf einen neuen zu.*

*Doch statt dass er die übliche Vorfreude auf einen neuen Fall empfand, waren seine Gedanken bei der Frau, die er zurückgelassen hatte.*

*Als Paulson ihn zwei Tage danach anrief, war Luc außer sich vor Sorge. „Hey", bellte er in sein Satellitentelefon, als er den Namen auf dem Display erkannte. „Was ist mit Tasha? Ist sie okay? Hat sie verstanden, warum ich nicht zurückkommen konnte, obwohl ich es versprochen habe?"*

*„Eins nach dem anderen", sagte Paulson. „Sie sind in eine Falle gelockt worden. Die Polizei auf den Bahamas hat kurz nach Ihrem Verschwinden Ihre Hütte durchsucht und ein Kilo Heroin gefunden."*

*Sein Blut gefror zu Eis bei dem Gedanken an den einzigen Menschen, der außer ihm in dieser Strandhütte gewesen war. Er wollte es nicht glauben, doch … „Denken Sie, dass es Tasha war?"*

*„Nein – obwohl wir zuerst davon ausgegangen sind, als wir in die Hütte kamen und sie nicht antrafen."*

*„Nicht antrafen?" Er ließ sich schwer auf einen Stuhl fallen. „Im Sinne von sie war nicht da?"*

*„Das bedeutet es im Allgemeinen, Sohn. Unsere Quellen haben berichtet, dass sie in dieser Nacht noch mit der letzten Maschine nach Nassau geflogen ist. Wir haben sie überprüft, sie aber in keiner unserer Datenbanken gefunden."*

*„Also ist sie verdammt noch mal einfach abgehauen, obwohl sie sagte …"*

*Paulson unterbrach ihn ungeduldig: „Könnten Sie sich bitte auf den Fall konzentrieren, Bradshaw?"*

*Hastig schob er seine Enttäuschung beiseite, genauso wie die Tatsache, dass er sich schwer gekränkt fühlte. „Ja, Sir. Ich versuche nur herauszufinden, wann zur Hölle Alvarez die Möglichkeit hatte, mir das Heroin unterzuschieben. Tasha und ich waren erst an diesem Morgen angekommen." Er hatte die Hütte reserviert und Tasha überredet, mitzukommen, denn diese winzige Ferienanlage sollte sehr ruhig sein.*

*„Und Sie waren den ganzen Tag in der Hütte?"*

*„Ja." Er schüttelte den Kopf. „Nein, verdammt. Nachmittags sind wir schnorcheln gegangen."*

*„Also hatte er da die Gelegenheit."*

*„Ja." Dann setzte sein Verstand wieder ein. „Himmel, er ist wirklich nicht die hellste Kerze auf der Torte. Wenn ich der Drogendealer wäre, für den er mich hält, würde ich wahrscheinlich einen, der in der Hackordnung viel höher steht als ich, verraten, um meinen Kopf zu retten. Ich bezweifle schwer, dass Morales sich über den Alleingang von Alvarez besonders freuen würde." Adrenalin begann durch seinen Körper zu jagen, bei dem Gedanken, was er aus dieser Situation machen könnte. Denn … oh ja! Das könnte funktionieren. „Könnten Sie mir ein Kilo Heroin besorgen?"*

*„Wie?" Einen Moment herrschte Schweigen. Dann: „Sie glauben doch nicht im Ernst, dass Sie es zu Morales zurückbringen können – oder?" Die Worte waren abweisend, aber der Ton …*

*Ja, Baby. Sein leitender Special Agent zog es in Erwägung.*

*„Ich denke schon. Damit können wir zwei beschissene Fliegen mit einer Klappe schlagen. Denken Sie darüber nach. Alvarez ist Vergangenheit, sobald Morales erfährt, was der getan hat." Auf die eine oder andere Weise, leider, doch daran hätte der Typ denken sollen, bevor er ihn in diese Falle gelockt hatte. „Darüber hinaus wird es meine Position im Kartell wahrscheinlich noch stärken, und wir können den Fall schneller abschließen, als wir dachten. Wir müssen es einfach versuchen."*

*Kurz darauf legten sie auf, nachdem Paulson versprochen hatte, mit dem Direktor zu reden. Sein Vorgesetzter hatte al-*

*lerdings auch angemerkt, dass die Sache mit dem Rauschgift schwer durchzusetzen wäre. Das wollte er jedoch nicht gelten lassen, er war viel zu entschlossen, diesen Fall endlich zu einem Ende zu bringen.*

*Leider grübelte er trotz allem darüber nach, warum Tasha ihn einfach hatte hängen lassen. Wieso hatte sie beschlossen, doch noch den Nachtflug nach Nassau zu nehmen, obwohl sie versprochen hatte, auf ihn zu warten?*

*Immer und immer wieder dachte er an sie, sah aber irgendwann ein, dass er die verdammte Sache hinter sich lassen musste. „Komm drüber hinweg, du Trottel", befahl er sich düster. Frauen ließen Männer sitzen – so was kam ständig vor, auch wenn es ihm selbst bisher nur selten passiert war. Und es gab nichts, was er dagegen tun konnte. Offensichtlich war sie nicht halb so auf ihn abgefahren wie er auf sie.*

*„Tja, dein Pech, Süße", brummte er schließlich laut. Er schob seine Geldbörse in die Hosentasche und zog los, um sich endlich diese sinnlosen Was-wäre-wenn-Fragen aus dem Kopf zu schlagen.*

„Also, was war das für ein Fall?"

„Was?" Kopfschüttelnd landete Luc wieder in der Gegenwart und erzählte seinem Halbbruder eine eingedampfte Version der Geschichte von damals. Danach starrte er ihn einen Moment lang an.

„Herrgott, Max", sagte er schließlich. „Mich hat es total umgehauen, sie gestern bei dir zu sehen. Und dann, als ich ihr nach draußen gefolgt bin, war sie mehr als stinksauer, was ich einfach nicht kapiere. Denn wie ich dir erzählt habe, hat sie immerhin mich sitzen lassen. Und trotzdem ist *sie* sauer auf *mich*." Als er sich an ihre letzten Worte erinnerte, rollte er mit den Schultern. „Und vielleicht aus gutem Grund."

Max kniff die Augen zusammen. „Was für ein Grund?"

„Gestern Nacht sagte sie, dass sie meinetwegen zwei Nächte in einem Gefängnis auf den Bahamas verbracht hat."

„Also gab es entweder einen Fehler in der Kommunikation zwischen den Rauschgiftbehörden der beiden Länder, oder jemand hat dich belogen. Ich weiß nicht, wer da so alles mitgespielt hat, aber ich kenne Tasha. Und deswegen kann ich behaupten, wenn dich jemand belogen hat, dann nicht sie."

„Yeah." Das glaubte Luc auch nicht mehr, denn sie wusste gerade genug über ihn, um die Sache gründlich misszuverstehen – davon abgesehen, dass sie so manches über ihn überhaupt nicht wissen dürfte. Außerdem war sie wahnsinnig wütend auf ihn, wofür sie keinen Grund hätte, wenn sie damals einfach abgehauen wäre.

Er sah Max an, höchstwahrscheinlich war sein Blick genauso hart wie der seines Halbbruders. „Du kannst dich darauf verlassen, dass ich der Sache auf den Grund gehen werde. Aber erst", gestand er, „muss ich Tasha davon überzeugen, dass ich kein Drogendealer bin. Dann werde ich sie dazu bringen, mir so lange zuzuhören, bis ich ihr erzählt habe, was genau in jener Nacht passiert ist. Danach kann ich mir überlegen, wie es weitergehen soll."

## 3. KAPITEL

Tasha, die gerade die Küche schrubbte, hörte, wie die Tür zum Bella T's aufgestoßen wurde. „Wir haben geschlossen", rief sie, was Gott und die Welt auch wusste, denn – hallo! – das hier war Razor Bay. An einem Montag. Nach dem Labor-Day-Wochenende.

Deswegen war sie gar nicht erst auf die Idee gekommen, die Tür abzuschließen. Für den Fall, dass sich ein Tourist auf der Suche nach einem Happen zu ihr verirrt hatte, lief sie aus der Küche, um ihm oder ihr die schlechte Nachricht zu überbringen. Als sie jedoch Tiffany erblickte, die junge Frau, die schon vom ersten Tag an in ihrem Restaurant mitarbeitete, runzelte sie verwirrt die Stirn. „Hey, Mädchen. Was machst du denn an deinem freien Tag hier?"

„Ich habe auf meinem Parkplatz hinter dem Bella's geparkt, um einkaufen zu gehen", erwiderte die etwas dralle, makellos geschminkte dunkelhaarige Frau mit einem Lächeln, das sogar noch sonniger war als ihr Gemüt. „Als ich die Abkürzung zur Hauptstraße gehen wollte, hab ich gesehen …"

Sie brach ab, und einen Moment lang wirkte sie ungewöhnlich verzagt. Dann neigte Tiffany den Kopf zur Seite, sah sie durchdringend an und fragte unvermittelt: „Läuft da was zwischen dir und dem gut aussehenden neuen Bradshaw-Bruder?"

„Wie bitte? Nein!" Oh Gott, stand ihr etwa auf der Stirn geschrieben, dass sie und Diego – Luc – vor ungefähr hundert Jahren mal eine wilde Sexnacht miteinander verbracht hatten? „Wie kommst du denn darauf?"

„Weil ich gesehen habe, wie er vor einer Minute zu dir hochgelaufen ist", meinte Tiffany mit einer vagen Handbewegung zur Außentreppe, die zu Tashas Wohnung führte. „Und er hatte eine große Reisetasche bei sich, als ob er bei dir einziehen wollte."

„Was zum Teufel …?“ Tasha riss die Gummihandschuhe herunter, schleuderte sie auf die Küchentheke und rannte zur Tür. „Schließ bitte hinter mir ab, ja?“

„Wird gemacht, Boss.“

Ihr Herz hämmerte aus Gründen, die sie gar nicht zu genau erforschen wollte. Trotzdem vergaß sie auch jetzt nicht, dem wasserblau, weiß und grün gestrichenen Gebäude einen feierlichen Klaps zu geben, als sie um die Ecke bog. Das Bella T's war ihr wahr gewordener Traum, den sie seit ihrem zwölften Lebensjahr hegte – es war sogar noch besser gekommen, denn nicht nur die Pizzeria gehörte ihr, sondern das gesamte Gebäude. Gut, okay, ihr und der Bank, aber eines Tages eben ihr allein. Deswegen vergaß sie niemals, nie, dem Haus ihre Wertschätzung zu zeigen, wenn sie aus dem Restaurant im Erdgeschoss nach oben in ihre Wohnung ging. Es war möglicherweise das meistgeliebte Objekt in ganz Razor Bay.

Und sie wollte wissen, was Luc Bradshaw in ihm zu suchen hatte.

Zwei Stufen auf einmal nehmend lief sie die Außentreppe zum ersten Stock hinauf und stieß die unverschlossene Haustür so heftig auf, dass sie an der Wand abprallte. Wie angewurzelt blieb sie stehen. Luc stand vor der Tür zum Studio-Apartment, das ihr Langzeitmieter Will vor ein paar Tagen geräumt hatte. Erwähnte Reisetasche lag zu seinen Füßen. Er war gerade dabei, einen Schlüssel ins Schloss zu stecken, wirbelte nun aber vom Lärm erschreckt herum. Mit der rechten Hand griff er hinter seinen Rücken, dann erstarrte er.

„Was zur Hölle machst du da?“, fragte Tasha und ging auf ihn zu. „Gib mir den Schlüssel!“

„Immer schön der Reihe nach“, sagte er trocken. „Ich ziehe ein, *cariño*. Und nein.“

Sie trat näher an ihn heran, bis sie beinahe Nase an Nase standen. „Was soll das heißen, nein?"

„Nein halte ich für ein ziemlich selbsterklärendes Wort, *princesa mia*. Ich gebe dir den Schlüssel nicht. Ich habe einen Vertrag unterschrieben, in dem steht, dass ich für die nächsten neunzig Tage stolzer Mieter dieses Apartments bin."

Er warf ihr dieses charmante strahlende Lächeln zu, wobei sich eine Andeutung von Grübchen in seinen Wangen zeigte. Vor sieben Jahren hatte die Kraft dieses Strahlens sie fast um den Verstand gebracht.

Jetzt war sie weder verzaubert noch blöde – trotz seines Lächelns und der verdammten spanischen Kosenamen. Damals, in einem anderen Leben, hatte sie sich erklären lassen, was diese süßen Nichtigkeiten bedeuteten, sie aber längst aus ihrer Erinnerung gelöscht. Außerdem ließen sie sie vollkommen kalt.

Luc selbst hingegen nicht. Von der ersten Sekunde an, damals, am abendlich kühlen Strand, hatte sie die wilde Sexualität gespürt, die er verströmte. Und sosehr sie sich auch etwas anderes wünschte – daran hatte sich leider nichts geändert. Er war so verdammt ... männlich. Und so verflixt sexy und attraktiv in seinem schlichten blauen T-Shirt und der ausgewaschenen Levis, dass sie sich einen Moment lang für die weiße Schürze schämte, die sie um ihre Hüfte gebunden hatte, und für das formlose T-Shirt, das an allen möglichen Stellen ihres Körpers festklebte, wo sie sich nass gespritzt hatte, und das waren nun mal eine Menge. Schließlich war sie gerade dabei gewesen, die Küche zu putzen. Zudem war sie vollkommen ungeschminkt. Sie musste damit aufhören, sich ihm derart zu präsentieren.

*Im Ernst? Hörst du dir eigentlich selbst zu?* Sie trat zurück und drückte den Rücken durch. Luc Bradshaw bedeutete ihr gar nichts. Deswegen spielte es auch keine Rolle, was er von ihrer Aufmachung hielt.

Dann erst ging ihr auf, was er gerade gesagt hatte. „Du bist Wills Zimmergenosse vom College?" Das konnte unmöglich stimmen, er war mindestens fünf Jahre älter als ihr ehemaliger Mieter.

„Okay. Nein."

*Oh!* Er versuchte nicht einmal, ihr etwas vorzumachen. „Also nicht. Wie hast du ihn dazu gebracht, mir das zu erzählen?"

Er zuckte unbeeindruckt mit den muskulösen Schultern. „Könnte sein, dass ich mit meiner Dienstmarke vor seiner Nase rumgewedelt und gesagt habe, dass es sich um einen Fall nationaler Sicherheit handelt."

Sie starrte ihn angewidert an. „Gott. Du lügst so mühelos, wie wir anderen atmen, was?"

Das war keine Frage, aber er machte einen so großen Schritt auf sie zu, dass sie bis zur Wand zurückwich. Er presste einen Arm über ihrem Kopf dagegen, beugte sich nah zu ihr und sah sie an. Sie spürte die Hitze, die sein Körper ausstrahlte, obwohl sie sich nicht berührten.

„Die ursprüngliche Idee war, dass ich mir meine Halbbrüder erst mal ansehe, bevor sie von meiner Existenz erfahren. Ich hatte keine Ahnung, dass dir dieses Haus gehört – ich wollte einfach in kein Hotel", sagte er mit leiser, dunkler Stimme. „Ich habe einen Job, in dem es besser ist, ich bin gut. Weil ich gern am Leben bleiben möchte und so weiter."

Sie gab ein abfälliges Schnauben von sich. „Natürlich – wie dumm von mir. Wie konnte ich auch nur eine Sekunde vergessen, dass du ein mieser Drogendealer bist."

Er stieß den Atem aus, sodass er über ihr Gesicht strich, und verdammt, er roch minzfrisch und nicht etwa nach Schwefel und Lüge.

„Ich bin kein Drogendealer, Tash", sagte er mit dieser wohlklingenden Stimme, an die sie sich noch gut erinnerte, und die fast so tief war wie die seines Halbbruders Max. „Ich bin Undercover-Agent der DEA."

Kalte Wut jagte durch ihre Adern. Sie legte die Hände an seine Brust und schob ihn von sich. „Du wirst mich nicht Tash nennen, als ob du ein Freund wärst", stieß sie zwischen zusammengebissenen Zähnen hervor. „Und tu mir einen Gefallen und überspring diesen Ich-bin-in-Wahrheit-der-Gute-Scheiß, weil ich dir das nämlich nicht abkaufe." Sie streckte eine Hand aus. „Zeig mir den Vertrag", sagte sie, ohne sich darum zu kümmern, dass sie eine Kopie davon in ihrer Wohnung hatte.

Er drehte sich um und rüttelte am Schlüssel, der noch immer im Türschloss steckte. Es klickte leise, Luc öffnete die Tür und winkte sie hinein.

„Ich gehe nicht mit dir da rein", sagte sie und sah, wie etwas in seinem Gesicht sich veränderte. Jetzt wirkte er wie der gefährliche, entschlossene Mann, den sie schon einmal kurz in dieser Hütte bemerkt hatte.

„Das wirst du wohl müssen, wenn du den Vertrag sehen willst", sagte er, und sein rechter Bizeps wurde sogar noch runder und fester, als er die Reisetasche anhob. „Alles, was ich besitze, befindet sich hier drin – und ich werde diese Tasche sicher nicht in dem verdammten Flur ausleeren."

„Schön", sagte sie unfreundlich, verschränkte die Arme vor der Brust und folgte ihm ins Apartment.

Beide Wohnungen über dem Bella T's führten auf einen schmalen Balkon, der über die gesamte Breite des Gebäudes verlief und auf die Harbor Street blickte. Von dort aus hatte man eine grandiose Sicht auf die Bucht und den Hood Canal. Die Olympic Mountains im Hintergrund ließen den Kanal allerdings eher wie einen spektakulären Fjord aussehen. Luc, groß und dunkel, passte irgendwie nicht in den Raum mit den fröhlichen weißen Möbeln und den Blau-, Grün- und Beigetönen, die in dem kleinen Studio vorherrschten.

Er ließ die Tasche auf das Bett in der Nische fallen und griff nach dem Reißverschluss. Einen Moment später zog er den Vertrag heraus und reichte ihn ihr.

„Setz dich." Er deutete auf die Sitzgruppe, die aus einem weichen Sofa und zwei Schaukelstühlen bestand.

Sie ging stattdessen zu dem winzigen Klapptisch vor dem Fenster und setzte sich auf einen der zwei Stühle.

Innerlich verfluchte sie ihre Halsstarrigkeit und ihren Impuls, ihm in die Wohnung zu folgen. Das war ein Fehler gewesen. Natürlich wusste sie, dass der Staat Washington bei Vertragsstreitigkeiten die Mieter begünstigte. Wenn sie als Vermieterin versuchen würde, ihn rauszuwerfen – selbst mit einem guten Grund –, könnte er sogar mietfrei wohnen bleiben, bis ihr Rechtsstreit abgeschlossen war. Was garantiert länger als neunzig Tage dauern würde. Zumal sie keinen echten Kündigungsgrund hatte. Zwar wünschte sie jetzt, sie hätte Will nie gebeten, seinen Nachmieter selber zu suchen, geschweige denn es ihm überlassen, den Vertrag auszufüllen. Sie bedauerte es zutiefst, dass sie das Ding kaum angesehen hatte, als sie ihre Unterschrift daruntersetzte. Ihre einzige Entschuldigung war, dass sie froh gewesen war, drei Monatsmieten sicher zu haben, während sie sich auf die Suche nach einem festen Mieter machte.

Das Bella T's gab es erst seit zwei Jahren, und für ein neues Restaurant in einer Branche, in der die meisten neuen Unternehmen schnell wieder schließen mussten, lief es bemerkenswert gut. Doch Razor Bay war nun einmal ein Erholungsort, der überwiegend in den Sommermonaten vom Tourismus lebte. Sie hatte Glück, dass auch die Einheimischen zu ihr kamen, allerdings gab es Tage, an denen so gut wie nichts los war. Bis sie also noch weitere erfolgreiche Jahre hinter sich hatte und sicher sein konnte, dass ihre Einnahmen sie das ganze Jahr über Wasser hielten, war sie froh über die zusätzliche Mieteinnahme.

Ein kleines braunes Ledermäppchen landete neben dem Vertrag auf dem Tisch, und sie sah auf. „Was ist das?"

„Mein DEA-Ausweis."

Sie gab ein unfreundliches Schnauben von sich und musterte die überwiegend goldene Dienstmarke mit dem breit geflügelten Adler und dem Aufdruck *Department of Justice* in Gold auf einem schwarzen Band. *Drug Enforcement Administration* und *Special Agent* war unterhalb des Adlers zu lesen. Sah alles sehr offiziell aus, doch sie zuckte nur mit den Schultern und schob ihm das Mäppchen mit einem Finger wieder hin. „Na und? Dienstmarken werden ständig gefälscht."

Luc gab einen Laut von sich, der wie ein Knurren klang. „Jesus, du bist wirklich eine harte Nuss. Hier." Er schob ihr noch etwas hin. „Das ist mein Ausweis."

Sie gähnte. „Auch der könnte gefälscht sein. Wie sollte ich das erkennen?"

Er strich sich durchs Haar und starrte sie an. „Hör zu, wir sollten uns mal in aller Ruhe über diese Nacht unterhalten. Da gibt es eine Reihe von Unstimmigkeiten, und ich würde wirklich gern wissen, was zum Teufel genau pass…"

„Ich habe einem Mann, der sich als ein anderer ausgegeben hat, nichts zu sagen." Tasha schob ihren Stuhl vom Tisch zurück und erhob sich. „Der Vertrag ist in Ordnung", sagte sie leise. „Es wäre mir jedoch recht, du würdest dir eine andere Bleibe suchen."

„Werde ich nicht."

Sie stieß den Atem aus. Eigentlich hatte sie auch nicht damit gerechnet. „Dann eben nicht. Aber komm mir nicht in die Quere."

„Klar", sagte er und zeigte dieses Lächeln, das er sich patentieren lassen sollte und das höchstwahrscheinlich eine endlose Zahl an Frauenherzen gebrochen hatte.

Zumindest das würde ihr nicht passieren. „Ich erwarte die Miete für den ersten und für den letzten Monat bis heute um siebzehn Uhr“, sagte sie und trat durch die Schiebetür auf den Balkon hinaus.

Sekunden später stakste sie durch die zweite Schiebetür in ihre Wohnung, zog sie fest hinter sich zu und sperrte sie nach kurzer Überlegung ab.

Sie brauchte ein paar Minuten, um sich zu beruhigen, dann ging sie hinunter in die Pizzeria, um die Küche zu Ende zu putzen. Während sie Raum für Raum durchschritt und versuchte, Dampf abzulassen, wurde ihr klar, dass ihr das so einfach nicht möglich war.

Wie in aller Welt sollte sie es aushalten, drei Monate lang mit Luc Bradshaw Tür an Tür zu wohnen?

„Scheiße“, murmelte sie und strich sich das Haar aus dem Gesicht, während sie blicklos aus dem Fenster starrte. „ScheißescheißescheißescheißeSCHEISSE!“

Dann atmete sie tief aus und versuchte nachzudenken. Fluchend hin und her zu laufen machte es nicht gerade besser. Da half nur eins. Hastig nahm sie ihr Handy von der Küchentheke.

Das Putzen musste warten – das konnte sie auch noch am kommenden Morgen erledigen, bevor sie öffnete, oder vielleicht später am Abend, wenn sie diese schreckliche Ruhelosigkeit endlich losgeworden war. Jedenfalls würde sie sich nachher darum kümmern.

Jetzt brauchte sie erst mal die moralische Unterstützung, die man nur von besten Freundinnen bekam.

Luc hörte gedämpfte Geräusche aus der Wohnung nebenan. Nach ungefähr fünfzehn Minuten knallte Tashas Wohnungstür zu, kurz darauf hörte er die Haustür und dann leiser werdende Schritte. Er ging hinaus auf den Balkon, lehnte sich etwas über die Brüstung – und sah, wie sie unten auf der Harbor Street auftauchte. Sie schaute zu ihm auf, und sein Herz machte einen Satz, als ihre Blicke sich trafen.

*Ah, Mann.* Er rieb sich mit den Fingerknöcheln die Brust wegen des plötzlichen Schmerzes und starrte zu ihr hinunter. Reichte es denn nicht, dass sie vorhin in ihrer Arbeitskleidung vor ihm gestanden hatte, ihre umwerfende Haut von der Anstrengung gerötet? Ihr dünnes T-Shirt hatte an ihren Brüsten geklebt und war transparent genug gewesen, dass er darunter einen blauen Spitzen-BH entdecken konnte. Sie haute ihn von den Socken, ohne dass sie es anstrebte.

Wobei sie sich jetzt für irgendjemanden ziemlich hübsch gemacht hatte. Ihre hellen Augen waren rauchig grau nachgezogen, und ihr Mund – mein Gott, dieser volle Sirenenmund mit der etwas üppigeren Oberlippe – war rot geschminkt. Sie trug einen kurzen sexy Rock und ein mädchenhaftes buntes T-Shirt mit einem Ausschnitt, der weit genug war, dass er die oberen Rundungen ihrer blassen Brüste sehen konnte.

Sie kniff die Augen leicht zu, dann sah sie weg, als ob er unsichtbar wäre, und tänzelte die Straße entlang.

Luc lehnte sich noch weiter über die Brüstung, von plötzlicher Besitzgier erfasst. Für wen zum Teufel hatte sie sich derart herausgeputzt?

„Jesus, jetzt reiß dich mal zusammen", rief er sich zur Ordnung. Es ging ihn einen feuchten Kehricht an, ob sie einen Freund hatte oder nicht. Es war eine Million Jahre her, dass sie und er …

*Besser nicht daran denken, Mann.* Außerdem konnte er es kaum erwarten, endlich in sein eigenes Leben zurückzukehren, zu seiner Arbeit. Er sollte es sowieso am besten vermeiden, Leute kennenzulernen. Himmel, als Tasha vorhin die Tür aufgestoßen hatte, hätte er beinahe schon wieder seine Waffe gezückt – die er hier in Razor Bay eigentlich nicht einmal bei sich haben sollte. Er war der Typ, der auf Aufregung aus war, der es liebte, das Blatt so weit auszureizen, bis er die bösen Jungs dort hatte, wo sie hingehörten. Der es genoss, machthungrige Drogenbarone auszuschalten.

Wobei natürlich jedes Mal längst ein Dutzend andere nur darauf warteten, die frei gewordene Position zu übernehmen. Trotzdem, er tat, was er konnte – und war mehr als bereit, wieder ein paar miese Typen auffliegen zu lassen. Deswegen sollte es ihm egal sein, was Tasha tat oder nicht tat.

Was nicht erklärte, warum er sich derart weit über die Brüstung beugte, um ihr hinterherzusehen. Es fehlte nicht viel, dann würde er das Gleichgewicht verlieren und mit dem Kopf zuerst auf der Straße landen.

„Scheiße." Er richtete sich auf, machte einen riesigen Schritt zurück und ließ sich auf einen der Stühle fallen, der unter seinem Gewicht knarzte. Tasha hatte offenbar ein Faible für Korbmöbel.

Ihm war eine tolle Aussicht nicht besonders wichtig, aber er musste zugeben, dass diese verdammt schön war. Die Regenwolken verzogen sich, die Bergkette hinter dem schmalen Band des Meeres streckte ihre gezackten Gipfel in den wolkenlosen blauen Himmel. Irgendjemand röhrte mit einem Jetboot unerbittlich in Kreisen über den Kanal, und Luc erhaschte einen Blick auf die Plattform im Wasser, zu der er und Jake an dem Abend gerudert waren, als Tasha zusammen mit ihren Freundinnen Jenny und Harper nackt schwimmen gewesen war. Hätte er geahnt, dass es sich dabei um seine Tasha gehandelt hatte – okay, nicht seine im Sinne von *seine*, aber zumindest die Tasha, die er einmal gekannt hatte –, hätte er sich um einiges mehr angestrengt, um in der Dunkelheit etwas von ihnen zu sehen. Wozu er natürlich Röntgenaugen gebraucht hätte, trotzdem hätte er es auf alle Fälle versucht. Ein paar Leute in Kajaks paddelten auf das Naturschutzgebiet zu.

Er war unruhig. Nervös. Von seiner eigenen Gesellschaft gelangweilt. Deshalb stand er auf und klopfte auf seine Jeanstasche, um sicherzugehen, dass sein Zimmerschlüssel darin steckte. Dann verließ er das Studio und schloss hinter sich ab. Er konnte genauso gut einen Spaziergang zum Hotel machen und mal sehen, ob Jake in der Nähe war. Das war immer noch besser, als die ganze Zeit in diese bescheuerten Erinnerungen abzutauchen.

Erst als er bereits die Veranda von The Sand Dollar, dem größten Cottage auf dem Hotelgelände von The Brothers Inn, überquerte, kam ihm in den Sinn, dass er vielleicht vorher hätte anrufen sollen. Er rollte die Schultern, um sie zu lockern, und klopfte an die Tür. *Hättest, könntest, solltest, Mann.* Jetzt war er nun mal hier. Und deswegen klopfte er gleich noch einmal.

„Immer langsam“, hörte er Jakes verärgerte Stimme. Schritte erklangen, dann wurde die Tür aufgerissen. „Es sollte verdammt noch mal besser irgendwo brennen, weil ich nämlich gerade mitten beim …“ Er blinzelte. „Oh, hey, du bist es.“ Sein Halbbruder trat zurück und zog die Tür weiter auf. „Komm rein. Ich wollte sowieso mit dir sprechen.“

„Ach ja?“ Wie dumm, dass ihm warm ums Herz wurde, nur weil irgendein Typ, von dem er bis vor einem halben Jahr noch gar nichts gewusst hatte, ihn genauso gern kennenlernen wollte wie er ihn und seinen anderen Halbbruder. Nachdem er nun keine Eltern mehr hatte, beneidete Luc die beiden um ihre Verbundenheit und wie Jake seinen Bruder Max immer sofort verteidigte, wenn es mal wieder um ihren gemeinsamen Vater ging.

„Möchtest du ein Bier?“, fragte Jake und sah auf seine teure Uhr.

Er trug ein grünes Seidenhemd, sorgfältig gebügelte Cargoshorts – wer machte denn so was? – und hatte perfekt geschnittenes, sonnengebleichtes Haar. Alles an ihm schrie geradezu *erfolgreich und wohlhabend.*

„Es ist nicht zu früh dafür, oder?“

„Teufel, nein. Ein Bier wäre gut.“ Verstohlen betrachtete Luc sein eigenes schlichtes Baumwoll-T-Shirt, um sicherzugehen, dass es noch sauber war, dann folgte er seinem Halbbruder in eine kleine Küche.

Jake fischte ein paar Flaschen Fat Tire aus dem Kühlschrank und reichte eine davon ihm. „Also“, sagte er, ließ den Drehverschluss aufploppen und schnippte ihn mit den Fingern in die Küchenspüle. „Wie ich höre, haben du und Tasha eine aufregende gemeinsame Vergangenheit.“

Luc zuckte zusammen. „Woher zum Teufel weißt du das?“

„Jenny ist Tashas beste Freundin, schon vergessen? Sie ist heute Morgen zu ihr gegangen, um herauszufinden, was gestern mit ihr los war. Sie behauptet, dass Tash normalerweise ganz anders ist.“

Es war natürlich kleinlich von ihm, aber es passte ihm gar nicht, wie locker sein Halbbruder Tashas Spitznamen aussprach, wohingegen es ihm verboten war, ihn zu benutzten.

„Wie man hört, behauptet Tasha, dass du ein Dealer bist und dass sie wegen Drogen, die in deiner Ferienhütte gefunden wurden, verhaftet wurde.“

„Verflucht.“ Luc griff in seine Hosentasche, zog nun bereits zum dritten Mal seine Dienstmarke hervor und hielt sie Jake unter die Nase. „Ich habe undercover gearbeitet. Und ich wusste bis gestern nicht einmal, dass sie überhaupt verhaftet wurde.“

Jake nahm ihm die Dienstmarke aus der Hand und studierte sie. „DEA, hm? Das wird Max interessieren.“

„Er weiß es schon – er kam heute Morgen in mein Hotel in Silverdale.“

Ein kleines Lächeln umspielte Jakes Lippen. „Guter Junge. Er verpasst so schnell nichts." Er gab die Dienstmarke zurück. „Warum hast du die nicht einfach Tash gezeigt?"

„Habe ich doch! Sie sagte, sie könnte gefälscht sein."

Jake lachte. „Ja, sie war ziemlich wütend, als sie vorhin bei Jenny anrief und sie gefragt hat, ob sie sich im Anchor treffen könnten."

„Sie ist im Anchor? Mit deiner Verlobten?" Nicht dass er erleichtert war oder so was. Er hatte lediglich einen neuen Entschluss gefasst, das war alles. „Nun, hör mal. Ich lasse dich jetzt weiterarbeiten, woran auch immer du gerade arbeitest."

„Damit du ohne mich in den Anchor gehen kannst?", wollte Jake wissen. „Vergiss es." Er verschwand in einem anderen Raum, kam aber fast umgehend wieder zurück, schob eine Geldbörse in die Hosentasche und sagte: „Dir ist schon klar, dass sie gerade dabei ist, deinen guten Namen bei den Mädels zu ruinieren, ja? Die werden sich über deine Anwesenheit nicht gerade freuen."

Lucs rechter Mundwinkel zuckte nach oben. „Tja, warum können die nicht so vernünftig sein wie wir?"

„Ich weiß, ich weiß. Frauen sind ein Mysterium." Jake wurde wieder ernst. „Sei einfach vorbereitet, Bro. Du bewegst dich auf ziemlich wackligem Grund." Sie traten nebeneinander auf die Veranda. Jake schloss ab. „Wo ist dein Wagen?"

„Harbor Street. Ich bin hergelaufen."

Jake zuckte mit den Schultern. „Dann fahre ich." Er ging auf seinen SUV zu, blieb dann aber kurz stehen, um ihn anzusehen. „Du solltest vielleicht ins Brothers Inn ziehen, dann musst du nicht die ganze Zeit zwischen hier und Silverdale hin- und herfahren."

„Ich brauche kein Zimmer. Ich bin gerade in das Apartment über dem Bella T's gezogen."

„Kein Scheiß?" Jake warf Luc ein breites Grinsen zu. „Das wird ja immer besser."

## *4. KAPITEL*

„Ach, verdammt", sagte Tasha missmutig, „ich hab ja von Anfang an gewusst, dass ich mich mit Diego … Luc, oder wie immer er sich gerade nennt, überhaupt nicht einlassen sollte." Sie trank einen großen Schluck Rotwein, dann sah sie Jenny und Harper an, die ihr gegenüber in einer Nische im Anchor saßen. „Mir war klar, dass ich nicht mit ihm gehen sollte. Aber statt auf mein Bauchgefühl zu hören, hab ich trotzdem was mit ihm angefangen."

„Woher hättest du das wissen sollen?", fragte Harper mit ihrem leicht britischen Akzent, der sehr nach teurem Internat klang. „Hatte er vielleicht *verlogener Drogendealer* auf der Stirn stehen?" Ihre schwarzen Ringellocken zitterten und schaukelten, als sie den Kopf neigte, um sie, Tasha, zu mustern. „Und wie genau soll so jemand überhaupt aussehen?"

„Du sagst es. Ich meine ja nur, dass ich nicht vorhatte, in diesem Urlaub mit irgendjemandem was anzufangen. Es war einfach Pech, dass ich meine eigenen Regeln ausgerechnet bei einem Typen gebrochen habe, der mich dann auf den Bahamas in den Knast gebracht hat."

Es war merkwürdig, noch jemandem von dieser Zeit in ihrem Leben zu erzählen. Diese achtundvierzig Stunden in einer dunklen, engen Zelle waren die schlimmsten ihres Lebens gewesen – Minuten, die sich zu Hundejahren dehnten, während sie sich gefragt hatte, ob sie jemals wieder Tageslicht zu sehen bekäme. Als man sie schließlich gehen ließ, wollte sie das Ganze nur schnell vergessen und hatte außer mit Jenny nie über ihre Inhaftierung gesprochen. Jetzt, nach sieben Jahren eisernen Schweigens, war sie in weniger als vierundzwanzig Stunden nicht nur Luc, sondern auch Harper gegenüber damit herausgeplatzt.

Obwohl sie Harper erst seit ein paar Monaten kannte, war die ihr fast sofort wichtig geworden. Und ihre neue Freundin musste natürlich von ihrer gemeinsamen Vergangenheit mit Luc erfahren, wenn sie jemals verstehen sollte, wieso sie so wahnsinnig wütend auf ihn war.

Lärmendes Gelächter männlicher Gäste explodierte an einem Nebentisch, doch Harper warf nicht einmal einen Blick in diese Richtung. „Du warst im Urlaub", sagte sie. „Warum solltest du dich nicht mit einem irre gut aussehenden Mann einlassen?" Sie warf ihr einen wissenden Blick zu. „Ich schätze, wir sind uns alle einig, dass Luc Bradshaw heiß aussieht, oder?"

*Oh ja. Das tut er auf jeden Fall.* Tasha hatte jedoch nicht vor, das laut auszusprechen. Dennoch senkte sie das Kinn zu einem kaum sichtbaren Nicken.

„Das alles hat mit ihrer Mama zu tun", sagte Jenny, hob eine Hand, um die Bedienung auf sich aufmerksam zu machen, und ließ den Zeigefinger über ihre Gläser kreisen, damit sie Nachschub bekamen.

„Deine Mutter hätte ein Problem mit einem Urlaubsflirt gehabt?", fragte Harper. „Ist sie so streng, oder wie?"

Tasha und Jenny lachten. „Nein", sagte Tasha. „Ganz im Gegenteil, um genau zu sein. Meine Mom war als Nutte von Razor Bay bekannt. Sie ist vor fast sechs Jahren nach Olympia gezogen, aber noch immer gibt es Leute, denen es Spaß macht, mir Beleidigungen ins Gesicht zu schleudern." Sie zuckte mit den Schultern. „Das sind natürlich Deppen. Versteh mich nicht falsch, ich liebe meine Mom, doch wir sind uns nicht sonderlich ähnlich."

„Was du nicht sagst." Jenny wandte sich an Harper. „Nola, Tashas Mom, lebt nur für den Augenblick – ich habe nie mitbekommen, dass sie auch nur eine Sekunde lang darüber nachgedacht hat, was morgen sein wird. Tasha wiederum – sie ist total anders. Sie ist der zielgerichteste Mensch, den ich kenne."

Harper warf ihr einen Blick aus ihren strahlend olivgrünen Augen zu, dann drehte sie sich etwas auf ihrem Stuhl herum, um Jenny zu mustern. „Ich weiß, dass ihr beide seit Langem beste Freundinnen seid. Aber ich glaube, ich habe nie gehört, wie genau ihr euch kennengelernt habt."

„Das war an meinem zweiten Tag auf der Highschool von Razor Bay, als wir sechzehn waren", sagte Jenny mit einem liebevollen Lächeln für Tasha. „Ich war neu in der Stadt, und Tash hat sich eingemischt, als ein paar Kids mich wegen der Verhaftung meines Vaters aufgezogen haben. Dabei ging es um Betrug, um ein Schneeballsystem. Darüber können wir ein anderes Mal sprechen", fügte sie mit einem kleinen Grinsen hinzu, als sie das interessierte Aufleuchten in Harpers Augen sah. „Ich habe Tasha von der ersten Sekunde an geliebt, denn sie hatte einen noch schlechteren Stand in der Schule als ich, aber statt sich bedeckt zu halten und einfach weiterzugehen, wie es jeder vernünftige Mensch getan hätte ..."

Tasha schnaubte, und Jenny grinste sie an.

„... hat sie sich mitten ins Getümmel gestürzt. Wir haben oft in der Küche ihrer Mama zusammen Pizza gebacken und uns geschworen, dass wir was aus unserem Leben machen." Kopfschüttelnd lächelte Jenny. „Ich dachte ja damals, ich hätte große Pläne, aber Tasha hatte sogar schon einen sauber getippten Businessplan für das Bella T's in ihrer Wäscheschublade liegen."

So war es gewesen, daher zuckte Tasha auch nur mit den Schultern. Doch dann schlug sie mit der flachen Hand auf die verschrammte Holztischplatte und richtete sich etwas auf. „Meine Mutter eine Nutte zu nennen ist total unfair." Sie machte eine Handbewegung, als wollte sie ihre Worte wegwischen. „Also, natürlich hat sie mit erstaunlich vielen Männern geschlafen. Aber ich kann euch versichern, dass sie es nie für Geld getan hat. Ich bin nicht mal sicher, dass sie es gemacht hat, weil sie Sex so sehr mochte. Ich hab lange nicht kapiert, warum sie ständig mit irgendjemandem in die Kiste gehüpft ist. Gott weiß, dass ich mich mit ihrem Ruf rumschlagen musste, seit ich alt genug war, zu kapieren, was die Leute meinten, wenn sie sagten, dass Nola Riordan eine Schlampe sei. Mom dachte bei jedem einzelnen Mann, es könnte was Ernstes daraus werden. Und ich rede hier von Liiiiiebe mit großem L." Ihr Tonfall war bitter geworden, aber sie konnte nicht anders. „Allen Beweisen zum Trotz hat meine Mutter allen Ernstes immer geglaubt …"

„Nicht *hat* geglaubt, sondern glaubt", korrigierte Jenny sie.

„Stimmt, und ich bin sicher, dass sie bis zum Schluss glauben wird, dass es diesmal funktioniert. Sie ist nach wie vor davon überzeugt, dass bald der Prinz auf seinem weißen Pferd angeritten kommt. Dass dieser neue Liebhaber endlich der Richtige sein wird."

Harper stützte ihr Kinn auf eine Hand und seufzte. „Sie ist eine Romantikerin."

„Was du nicht sagst." Tasha schnaubte rüde. „Mom geht ganz und gar in dieser Fantasie auf." Eine Erinnerung tauchte auf, und sie sah vor ihrem geistigen Auge, wie Nola spät nachts zum Wohnwagen zurückkam, der Lippenstift verschmiert, das Haar zerzaust, sie roch nach Rauch und verschüttetem Bier. Ihre Mutter weckte sie auf, hob sie aus dem Bett und wirbelte sie herum. „Er wird uns aus diesem Rattenloch rausholen, Baby", versprach sie. „Wart's nur ab." Gott. Wie oft hatte sie diesen Spruch gehört?

Oft genug, um schon mit neun oder zehn Jahren nichts mehr darauf zu geben.

„Glaubst du nicht an romantische Liebe?" Harper ließ die Hand sinken und lehnte sich zurück. „Bitte sag das nicht."

„Okay“, antwortete Tasha freundlich. „Ich sag es nicht. Immerhin habe ich gesehen, wie ihr beide, du und Jenny, euch in die Bradshaw-Jungs verliebt habt, und das mit euch ist auf jeden Fall was Besonderes. Ich glaube bloß nicht, dass es so was auch für die Riordan-Frauen gibt.“

„Sei nicht albern“, sagte Jenny. „Natürlich gibt es das.“

„Entschuldige, wenn ich es überhaupt nicht albern finde“, fuhr sie Jenny an. „Aber nicht jeder hat so ein Glück wie du.“ Tasha atmete tief durch, dann grinste sie ihre beste Freundin entschuldigend an und sagte in sanfterem Ton: „Tut mir leid. Das war blöd. Doch wie viele Jahre habe ich meiner Mom bei ihrer verrückten Suche nach ihrem Traumprinzen zugesehen? Und als ich schließlich etwas von meinem hart verdienten Pizzeriageld für eine Reise in die Tropen ausgegeben habe, war alles, was ich wollte, weißer Sand, blauer Himmel und im Schatten einer Palme Mai Tais schlürfen. Okay, und vielleicht ein paar Fotos knipsen, um dich neidisch zu machen.“

„Du weißt, dass ich neidisch war wie verrückt“, sagte Jenny. „Ich fand es furchtbar, dass ich nichts von meinem Studiengeld abzweigen konnte, um mitzukommen.“

Tasha drückte Jennys Hand, denn ihr war klar, dass sie vorhin viel zu abwehrend gewesen war. Dann konzentrierte sie sich wieder auf das eigentliche Thema. „Also, ich hab nicht an die Liebe geglaubt. Dann habe ich Diego kennengelernt, und für ein paar Tage dachte ich, das hätte sich geändert, dass es das wäre, wisst ihr? Endlich hatte ich begriffen, was genau meine Mom all die Jahre suchte. Von dem Moment an, als wir uns trafen, war alles so … einfach. Er gab mir das Gefühl, klug zu sein. Schön. Und, mein Gott, so strahlend.“

Was alles danach nur umso verheerender gemacht hatte. Obwohl sie es nicht wollte, spürte sie, wie ihr Gesichtsausdruck hart wurde. „Ganz offensichtlich habe ich den schlechten Geschmack meiner Mutter geerbt, was Männer betrifft. Also, ich bin nicht auf der Suche nach der großen Liebe. Nie wieder.“ Als sie das Unbehagen ihrer Freundinnen bemerkte, versuchte sie, die Stimmung wieder etwas aufzulockern. „Natürlich habe ich nichts gegen guten Sex hier und da. Aber in der Hinsicht läuft es leider auch nicht besonders.“

„Männer finden dich heiß, das weißt du“, sagte ihre beste Freundin leise. „Wenn du nur wolltest, könntest du viel öfter Sex haben.“

„Okay“, räumte sie ein. „Vielleicht.“

„Männer starren dich an, als gäb's von dir ein Ausklappblatt im Playboy“, sagte Harper.

„Ich weiß. Komisch, oder? Ich kapier's einfach nicht.“ Tasha grinste. „Ich habe ein ziemlich gesundes Selbstbewusstsein, ich sage das also nicht, weil ich mich hässlich finde oder so was. Himmel, wenn ich mich wie heute ein bisschen anstrenge, dann finde ich schon, dass ich ziemlich heiß aussehe. Aber von meinen Brüsten mal abgesehen, die wirklich *sehr* hübsch sind, wenn ich das selbst so sagen darf, ist mein Körper nun mal meilenweit von sexy Kurven entfernt. Außerdem habe ich diese verrückten Haare.“ Sie griff nach einer Strähne, zog daran und warf Harper, die einen ähnlich wilden Lockenkopf hatte, ein klägliches Lächeln zu. „Gut, dir muss ich darüber wohl kaum was erzählen. Zum Glück habe ich endlich ein paar wirklich fantastische Produkte für meine Locken gefunden. Aber dann ist da auch noch meine verdammte Oberlippe.“

„Die die Männer offensichtlich faszinierend finden“, meinte Harper.

Ich liebe deinen Mund, hörte sie Luc wispern. Sie seufzte. „Yeah, das stimmt. Und ich habe ja auch meinen Frieden damit geschlossen. Als Kind habe ich sehr darunter gelitten, es hat eine Zeit gedauert, bis ich kapierte, dass mein Mund nicht irgendwie abartig ist."

Harper wollte gerade protestieren, als Jenny sich plötzlich aufrichtete.

„Oh-oh", sagte sie. „Schaut nicht hin, aber eben sind Jake und Luc reingekommen."

Tashas Herz begann heftig zu schlagen. Nachdem sie es sich mit ihren Freundinnen in der Nische gemütlich gemacht hatte, hatte sie eine gute halbe Stunde lang beinahe schon damit gerechnet, dass Luc ihr folgen würde. Was bei näherem Nachdenken natürlich albern war, doch sie hatte den Blick in seinen kohlschwarzen Augen gesehen, als er vom Balkon über dem Bella T's auf sie hinabgestarrt hatte, da war ihr dieser Verdacht gekommen. Allerdings hatte sich nach dieser halben Stunde ihre Anspannung endlich gelöst.

Auch hatte es geholfen, Harper ihre Geschichte zu erzählen. Wenn man in einer Kleinstadt wie Razor Bay aufwuchs, war es selbstverständlich, dass jeder jeden kannte. Es war zur Abwechslung einmal nett, mit jemandem zu sprechen, der nicht sowieso schon alles über sie zu wissen glaubte.

Nun – verflucht sei Luc Bradshaw – war sie wieder ganz und gar verkrampft. „Verdammt, warum muss er jetzt hier reinkommen und alles ruinieren? Kommen sie an unseren Tisch?"

„Vielleicht. Ja, ich glaube schon." Jenny atmete scharf aus. „Nein. Ich weiß, dass sie uns gesehen haben, also Jake auf jeden Fall, aber sie gehen weiter nach hinten."

In diesem Moment kamen die Männer in ihr Sichtfeld, und Tasha nickte. „Ja, stimmt. Oh. Sieht so aus, als ob sie Darts spielen wollten."

Sie wollte Luc nicht hinterherstarren, wirklich nicht, doch sie saß nun einmal in dieser Blickrichtung, und sie musste

Harper recht geben. Er war tatsächlich ein verdammt gut aussehender Mann.

Sie schien einfach nicht wegsehen zu können.

„Himmelherrgott, was soll das sein? Das offizielle Bradshaw-Familientreffen oder wie?“, fragte Jenny auf einmal, und ihr Ton war so scharf, dass Tasha sich endlich von Lucs Anblick losriss. Der grinste gerade die Bedienung mit diesem Fast-Grübchen-Lächeln an. *Schwein.*

Nicht, dass es sie sonderlich kümmerte, ob er mit jemand anderem flirtete oder sonst was tat.

Sie beschloss hastig, den Wahrheitsgehalt dieser Behauptung nicht so genau zu hinterfragen. Stattdessen reckte sie sich und sah, wie Max hereinkam und einen Moment stehen blieb, höchstwahrscheinlich, um sich erst mal an das gedämpfte Licht zu gewöhnen. Er schaute sich um und entdeckte die beiden Männer. Dann sah er sie drei in ihrer Sitznische und schlängelte sich zwischen den spärlich besetzten Tischen hindurch zu ihnen.

„Ladies“, sagte er an sie und Jenny gewandt und nickte ihnen zu. Anschließend richtete er seine Aufmerksamkeit auf Harper. „Hallo, Sweetheart.“ Er stützte sich mit den Fingerknöcheln auf der Tischplatte ab, warf seiner Verlobten ein liebevolles Lächeln zu und beugte sich zu ihr hinüber, um sie zu küssen. Als er sich wieder aufgerichtet hatte, sah er Tasha an. „Ich habe ein paar Neuigkeiten über Luc für dich“, sagte er. „Möchtest du einen Moment mit mir rauskommen?“

Tasha überlegte ungefähr zwei Sekunden, dann schüttelte sie den Kopf. „Das kannst du mir genauso gut hier sagen. Ich habe ihnen gerade alles erzählt.“ Ihre Stimme klang kühl, doch ihr Puls jagte in ungeahnte Höhen. Interessiert musterte sie Max. „Wie kommst du überhaupt darauf, dass ich Neuigkeiten über ihn erfahren möchte?“

„Mir ist gestern Abend aufgefallen, dass du ziemlich sauer auf ihn bist“, sagte er. „Und Harper erwähnte, dass du ihn nicht für Luc, sondern für jemanden namens Diego hältst. Das hat meine berufliche Neugier geweckt.“ Sein Gesicht rötete sich leicht, als sie ihn jetzt alle ansahen, dann hob er die breiten Schultern. „Ich bin nun mal ein Cop“, sagte er beinahe entschuldigend. „Und es macht mich eben misstrauisch, wenn mein neu entdeckter Halbbruder nicht die Person sein soll, als die er sich vorgestellt hat. Also habe ich Luc heute Morgen in seinem Hotel aufgesucht, um herauszufinden, was da los ist.“

„Endlich einer, der ihm nicht einfach alles abkauft“, sagte Tasha.

„Yeah, nun, was ich dir zu sagen habe, gefällt dir vielleicht nicht. Oder vielleicht doch. Keine Ahnung. Aber er ist kein Drogendealer. Er ist von der Drug Enforcement Administration.“

„Ach, bitte“, sagte sie herablassend. „Hat er dir auch seine Dienstmarke gezeigt? Du enttäuschst mich. Dir muss doch klar sein, dass heutzutage jeder so ein Ding im Internet bestellen kann.“ Ihr Magen begann sich trotzdem etwas zu heben, denn wenn Max glaubte, die Dienstmarke sei echt …

… dann war sie es vermutlich.

„Vielleicht kann jeder eine Fälschung kaufen, die einem normalen Menschen nicht auffällt“, stimmte Max ihr mit dieser tiefen, autoritären Stimme zu. „Ich habe aber eine Menge Dienstmarken sowohl bei den Marines als auch in meiner Zeit beim Sheriff's Department gesehen, und seine sieht sehr echt aus. Zudem habe ich einen alten Kumpel beim Justizministerium angerufen. Er hat Luc überprüft und es mir bestätigt. Der Typ ist bei der DEA, Tash.“

„Danke für diese Nachricht. Du bist ein guter Freund.“ Steif erhob Tasha sich. „Ich muss jetzt gehen.“

„Nein", protestierte Jenny.

Tasha wandte den Kopf, um sie anzusehen. Etwas in ihrem Blick ließ Jenny zurückschrecken, und ihre Freundin fügte nur leise hinzu: „Musst du wirklich?"

Tasha konnte nicht anders. Sie blickte in den hinteren Teil zu den Bradshaw-Brüdern. Luc stand mit dem Rücken zur Dartscheibe, und gerade, als sie hinsah, warf er einen Pfeil über seine Schulter. Er traf ein paar Zentimeter über dem Double Ring. Sie konnte Jake nicht hören, aber höchstwahrscheinlich verriet er Luc dessen Punktzahl.

Plötzlich sah Luc sie an.

Sie fuhr zusammen, dann sagte sie zu Jenny: „Ja, ich muss wirklich gehen. Ich muss die Küche fertig putzen, bevor ich morgen aufmache."

„Ich helfe dir." Jenny erhob sich bereits.

„Nein." Tasha trat abrupt einen Schritt zurück. „Nein. Vielen Dank für das Angebot, aber bleib noch. Trink ein Glas Wein mit deinem Verlobten."

Sie war so froh, dass ihre Freundin mit Jake das große Glück gefunden hatte. Und für Max und Harper freute sie sich ebenfalls. Im Augenblick konnte sie so viel Glück um sich herum jedoch einfach nicht aushalten. Nicht jetzt, wo es ihr selbst so mies ging.

Ihr Blick traf Jennys, und sie konnte nur hoffen, dass ihr Lächeln nicht so starr war, wie es sich anfühlte. „Wir sprechen bald", flüsterte sie, wirbelte herum und machte, dass sie wegkam.

Luc packte Max am Arm. „Was zum Teufel hast du ihr erzählt?"

Max blickte auf die Hand auf seinem Bizeps, dann sah er ihm wieder ins Gesicht. Dieser Das-solltest-du-besser-nicht-tun-Polizistenblick und das Ausmaß des Muskels unter seinen

Fingern änderten Lucs Meinung. Schnell ließ er seine Hand sinken.

„Schön, dich zu sehen, Bro", polterte Max, wie es nun mal seine Art war. „Ich habe ihr gesagt, dass deine DEA-Dienstmarke echt sein muss."

„Aber … das ist doch was Gutes, oder?"

„Sollte man meinen. Für sie aber offenbar nicht. Sie sah aus, als hätte ihr jemand in den Bauch getreten. Vielleicht macht es das in ihren Augen nur noch schlimmer. Denn wenn du der gute Kerl bist – wieso ist sie dann ins Gefängnis gewandert? Und warum hast du keinen Finger gekrümmt, um ihr zu helfen?"

„Weil ich nichts davon wusste! Ich muss mit ihr sprechen." Er wollte sich an seinem Halbbruder vorbeidrängen, doch Max trat ihm in den Weg. Dieser Typ war so groß und kräftig, dass Luc nichts anderes übrig blieb, als stehen zu bleiben. Was nicht bedeutete, dass es ihm gefiel. „Was?"

„Jetzt mal ganz langsam. Denk mal kurz nach – und versuch, die Dinge durch Tashas Augen zu sehen. Ihr ist vor sieben Jahren was verdammt Traumatisches widerfahren, aber sie hat es irgendwann geschafft, die Sache zu verarbeiten und darüber hinwegzukommen."

Luc wurde klar, dass er in letzter Zeit ziemlich oft reagierte, ohne vorher nachzudenken, was normalerweise gar nicht seine Art war. Er schüttelte seine Hände aus. „Und dann tauche ich auf der Bildfläche auf."

„Nicht nur das, du bist auch noch mit den Männern ihrer besten Freundinnen verwandt. Was bedeutet, dass sie dir nicht aus dem Weg gehen kann. Außerdem sagte Tasha, du wärst in das Apartment neben ihrem eingezogen. Wie zur Hölle hast du das denn hingekriegt?"

„Ich hatte keinen blassen Schimmer von ihr, als ich den Vertrag von Will unterschrieben habe – ich habe das schon letzten Monat arrangiert, nachdem ich herausgefunden hatte, dass ihr in Razor Bay lebt. Ich habe euch gesucht und zuerst dich gefunden, da hatte ich aber keine Ahnung, dass Jake auch hier lebt. Ich wusste ja nicht, wie das werden würde, und ich dachte, falls du nichts mit mir zu tun haben willst, hätte ich wenigstens eine etwas privatere Unterkunft als ein Hotelzimmer, in die ich mich zurückziehen könnte, um nach Jake zu suchen. Ich habe ein Sabbatjahr beantragt, als ich erfuhr, dass Dad gestorben ist. Mein Worst-Case-Szenario war, dass ich gezwungen wäre, mich eine Zeit lang hier zu erholen."

Max zuckte mit den Schultern. „Aber du kannst dir schon vorstellen, dass Tasha von alldem ziemlich überwältigt sein muss, oder?"

Er nickte kurz.

„Dann hör auf mich und lass sie erst mal in Ruhe. Du kannst nicht alles in vierundzwanzig Stunden klären. Gib euch beiden etwas Zeit."

Er stimmte zu, schlüpfte in die Rolle des lockeren Luc und tat alles, was dafür notwendig war, außer dass er Max „Dude" nannte.

Was Max gesagt hatte, klang vernünftig. Er musste Tasha Raum zum Atmen lassen.

Doch wie sollte das gehen? Er hatte vor, möglichst viel Zeit mit seinen Halbbrüdern zu verbringen, und das bedeutete nun mal, dass er auch mit deren Frauen zu tun hatte.

Und somit mit Tasha.

Egal wie lange er letztendlich hierbleiben würde, er musste auf jeden Fall einen Weg finden, sich mit Tasha auszusprechen.

Das wäre für alle Beteiligten das Beste.

# 5. KAPITEL

Es tut mir wirklich leid, Tasha", sagte Tiffany, als sie am folgenden Freitagnachmittag aus der Küche des Bella T's kamen. „Ich hasse es, dich so hängen zu lassen." Ihr sonst so fröhliches Gesicht war kummervoll verzogen.

Tasha blieb stehen, legte eine Hand auf die kräftige Schulter der Kellnerin, drückte sie und senkte den Kopf, um ihr direkt in die Augen sehen zu können. „Tiff, Süße. Nein. Es gibt überhaupt keinen Grund, sich zu entschuldigen, und du lässt mich nicht hängen. Ich dachte sowieso nicht, dass du in der Küche glücklich werden würdest. Aber du warst von Anfang an mit dabei, deswegen wollte ich dir zumindest das Angebot machen, bevor ich mich woanders nach Hilfe umsehe." Sie grinste verschmitzt. „Nur für den Fall, dass du in den letzten Jahren den geheimen Wunsch gehegt haben solltest, als Köchin zu arbeiten."

„Gott, nein." Tiffany schauderte. „Obwohl die Küche teilweise zum Restaurant geöffnet ist, würde es mich verrückt machen, den ganzen Tag dort zu stehen. Ganz zu schweigen davon, dass ich mir nur die Fingernägel ruinieren würde. Ich arbeite einfach gern mit Menschen."

„Und das ist es auch, was du besonders gut kannst. Deswegen mach dir bloß keine Gedanken." Tasha legte einen Arm um Tiffanys Schultern und zog sie in eine kurze Umarmung. Dann trat sie zurück und ließ automatisch den Blick durch das Restaurant schweifen. „Wie es aussieht, geht der Mittagsandrang los, also beweg besser deinen süßen Hintern nach draußen und nimm ein paar Bestellungen auf."

„Aye, aye, Boss."

Tasha nahm ihren gewohnten Platz hinter der Theke ein, wo sie ein Auge auf die schnell größer werdende Gästeschar behalten konnte. Sie sah, wie Tiffany von Tisch zu Tisch spazierte und mit den Gästen lachte und scherzte, während sie die Bestellungen entgegennahm. Dann richtete sie ihre Aufmerksamkeit auf Jeremy, den Jungen aus dem Cedar Village, den sie zum Geschirrabräumen eingestellt hatte.

Ursprünglich hatte sie damit Max und Harper einen Gefallen tun wollen, die sich beide enorm für das Heim engagierten, doch wie sich herausstellte, arbeitete Jeremy tatsächlich gut. Er war ein großer, gut gebauter und gut aussehender Achtzehnjähriger. Sie hatte befürchtet, er würde die ganze Zeit nur mit den Mädchen flirten, doch sosehr es auch einige von ihnen versuchten, er spielte nicht mit. Er war nicht so ein geselliger Mensch wie Tiff. Er erledigte seine Arbeit, blieb aber ansonsten lieber für sich, was die jungen Damen nur noch mehr anspornte, ihn auf sich aufmerksam zu machen.

Wenn sie nicht gerade versuchten, mit ihm zu flirten, dann beobachteten sie ihn.

Genau das tat Peyton Vanderkamp in diesem Augenblick. Das hübsche schwarzhaarige Mädchen saß mit Davis Cokely an einem Tisch, warf jedoch immer wieder verstohlene Blicke zu Jeremy, der den Nebentisch abräumte. Davis war ebenfalls ein gut aussehender Junge, doch strahlte er für Tashas Geschmack viel zu viel Selbstgefälligkeit und Anspruchsdenken aus.

Über Peyton wiederum wusste sie nicht viel. Die Vanderkamps waren relativ neu in Razor Bay, offenbar ungeheuer reich, und da das Mädchen eine ähnliche Ausstrahlung wie Davis hatte, erwartete Tasha sich von ihrem Charakter nicht viel. Ihr war natürlich klar, dass sie durch ihre Erfahrungen auf der Highschool voreingenommen war, und sie gab auch gern zu, dass sie sich nicht besonders erwachsen verhielt. Aber da sie höchstwahrscheinlich keine nähere Bekanntschaft mit diesem

Mädchen machen würde, brauchte sie sich darüber nicht den Kopf zu zerbrechen.

Sie wollte sich gerade abwenden, als ein berechnender Ausdruck über Davis' Gesicht huschte, deshalb wartete sie ab. Aus dem Grund sah sie, wie er genau in dem Moment, in dem Jeremy an seinem Tisch vorbeikam, einen Fuß ausstreckte.

Jeremy stolperte und ging zu Boden wie ein gefällter Baum. Die Plastikwanne rutschte ihm aus der Hand, das Geschirr fiel laut scheppernd auf den Fußboden.

Wie Grillen beim Nahen eines Feindes wurden die Kids mit einem Schlag mucksmäuschenstill. Nur Davis lachte.

Erbost schnappte sich Tasha ihre Pingpongpistole, die sie unter der Theke aufbewahrte, zielte und schoss. Der Ball knallte gegen Davis' Schläfe und beendete so sein nerviges Gelächter.

Er fuhr zu ihr herum. „Was zur Hölle!"

Sie kam hinter der Theke hervor und schlenderte an seinen Tisch. Dort stützte sie sich mit den Fingerknöcheln auf der Tischplatte ab und beugte sich zu ihm hinunter. „Niemand schikaniert meine Leute in meinem Restaurant", sagte sie tonlos. „Wenn du ein Dreckskerl sein willst, Junge, dann geh nach Hause und gib deinem Hund einen Tritt."

„Nicht dem Hund!", protestierte eines der Mädchen vom Nachbartisch. „Gib dir selbst einen Tritt!" Ihre Freunde nickten zustimmend.

Tasha hob ein Pizzablech auf und legte es zurück in die Plastikwanne. „Alles okay?", fragte sie Jeremy leise.

Sie sah einen Muskel in seinem Kiefer zucken, in seinen blassblauen Augen loderte Wut. Gleich würde er aufspringen und Davis einen Kinnhaken verpassen – und sie hatte fest vor, genau das abzuwarten, bevor sie sich einmischte.

Doch Jeremy nickte bloß und hockte sich auf die Fersen. Stumm half er ihr, das Geschirr und die Becher einzusammeln.

Tasha war schwer beeindruckt. Nicht viele achtzehnjährige Jungen hatten sich derart unter Kontrolle.

Gerade, als sie die Hand nach einem Plastikbecher ausstreckte, kam ihr eine Idee. Sie betrachtete Jeremy ein paar Sekunden, während sie die Vorteile ihrer Eingebung abwog.

Dann erhob sie sich und richtete ihre Aufmerksamkeit auf Davis. „Wie du auf diesem Schild hier deutlich lesen kannst, behalte ich mir das Recht vor, die Bedienung zu verweigern, wenn ich es für angemessen halte. Und genau das tue ich jetzt. Solltest du irgendwann wiederkommen wollen und dich anständig benehmen, dann bist du herzlich willkommen. Aber für heute hast du dein Pizza-Privileg leider verspielt."

„Na und", sagte er, schob seinen Stuhl zurück und stand auf. „Ihre Pizza ist sowieso nicht besonders gut."

Jeremy sprang auf, als ob genau diese Aussage das Fass zum Überlaufen gebracht hätte. Doch bevor er was sagen konnte, rief ein Footballspieler namens Sage von einem Nebentisch: „Reden wir von derselben Pizza, Cokely? Weil es hier im Bella T's nämlich die verdammt beste Pizza des ganzen Landes gibt." Er warf Tasha einen schuldbewussten Blick zu und hob eine Hand. „Tut mir leid, Miss Riordan – bitte nicht schießen. Die *verflixt* beste Pizza, wollte ich sagen."

Tasha grinste nur. Röte kroch Davis' Hals hinauf, da sein Teamkollege ihn derart bloßstellte, doch dann ignorierte er alle anderen im Restaurant und sah Peyton ungeduldig an.

„Lass uns verschwinden."

Sie rührte sich nicht von der Stelle. „Geh du ruhig", sagte sie kühl, und Tasha fragte sich, ob sie ihre Einschätzung noch einmal überdenken sollte. „Ich bleibe. Mir schmeckt die Pizza hier."

Leise fluchend stapfte Davis zur Tür. Einen Moment später krachte sie hinter ihm ins Schloss.

„Wir haben hier ’ne Menge Bestellungen auflaufen, Boss“, rief Tiffany, und Tasha nickte.

„Könnten Sie bitte die Fleischliebhaber-Pizza für meinen Tisch streichen?“, fragte Peyton auf ihre coole Art.

„Mach ich“, sagte Tasha und lächelte sie entschuldigend an. „Aber ich fürchte, du musst trotzdem für beide bezahlen.“

Peyton hob nur etwas hochmütig eine Schulter. „Kein Problem.“

„Dann werde ich wohl besser zurück in die Küche gehen, damit hier niemand allzu lange auf sein Essen warten muss“, sagte Tasha und drehte sich um.

Nur um direkt in Lucs amüsiertes Gesicht zu blicken.

Ihr Herz machte einen Satz. *Ach, einfach perfekt*. Er war in dieser Woche mindestens einmal pro Tag zum Essen gekommen. Manchmal hatte er versucht, mit ihr zu sprechen, manchmal nicht. Aber immer hatte sie ihn dabei ertappt, wie er sie beobachtete, beobachtete, *beobachtete*. Er war heute bereits da gewesen, um sich einen Kaffee zum Mitnehmen zu holen, deswegen hatte sie irrtümlicherweise angenommen, sich für den Rest des Tages entspannen zu können.

Falsch gedacht, denn da war er schon wieder. Diesmal hockte er lässig an einem der Tische. Die langen Beine ausgestreckt und einen Arm über die Stuhllehne gelegt beobachtete er sie wie immer. Sie hätte sich lieber die Zunge abgebissen als zuzugeben, wie sehr seine forschende Musterung sie durcheinanderbrachte.

Als sich ihre Blicke trafen, lächelte er sie schief an und streckte einen Daumen in die Höhe – womit er sich vermutlich auf die Sache mit Davis bezog. Ohne weiter auf ihn zu achten, wandte sie sich an Jeremy. Inzwischen war sie sich absolut sicher, dass die Idee, die ihr vorhin gekommen war, wirklich gut war. „Bring die Wanne in die Küche“, sagte sie etwas brüsker, als sie eigentlich wollte, „ich möchte mit dir sprechen.“

Jeremy folgte ihr so dicht auf den Fersen, dass er Tasha beinahe ins Stolpern brachte. Mist, dachte er. Die letzten Wochen waren zu schön gewesen, um wahr zu sein. Jetzt würde sie ihn wahrscheinlich feuern, weil sie seinetwegen diesen reichen Schnösel als Kunden verloren hatte. Er war ja nicht dumm. Er wusste, dass sie in der Nebensaison vor allem wegen der Highschool-Kids Umsatz machte.

Er arbeitete gern hier. Die Leute waren ... so fröhlich. Und er hatte nicht besonders viel Erfahrung mit fröhlichen, freundlichen Menschen. Die Leute im Bella T's lachten und lächelten viel. In so einer Atmosphäre zu arbeiten war nett.

Und noch netter war es, wie Tasha ihm eben zur Seite gestanden hatte. *Meine Leute*, hatte sie gesagt, als ob sie ihn zu ihrer Mannschaft dazuzählte. Aber erstens war er gar nicht aus Razor Bay und zweitens wohnte er im Village, was natürlich nicht gerade für ihn sprach.

Tasha hatte ihren Laden fest im Griff und tolerierte im Bella T's nicht mal die mildesten Schimpfwörter, obwohl er sie selbst schon wie einen Matrosen hatte fluchen hören. Allerdings nie, wenn Gäste im Restaurant waren. Er arbeitete erst kurz hier, doch er kannte inzwischen einige Jugendliche, die Bekanntschaft mit einem ihrer Pingpongbälle gemacht hatten, so wie Cokely vorhin. Es überraschte ihn, dass der Footballspieler mit seinem „Verdammt“ davongekommen war, auch wenn er damit ihre Pizza verteidigt hatte.

Wenn er diesen Job verlor, wüsste er nicht, was er tun sollte. Im Moment hatte er zwar noch ein Dach über dem Kopf, aber Ende des Monats war sein Village-Programm beendet, und dann konnte er nicht mehr dort leben. Auf gar keinen Fall wollte er zurück nach Seattle, in den südlichen Randbezirk, wo überwiegend Weiße lebten. Zumal er sich nicht sicher war – selbst nach allem, was er in den Therapiestunden gelernt hatte –, ob er nicht sofort wieder seine alten schlechten Gewohnheiten annehmen würde. Wenn er sich mit seinen ehemaligen Freunden einließe – immerhin waren das die einzigen Leute, die er dort kannte –, würde er ziemlich sicher in sein vertrautes Muster verfallen.

Und dieses Muster hieß: Loser.

Er war so in seine Gedanken vertieft, dass er nicht merkte, wie Tasha stehen blieb. Er prallte gegen ihren Rücken und wich erschrocken einen Schritt zurück. „Tut mir leid", murmelte er. Dann, nachdem er sich geräuspert hatte, fügte er hinzu: „Und das da draußen tut mir auch leid. Ich wollte nicht …"

„Entschuldige dich bloß nicht! Du kannst schließlich nichts dafür", sagte Tasha scharf. „Überhaupt nichts – das war allein Davis' Schuld. Und du bist sehr erwachsen damit umgegangen, obwohl du ihm mit Sicherheit am liebsten eine verpasst hättest. Als ich das gesehen habe, ist mir eine Idee gekommen."

Also steckte er gar nicht in Schwierigkeiten? Sein Betreuer Jim hatte ja gesagt, dass er sich nicht ständig für alles die Schuld geben dürfe, aber bei seiner Vergangenheit war das gar nicht so leicht. Er atmete tief durch und verschränkte die Arme vor der Brust: „Okay."

Sie nahm die Bestellungen, die Tiffany an das kleine Plastikkarussell gepinnt hatte, und ging zum riesigen Kühlschrank, um zwei runde und mehrere dreieckige Teigstücke herauszunehmen. Geschwind rollte sie diese auf den Pizzasteinen aus. „Magst du was trinken?", fragte sie ihn über die Schulter.

Er nickte. Sein Hals war trockener als der Matheunterricht bei Mr Mitchell.

„Dann schenk dir einen großen Becher ein und komm wieder her. Ich möchte dir einen Vorschlag machen."

Er hatte keinen Schimmer, worum es gehen könnte, aber das Ganze klang um einiges besser als beispielsweise: Du bist gefeuert. Er spazierte ins Restaurant, lud einen Becher mit Eiswürfeln voll und füllte ihn mit Mountain Dew. Nachdem er mit einem einzigen Schluck die Hälfte geleert hatte, goss er nach. Er zögerte kurz, dann füllte er einen zweiten Becher und nahm beide mit zurück in die Küche. „Mir ist aufgefallen, dass du nachmittags manchmal gern ein Dr. Peppers Light trinkst."

Tasha nahm ihm den Becher ab, trank einen großen Schluck und grinste ihn an. „Siehst du, genau das mag ich so an dir. Du arbeitest fleißig und bist sehr aufmerksam." Sie studierte einen Moment lang sein Gesicht. „Am Ende des Monats hast du deinen Highschool-Abschluss, richtig?"

Er nickte.

„Hast du vor zu studieren?"

Das wäre schön. Obwohl er mit den Schultern zuckte, als ob es ihn nicht interessierte, antwortete er ehrlich: „Das würde ich gern, aber ich kann's mir nicht leisten. Ich weiß noch nicht mal, wo ich nach meinem Abschluss leben werde."

„Hast du vor, in Razor Bay zu bleiben, oder kannst du es gar nicht mehr erwarten, endlich wieder nach Hause zu kommen?"

„Ich würde total gern bleiben. Mir gefällt es hier."

Ihm war schon öfter aufgefallen, dass sie ein echtes Interesse an anderen Menschen hatte. Genau wie Harper Summerville, wenn sie sich mit ihm oder den anderen Jungs im Village unterhielt. Doch bisher hatte Tasha ihm noch nie so viel Aufmerksamkeit geschenkt wie jetzt. Sie durchbohrte ihn förmlich mit ihrem Blick aus graublauen Augen.

„Und was genau gefällt dir hier?"

„Es ist so … sauber. Und viel ruhiger. Jedes Mal, wenn ich die Berge und das Wasser sehe, dann – ich weiß nicht – es gibt mir so ein beruhigendes Gefühl. Mir wird dabei innerlich ganz warm oder so."

Sie starrte ihn einen Moment lang nur an, und am liebsten hätte er sich selbst geohrfeigt. Wieso erzählte er so einen Blödsinn? Jetzt glaubte sie wahrscheinlich, dass er ein vollkommener Idiot war.

„Oh“, sagte sie schließlich.

Schockiert stellte er fest, dass ihr Tränen in den Augen standen. Sie wischte sie weg.

„Gute Antwort.“

Sein Herz wurde ganz leicht, und er begann sogar zögernd zu lächeln. „Echt?“

„Auf jeden Fall. Trink“, sagte sie und deutete auf seinen Becher. Sie selbst nahm auch einen großen Schluck. „Was würdest du studieren, wenn du könntest?“

„Keine Ahnung. Ich weiß eigentlich überhaupt nicht, was ich mit meinem Leben anfangen soll – aber während ich das herausfinde, würde ich gern schon mal das Grundstudium abschließen. Niemand in meiner Familie ist jemals aufs College gegangen. Wie toll, wenn ich der Erste wäre.“ Seine Mom interessierte das zwar einen Dreck, doch sein Dad wäre ganz sicher stolz auf ihn.

„Okay.“ Tasha stellte ihren Becher weg und kümmerte sich wieder um den Teig. „Hier kommt mein Vorschlag. Du weißt, dass ich einen Koch suche?“ Sie schnitt eine Grimasse und wedelte mit einer mehlbestäubten Hand durch die Luft. „Vergiss die Frage – natürlich weißt du das, nachdem der letzte Koch versucht hat, dir einen Diebstahl in die Schuhe zu schieben.“

„Ja, hab ich nicht vergessen.“ Auch an diesem Tag war er davon ausgegangen, dass er gefeuert werden würde, aber Tasha hatte dem betrunkenen Koch ins Gesicht gesagt, dass er ein eiskalter Lügner sei und dass er verdammt noch mal ihr Restaurant verlassen solle. Dann hatte sie sich zu ihm umgedreht und sich für den kleinen Scheißer entschuldigt. Als ob das Ganze irgendwie ihre Schuld gewesen wäre.

An diesem Tag hätte er einfach alles für sie getan.

Er schüttelte leicht den Kopf und konzentrierte sich wieder auf das Gespräch. „Was hat denn ein betrunkener Koch mit deinem geheimnisvollen Vorschlag zu tun?“

„Ich würde dich gern als meinen neuen Koch einstellen.“

Er erstarrte. „Wie?“ Seine freie Hand machte eine völlig idiotische Bewegung, deswegen steckte er sie schnell in die Hosentasche. „Ich meine, ich hab dich schon verstanden, es ist bloß …“ Er schüttelte den Kopf. „Wieso ich?“

„Weil du klug bist, vernünftig und ein Auge für die kleinen Details hast, wie ich vorhin schon sagte. Ich könnte mir vorstellen, dass du den Job gut machst. Ich finde es toll, dass du dich nicht so leicht aus der Ruhe bringen lässt – und wenn doch, dann hast du dich gut im Griff. Das können die wenigsten. Für einen Achtzehnjährigen ist das geradezu fantastisch.“

Zweifellos sah er genauso verblüfft aus, wie er sich fühlte, denn sie kam näher und tätschelte beruhigend seinen Unterarm wie eine alte italienische Tante.

„Das muss ja nicht für immer sein“, sagte sie sanft, als ob er sich in der Falle fühlen würde oder so etwas. „Aber damit könntest du vielleicht die nächsten paar Jahre überbrücken. Ich kann dir bei der Wohnungssuche helfen und dir ein angemessenes Gehalt bezahlen.“ Sie verzog die Lippen. „Also, für Razor Bay angemessen jedenfalls. Und Jenny und ich – und ich wette, Mary-Margaret auch – könnten dich beraten, was die Finanzierung des Studiums betrifft. Vor allem Jenny ist echt gut darin, Schulgelder aufzutreiben. Sie hat ihren Bachelor in Hotelmanagement gemacht, und das überwiegend mit der Unterstützung von Organisationen wie den Rotariern zum Beispiel. Ich will damit nur sagen, dass ich einen passenden Dienstplan machen könnte, sodass du gleichzeitig studieren kannst." Sie musterte ihn durchdringend. „Interessiert? Du kannst natürlich jederzeit ablehnen. Das würde deinen momentanen Job nicht berühren, und ich weiß, dass nicht jeder Lust hat zu kochen."

Endlich löste er sich aus seiner Schockstarre. „Nein. Machst du Witze? Das wäre fantastisch." Er lachte laut auf, und es war ihm egal, dass die Mädchen im Restaurant sich umdrehten, um ihn anzustarren. „Du willst mich dafür bezahlen, dass ich mit Messern und Feuer spiele." Er ließ den Blick über den roten Pizzaofen, die glänzenden Töpfe und Pfannen und die große Arbeitsplatte gleiten.

Dann sah er Tasha an. „Ich werde lernen, die beste Pizza des Landes und vielleicht sogar der ganzen Welt zu machen", sagte er ehrfürchtig, musste lächeln und sah sie kopfschüttelnd an. „Mann. Ich kann das noch gar nicht glauben. Besser geht's nicht."

## 6. KAPITEL

Luc betrat sein Apartment, schleuderte den Schlüssel in die Holzschale auf dem Couchtisch und stellte sich ans Fenster, um die fantastische Aussicht zu bewundern. Die Sonne würde bald als spektakulärer Feuerball hinter den Gipfeln der Olympic Mountains untergehen. Aus dem Augenwinkel bemerkte er eine Bewegung, und als er den Kopf drehte, entdeckt er Tasha auf ihrem gemeinsamen Balkon.

Oder vielmehr ihre Füße. Wenige Stunden nach seinem Einzug hatte sie jede Menge Pflanzen in der Mitte des Balkons aufgestellt, die eine erstaunlich effektive Abgrenzung bildeten.

Deshalb sah er jetzt nicht viel mehr als das Ende einer weißen Korbliege, das fröhlich blaugrün gemusterte Polster und auf diesem Polster einen Teil ihrer nackten Füße, an die er sich noch so klar erinnern konnte, als wären inzwischen keine sieben Jahre vergangen.

Er starrte sie verblüfft an, denn sie schienen einen komplizierten Tanz aufzuführen, das war die Bewegung, die zuvor seine Aufmerksamkeit erregt hatte. Ihre Füße wippten von einer Seite auf die andere, in einem Moment zeigten die Fußspitzen zur Liege, dann bogen sie sich Richtung Schienbein, nur um gleich darauf fließend in einen neuen Rhythmus überzugehen. Dabei blitzte immer wieder ihr leuchtender Nagellack auf, wobei er die Farbe von seinem Platz aus nicht genau erkennen konnte.

Auf einmal erschien es ihm sehr wichtig, herauszufinden, um welche Farbe es sich handelte, und so schob er die Balkontür auf.

Stimmen und Gelächter drangen von der Straße herauf. In der Bucht tuckerten gemächlich Boote zurück in den Hafen.

Luc konnte die entspannte, fröhliche Atmosphäre der Stadt nach all den stressigen Monaten durchaus genießen.

Der Balkon verlief über die ganze Breite des Hauses, war aber eher schmal, und da Tashas Wohnung größer als seine war, stand ihr auch ein größerer Teil zu. Nach wenigen Schritten hatte er die improvisierte Pflanzenabsperrung erreicht, die er jetzt umrundete, nur um bei Tashas Anblick wie angewurzelt stehen zu bleiben. Einen Moment lang starrte er sie einfach nur an.

Mit einem Oberteil im Stil der vierziger Jahre und sehr kurzen Shorts bekleidet rekelte sie sich auf der Liege, ein Glas Wein auf einem Tisch neben sich. Ihre Augen konnte er hinter der Sonnenbrille nicht sehen, sie trug Kopfhörer und sang laut und falsch ein Lied mit. Die Arme über den Kopf gestreckt bewegte sie ihren Oberkörper im selben Rhythmus wie ihre Füße.

Ihre Zehennägel waren, wie ihm jetzt auffiel, in einem hübschen Pink lackiert.

Sie in all ihrer unbefangenen Pracht zu sehen katapultierte ihn direkt zurück in die Zeit damals am Strand. Auch da war sie nicht gerade verklemmt gewesen. Er konnte nicht aufhören, erfreut zu grinsen, beim besten Willen nicht.

Die Versuchung war groß, einfach zu ihr zu gehen und etwas Zweideutiges zu sagen. Vielleicht würde das ja wieder diese explosive Chemie zwischen ihnen entfachen. Doch zum Glück unterdrückte er den Impuls, denn da hätte er sich genauso gut selbst in den Fuß schießen können.

Er hatte diese Woche ein Dutzend Entschuldigungen gefunden, um ständig genau dort aufzutauchen, wo sie war. Es grenzte fast schon an Stalking, aber wenigstens hatte er nicht dauernd versucht, mit ihr zu flirten.

In diesem Moment jedoch fiel es ihm schwer, der Verlockung zu widerstehen. Er brauchte sie ja nur anzusehen. Sie strahlte so viel Sex-Appeal aus, dass all seine Gehirnzellen zu vibrieren begannen und ihn das kaum zu bändigende Bedürfnis überkam, sie an sich zu ziehen.

Verdammt, sie musste das doch auch spüren – allerdings würde sie wohl lieber Gift schlucken, als es zuzugeben. Es war weiß Gott schwer genug, überhaupt in ihre Nähe zu kommen, ohne sie zu nerven.

Und so, wie sie ihn jetzt ignorierte, hatte sich daran nichts geändert.

Statt also seinen Charme einzusetzen und sie zu einem langsamen Tanz zu überreden, fragte er lieber: „Tasha, kann ich kurz mit dir sprechen?"

Sie fuhr zusammen, stieß einen scharfen Schrei aus und riss sich die Ohrhörer heraus.

*Himmel!* Beinahe hätte er sich vor Schreck ans Herz gefasst, aber das jahrelange Training machte sich bezahlt – gewonnen aus Situationen, in denen er sich durch eine unbedachte Regung eine Kugel eingefangen hätte. Auf keinen Fall sollte sie wissen, dass bei ihrem Schrei fast sein Herz stehen geblieben wäre.

Was für ein großartiger, toller Undercover-Agent er doch war.

Bedacht atmete er ein und wieder aus, dann versuchte er es erneut: „Tut mir leid", sagte er besänftigend. „Ich wollte dich nicht erschrecken."

Ihre roten Locken erzitterten, als sie sich aufrichtete, man musste wirklich kein Genie sein, um zu kapieren, dass sie vor Wut kochte.

„Du schleichst dich an und erwartest, dass ich mich nicht erschrecke?", fragte sie ungläubig.

„Also, die Sache ist die, Tash …"

„Tasha! Für dich bin ich Tasha! Oder Ms Riordan, falls du dir meinen Vornamen nicht merken kannst."

In gewisser Weise bewunderte er ihre direkte Art. Andererseits ging es ihm mächtig gegen den Strich, dass er sie nicht mehr so nennen sollte. Ruhig sagte er: „Die Sache ist die ... Tasha, ich habe mich nicht herangeschlichen. Ich dachte, du hättest mich gesehen, mich aber wie üblich einfach ignoriert."

„Und wenn ich das getan hätte", gab sie kühl zurück, „dann sollte ein kluger Mann den Wink mit dem Zaunpfahl auch verstehen."

„Ich bin ein kluger Mann", entgegnete er mit beharrlicher Freundlichkeit. „Doch was noch viel wichtiger ist: Ich bin ein entschlossener Mann." Unaufgefordert setzte er sich neben sie auf die Liege. Er spürte, wie sich ihr nacktes, wohlgeformtes Bein an ihn presste. Sofort durchfuhr ihn ein heißer Schauer. Er biss die Zähne zusammen und versuchte, ihn zu unterdrücken. „Wild entschlossen. Letztendlich wirst du mir zuhören."

„Ach ja?" Sie rutschte von ihm ab.

Jetzt war er nah genug, um ihre Augen durch die rosig braunen Brillengläser sehen zu können, und die waren gefährlich zusammengekniffen. Er nickte nur, als hätte sie etwas Freundliches gesagt. „Ja, bin ich. Ich will dich nicht verärgern oder dir irgendwie zu nahetreten. Aber ich möchte einfach mal ein paar Sachen klarstellen. Ich bin kein Drogendealer, und ganz ehrlich, langsam geht es mir auf die Nerven, so bezeichnet zu werden."

„Ja, dann. Ich will dich ja auf keinen Fall *nerven.*" Die Sonne suchte sich genau diesen Augenblick aus, um hinter den Bergen unterzugehen, und Tasha schob ihre Sonnenbrille ins Haar. „Wie bescheuert von mir, der Polizei auf den Bahamas zu glauben, als die sagten, du wärst ein Drogendealer. Zumal eine große Tüte mit Heroin in deinem Hotelzimmer gefunden wurde, wegen der ich VERHAFTET wurde."

„Ich habe dir mehrfach erklärt, dass ich Undercover-Agent bei der DEA bin. Und bevor du jetzt wieder mit meiner Dienstmarke anfängst, die ist weder gestohlen noch falsch."

„Okay, schön. Das akzeptiere ich."

Ihre kämpferisch über der Brust verschränkten Arme ließen etwas anderes vermuten. Er sah sie lange an. „Wirklich?"

„Ja. Max sagt, er hat dich überprüfen lassen und dass du tatsächlich für die Drug Enforcement Administration arbeitest."

Er lehnte sich etwas an sie. „Können wir dann wieder Freunde sein? Und mehr? Viel, viel mehr?"

„Nein."

Er wich zurück. „Warum denn nicht, zum Teufel?"

„Sprich nicht in diesem Ton mit mir, Diego." Sie starrte ihn böse an.

„Mein Name ist Luc", sagte er mit versteinerter Miene.

„Schön. Sprich nicht in diesem Ton mit mir, *Luc*." Sie setzte sich noch aufrechter hin, zog die Beine an und schlang die Arme um ihre Knie. „Glaubst du wirklich, das macht die ganze Sache besser? Dass du kein Krimineller bist? Deinetwegen bin ich im Gefängnis gelandet. Wo zur Hölle warst du, als ich dich gebraucht habe? Als ich in einem dunklen Loch vor mich hinvegetierte?"

„Wie oft muss ich das denn wiederholen – ich wusste es nicht, ich wusste es nicht, ich *wusste* es verdammt noch mal nicht!" *Mist.* Hatte er gerade geschrien? Normalerweise erhob er seine Stimme nie, im Gegenteil, war er doch darauf trainiert, jede Gefühlsregung zu unterdrücken.

Nachdem er tief durchgeatmet hatte, hielt er einen Moment die Luft an, um sie dann langsam wieder auszustoßen. „Tut mir leid. Ich wollte nicht schreien. Und ich schätze, ich habe es Max erzählt und nicht dir, dass ich nichts von dem Gefängnis wusste. Also, es war so, Tasha, und ich schwöre beim Grab meiner *madreicita*, dass ich die Wahrheit sage. In dieser Nacht erfuhr ich, dass ich so schnell wie möglich an einem anderen Ort eingesetzt werden würde, weil ein Typ aus einem Drogenring mich ein für alle Mal erledigen wollte."

Sie schlug ihm mit der Hand auf den Oberarm. „Du hast mich angemacht, obwohl du als Spitzel in einem Drogenring tätig warst? Was für ein rücksichtsloser Idiot bist du eigentlich?"

„Verdammt, so war das doch gar nicht!"

„Ach nein? Auf jeden Fall hattest du diese riesige Türe Heroin im selben Raum versteckt, in dem du und ich …" Sie wich zum ersten Mal seinem Blick aus.

Zart strich er über ihre gerötete Wange und lächelte grimmig, als sie seine Hand wegschlug. „Der Drogenring damals war in Südamerika. Ich hatte Urlaub – den ich auch dringend brauchte –, als ich dich traf."

„Und du nimmst immer eine Tüte Heroin mit in den Urlaub?"

„Mann, du willst unbedingt das Schlimmste von mir denken, was?" Er bemühte sich, die Geduld nicht zu verlieren. „Das Heroin hat nicht mir gehört, Tasha. Es wurde mir untergeschoben. Der Anruf in dieser Nacht kam von meinem leitenden Special Agent. Er wollte mich dringend sprechen. Ich dachte, es handle sich nur um ein kurzes Update, doch wie sich herausgestellt hat, wollten sie mich nicht nur von dem Job abziehen, sondern mich sofort nach Washington ausfliegen. Ich weiß nicht, woher Alvarez – der Drogentyp – von meinem Aufenthalt auf den Bahamas wusste. Jedenfalls wurde befürchtet, dass er mich gleich dort erledigen würde. Ich wollte unbedingt zurück zu dir, aber das ging nicht. Mein Vorgesetzter hat mir versprochen, dich höchstpersönlich in Sicherheit zu bringen, sonst wäre ich niemals in den Hubschrauber gestiegen. Dann, in Washington, bin ich fast verrückt geworden, und als er sich ein paar Tage später endlich gemeldet hat, erzählte er mir von der Falle, die mir gestellt worden war, und dass die Polizei in meinem Zimmer ein Kilogramm Heroin gefunden hat."

„Nicht gerade eine Neuigkeit für mich", sagte sie ungeduldig. „Wenn man bedenkt, dass ich viel mehr über diese Razzia weiß, als mir lieb ist."

„Wusstest du auch, dass die DEA zuerst dachte, du hättest das Heroin in die Hütte geschmuggelt?" Da er nicht blöd war, behielt er seinen eigenen Anfangsverdacht lieber für sich.

„Was?" Sie sprang von der Liege auf und starrte ihn aufgebracht an, die Hände in die Hüften gestemmt.

„Nun, soweit ihnen bekannt war, warst du außer mir die einzige weitere Person in den Räumen. Als du also plötzlich verschwunden warst ..." Er zuckte mit den Schultern. „Sie haben deine Fingerabdrücke und deinen Namen überprüft, und als sie nichts finden konnten, war klar, dass du dich einfach zur falschen Zeit am falschen Ort aufgehalten hast. Als dann eine Frau, auf die deine Beschreibung zutraf, ein paar Tage später in die USA flog, haben sie die Sache nicht weiter verfolgt." Irgendetwas, das er gerade gesagt hatte, kam ihm selbst unlogisch vor, doch Tashas angewiderter Blick lenkte ihn davon ab.

„Ja klar, warum sollte sich auch irgendjemand die Mühe machen herauszufinden, dass ich im Gefängnis saß. Geschweige denn mir helfen", sagte sie bitter.

„Wie hätten meine Leute das rausfinden sollen, da die Polizei nichts von deiner Verhaftung erwähnte? Was nicht heißt, dass es mir nicht wahnsinnig leidtut, was du durchmachen musstest." Er sah sie an. „Ich werde herausfinden, was genau passiert ist."

Er verriet ihr nicht, dass er verdammt wütend auf sie gewesen war. Gut, er war nicht wie sie unschuldig verhaftet worden, aber immerhin hatte sie versprochen, auf ihn zu warten und war – zumindest hatte er das all die Jahre geglaubt – Sekunden später einfach abgehauen.

Natürlich war er klug genug, das nicht laut auszusprechen. Sie, die jahrelang davon ausgegangen war, dass sie seinetwegen im Gefängnis gelandet war, interessierte sich wohl kaum für seine Gefühlswelt.

Er rieb sich das Kinn, ließ die Hand sinken und sagte ruhig: „Egal was du denkst, diese Nacht hat mir viel bedeutet, genauso wie du. Und es tut mir furchtbar leid, dass alles so blöd gelaufen ist."

Tasha strich sich über die Stelle zwischen den Augenbrauen. Dann seufzte sie und sah ihn einen Moment lang an. „Hör zu", meinte sie schließlich. „Rein intellektuell kann ich deine Entschuldigung annehmen, denn es klingt so, als ob die Ereignisse in dieser Nacht ebenso wenig in deiner Hand gelegen haben wie in meiner."

Ermutigt von diesen freundlichen Worten stand er auf und stieg über die Liege, um ihr direkt ins Gesicht zu sehen. „Nein, haben sie nicht. Und ich habe all die Jahre oft daran gedacht und …"

„Die Sache ist allerdings die", unterbrach sie ihn und trat einen großen Schritt zurück.

Erst da wurde ihm klar, dass er ihr viel zu nah auf die Pelle gerückt war.

„Während meine Verhaftung neu für dich ist, habe ich in den letzten Jahren alles dafür getan, um die Erinnerung daran loszuwerden. Das waren die schlimmsten achtundvierzig Stunden meines Lebens. Es ist vielleicht nicht fair, Luc, aber ich möchte nicht mit dir befreundet sein. Wie kann ich diese schreckliche Zeit vergessen, wenn du ständig in der Nähe bist? Du bist Teil dieser Nacht."

„Die streckenweise verdammt klasse war."

„Yeah."

Ihre Mundwinkel zuckten, doch sofort war das winzige Lächeln wieder verschwunden.

„Leider überschattet die Verhaftung das Ganze, und was dann kam, war so entsetzlich, dass ich mich kaum noch an die Stunden davor erinnern kann."

Wütend, weil die Erinnerung an diese Nacht – die er selbst nie losgeworden war – ihr nichts bedeutete, beugte er sich vor und legte eine Hand in ihren Nacken. „Ich könnte deine Erinnerung auffrischen."

Obwohl ihr Blick kühl wurde, senkte er den Kopf, um sie zu küssen.

Der Kuss fiel zunächst – aus Ärger oder vielleicht auch aus verletztem Stolz – etwas ruppig aus. Doch als er ihre weichen, süßen Lippen nach sieben langen Jahren endlich wieder spürte, lockerte er den Griff um ihren Nacken, nahm ihr Gesicht in die Hände und malte mit den Daumen kleine Kreise auf die zarte Haut unter ihren Wangenknochen. Er dachte an sein anfänglich zu aggressives Vorgehen und strich leicht über ihre Lippen. Nahm ihre volle Oberlippe zwischen seine Zähne, dann gab er sie frei und biss spielerisch in ihre Unterlippe. Schließlich drückte er seinen Mund auf ihren und drang mit seiner Zunge vor.

Er stöhnte auf, als sie den Kuss erwiderte.

Nun zog er sie an sich, bis ihre Körper fest aneinandergepresst waren, Brust an Brust, Bauch an Bauch, Schenkel an Schenkel, und schwelgte in dem Gefühl, das brandneu und zugleich vertrauter war, als er erwartet hatte. Immerhin hatte er mit ihr nur wenige Tage verbracht, und das war schon lange her.

Aufseufzend schlang sie die Arme um seinen Nacken, und sein Latino-Stolz, den sein Großvater ihm in den ersten sieben

Jahren seines Lebens eingeimpft hatte, überrollte ihn. Hastig hob er den Kopf und trat einen Schritt zurück. Besitzgier und ein leichtes Triumphgefühl stiegen in ihm auf, aber er hatte gerade noch genug Verstand, sich davon nicht überwältigen zu lassen.

Er strich Tasha eine Locke aus dem Gesicht und sagte sanft: „Ich hoffe, *mi reina*, dass du das nicht vergessen wirst. Denn du und ich, wir waren – nein, wir sind wirklich gut zusammen."

Kurz betrachtete er bewundernd ihre geröteten Wangen und ihre leicht geschwollenen Lippen. Dann machte er auf dem Absatz kehrt, lief wieder um die Pflanzen herum und ging zurück in sein Apartment.

## 7. KAPITEL

Es ärgerte Tasha unendlich, dass sie Lucs Kuss nicht mehr aus dem Kopf bekam, nicht am Sonntagabend und an den Tagen darauf auch nicht. Selbst jetzt nicht, als sie, Jenny und Harper die Kleider im La Belle Michelle's Bridal Shoppe durchwühlten. Ständig rieselten kleine Schauer durch ihren Körper. Ihr war klar, dass sie sich konzentrieren sollte, um das perfekte Kleid für Harper und sich zu finden, sie sollte immerhin Trauzeugin sein, statt an einen bescheuerten Kuss zu denken, den es niemals hätte geben sollen. Jenny blieben nur noch gut vier Monate, um ihre Hochzeit zu planen, und Tasha hatte vor, sie mit allen Kräften zu unterstützen. Deswegen wollte sie sich nicht von … von *so etwas* … ablenken lassen.

Von diesem verdammt heißen, leidenschaftlichen, umwerfenden …

„Oh, Tasha, schau mal!"

Bei Jennys plötzlichem Aufschrei fuhr sie zusammen.

„Ich glaube, ich habe das perfekte Outfit für dich gefunden."

Tasha, noch immer versunken in die Erinnerung an den Kuss, blinzelte schnell. Sie betrachtete das Kleid, das ihre beste Freundin vor ihren Körper hielt, sah aber im Grunde nichts. „Mhm", murmelte sie unbestimmt, dann erst konzentrierte sie sich auf das, was sie sah. Ihre Augen weiteten sich.

Es handelte sich um ein Teil in einem abstoßenden Grün, das an Babykotze erinnerte, mit Rüschen, Ballonärmeln und schwarzer, kratzender Spitze.

„Dazu gibt es umwerfenden Haarschmuck", sagte ihre beste Freundin und hielt eine Explosion aus farblich passendem Geflecht und vielen Schleifen neben ihren Kopf.

„Oh mein Gott, das bin ja genau ich." Grinsend griff Tasha nach dem Kleid. „Lass mich mal sehen." Sie hielt es vor ihren

Körper und sah im dreiteiligen Spiegel, wie ihr Teint sich umgehend grün zu färben schien. „Das kaufen wir. Passt gut zu Jakes Augen."

Jenny schnaubte leise.

„Wo ist La Belle Michelle?" Tasha blickte sich schuldbewusst um. Sie mochte die Ladenbesitzerin sehr und wollte sie keinesfalls aus Versehen kränken.

„Sie nimmt gerade eine Lieferung entgegen." Harper streckte die Hand nach dem Kleid aus. „Jetzt bin ich dran."

Tasha schüttelte genervt den Kopf. „Ach, um Himmels willen. Gibt es eigentlich eine Farbe, die dir nicht steht?" Die Haut ihrer Freundin schimmerte nun einfach nur etwas cremiger. „Du meine Güte, das Ding ist vielleicht scheußlich."

„Trotzdem ist es dir anfangs gar nicht aufgefallen", sagte Jenny. „Du bist schon den ganzen Morgen nicht bei der Sache, und ich muss gestehen, dass mich das nervös macht. Ich habe bisher gerade mal mein eigenes Kleid und die Hochzeitstorte, das war's. Und die Hochzeit ist bereits in hundertsechzehn Tagen."

„Ich weiß, Süße. Mir ist klar, dass ich mich lieber darauf konzentrierten sollte als auf Lucs Kuss …"

*Oh.*

*Mist.*

Tasha schlug sich eine Hand vor den Mund, doch das Kind war in den Brunnen gefallen. Sie hätte sich ohrfeigen können. Das Kleid glitt Harper aus den Händen, und Jenny starrte sie ebenfalls an.

Letzteres dauerte leider nicht allzu lange, denn Jenny richtete sich zu ihrer vollen Größe von einem Meter sechzig auf und sagte streng: „Tasha Renee Riordan. Du hast uns etwas verschwiegen. Das ist gegen alle Regeln für beste Freundinnen."

Tasha ließ die Hand sinken. „Also bitte. Als ob du mir alles erzählt hättest, als das mit dir und Jake losging."

„Das tut nichts zur Sache." Jenny wischte ihren Einwand mit einer Handbewegung beiseite. „Luc hat dich geküsst? Und du hast nichts davon gesagt? Wann war das?"

Es hatte keinen Sinn, der Frage auszuweichen. Sie kannte Jennifer Salazar viel zu gut, um zu glauben, dass die sich mit einer Ausrede abspeisen lassen würde. „Sonntagabend. Und es war kein besonderer Kuss." Sie wand sich innerlich. Lügnerin. *Lügnerin!* „Also, jedenfalls kein besonders langer."

„Hast du den Kuss erwidert?"

„Nein!" Ihre Freundin, die sie besser kannte als sonst jemand auf der Welt, sah sie bloß an. „Okay, gut, vielleicht ein bisschen. Aber es war auch schon vorbei, bevor ich viel mehr machen konnte, als meine Zunge zu bewegen. Also bleibe ich bei Nein."

„Und ich stimme für Ja", murmelte Harper.

Jenny nickte zustimmend.

„Tja, ihr beide wart allerdings nicht dabei. Es war kein romantischer Kuss. Er war sauer, weil ich ihm zwar glaube, dass er bei der DEA ist, doch nicht mit ihm befreundet sein will."

„War er aufdringlich?" Jennys Gesicht wurde hart. „Hat er dir wehgetan? Jake wird ihm sämtliche Knochen brechen, wenn er dir was getan hat!"

„Nein, nein", rief sie alarmiert. „Kein Jake, keine Schlägerei! Eine Sekunde lang war er etwas grob, aber danach wurde er total sanft. Und ich schwöre, Jen, dass er mir nicht wehgetan hat. Du weißt doch, dass ich so was niemals einfach hinnehmen würde."

Ihre Freundin entspannte sich, warf ihr jedoch verwirrt einen Blick zu. „Warum könnt ihr dann nicht wenigstens Freunde sein?"

„Oh mein Gott", rief da Michelle, die eine Kleiderstange voller Cocktailkleider in den Verkaufsraum rollte. Sie bedachte sie mit einem strahlenden Lächeln und bückte sich, um das Kleid aufzuheben, das Harper auf den Boden hatte fallen lassen. „Wo in aller Welt habt ihr das gefunden?"

„Das hing bei den anderen langen Kleidern da hinten an der Wand", sagte Jenny.

„Natürlich. Jetzt weiß ich wieder. Das habe ich letztens rausgeholt, als eine riesengroße Gruppe kam, um nach Kleidern für Brautjungfern zu suchen. Die haben alles Mögliche anprobiert, und da habe ich es wohl später dort hingehängt." Sie grinste sie an. „Ich wollte es für den Wettbewerb des hässlichsten Brautjungfernkleides der Welt anmelden, der jedes Jahr stattfindet."

„Ach, Gott sei Dank – du weißt also, wie scheußlich es ist", rief Tasha, dann hätte sie sich selbst ohrfeigen können. Unglaublich, sogar mit dreizehn hatte sie mehr Fingerspitzengefühl bewiesen.

Michelles perfekt gezupfte Augenbrauen verschwanden unter ihren grau melierten Ponyfransen. „Hast du dir mal die anderen Kleider angesehen, Liebes? Natürlich sind Geschmäcker verschieden, aber du musst schon zugeben, dass nicht eins davon auch nur ansatzweise so furchtbar ist."

Tasha grinste. „Du hast absolut recht, und ich entschuldige mich dafür, dass ich auch nur eine Sekunde lang etwas anderes denken konnte. Ich habe keine Ahnung, wie ich darauf gekommen bin. Jenny hat mich gerade total geärgert, wir sollten ihr alle Schuld in die Schuhe schieben."

„Oh, also der Braut geben wir niemals die Schuld." Michelle wandte sich an Jenny: „Du sagtest, dass dir kräftigere Blau-, Grün- und Rottöne vorschweben, dass du dich aber noch nicht auf eine bestimmte Farbe festgelegt hast, richtig?"

„Ja. Irgendwie kann ich mich nicht entscheiden. Tasha sieht am besten in kräftigen Farben aus, und wie wir festgestellt haben, steht Harper so ziemlich alles."

„Okay, gut. Ich habe hier eine Reihe verschiedenster Farben. Natürlich gibt es mehrere Möglichkeiten. Du suchst zum Beispiel die Farbe aus und lässt die Brautjungfern dann selbst ein Kleid wählen. Oder du entscheidest dich für verschiedene Farben und Stile. Kommt ganz darauf an, was dir lieber ist. Danach kannst du immer noch den Blumenschmuck entsprechend abstimmen." Sie nahm zwei lange Kleider von der Stange. „Also, für denselben Stil, aber verschiedene Farben, habe ich für den Anfang diese hier herausgesucht. Ich dachte, das dunkle Violett würde gut zu deiner Trauzeugin passen und das zarte Orange zu deiner Brautjungfer, während der Schnitt beiden steht." Sie hielt die trägerlosen Kleider aus fein gerafftem Chiffon nebeneinander in die Höhe. „Was meinst du?"

„Die gefallen mir – und das Orange finde ich toll. Ich wäre selbst zwar nie auf die Idee gekommen, doch neben dem Violett sieht es einfach fantastisch aus." Jenny sah sie und Harper an, die Augenbrauen fragend erhoben.

„Die sind hübsch." Harper betrachtete bewundernd das herzförmig geschnittene Dekolleté.

„Finde ich auch", stimmte Tasha ihr zu. „Der Schnitt gefällt mir. Schick, aber nicht übertrieben." Sie stieß Harper in die Seite. „Probieren wir sie an."

Kurz darauf kamen sie aus der Umkleidekabine zurück und stellten sich nebeneinander vor den großen dreiteiligen Spiegel. „Wow." Tasha drehte sich von einer Seite zur anderen und betrachtete sich aus allen Winkeln. „Sehr elegant! Ich meine, du bist ja sowieso eine elegante Frau, Harper, doch zum ersten Mal im Leben sehe ich auch wie eine aus."

Jenny lächelte sie an. „Allerdings. Der Kontrast ist fantastisch, nicht nur zwischen den Farben, sondern auch zwischen euch beiden."

Tasha musste ihr recht geben. Sie und Harper waren beide groß, aber unterschiedlich gebaut. Harper hatte eher eine kurvige Sanduhrfigur und natürlich einen ganz anderen Teint.

Als ob Jenny ihre Gedanken gelesen hätte, sagte sie: „Dieser graue Unterton in dem Violett lässt deine Haut richtig leuchten."

„Ich weiß!" Tasha lachte begeistert. „Das ist doch mal eine willkommene Abwechslung zu meinem Magermilch-Look. Das blasse Orange wiederum sorgt bei Harper für denselben Effekt." Sie stieß Harper mit der Schulter an. „Deine Haut sieht natürlich immer toll aus. Um die beneide ich dich ehrlich."

Sie probierten noch einige andere Kleider an, doch zum Schluss waren sie sich einig, dass die ersten die besten gewesen waren. „Du bist wirklich gut", sagte Tasha an Michelle gewandt. „Du wusstest von Anfang an, für welche wir uns entscheiden würden, oder?"

„Ach, Liebes, nein, das weiß ich nie genau. Aber ich bin schon lange in dieser Branche. Lange genug, um instinktiv zu wissen, was wem besonders gut steht." Sie zuckte mit den Schultern. „Es ist auch gut, dass Jenny ohne feste Vorstellungen herkam. Manchmal sind die Lieblingsfarben der Braut einfach nicht das Richtige. Und für euch beide muss nicht mal etwas geändert werden, von der Länge mal abgesehen. Wenn ihr irgendwann diesen Monat mit den Schuhen vorbeikommt, können wir das schnell erledigen."

Michelle ging aus dem Raum, um ihre Kleider mit Anhängern zu versehen. Jenny drehte sich zu ihr und Harper um.

„Wo wir gerade von Säumen sprechen, könnte ich euch um einen Gefallen bitten? Würde es euch etwas ausmachen, flache Schuhe oder zumindest nur einen kleinen Absatz zu tragen?"

„Klar", willigte Tasha sofort ein.

Harper schenkte ihr ein ernstes Lächeln. „Natürlich."

„Ach, ihr seid einfach die Besten. Ich werde zwischen euch beiden sowieso aussehen wie der Tacoma Dome zwischen zwei Hochhäusern. Aber wenn ich die höchsten Absätze nehme und ihr beide flache Sandalen tragt, dann wirke ich nicht mehr ganz so zwergenhaft."

„Bitte", protestierte Tasha. „Deine Metapher, oder was immer das war, funktioniert wirklich nicht. Erstens – du bist schon eher mit dem fantastischen Green Glass Dome von Seattle zu vergleichen als mit dem Tacoma Dome. Der ist vielleicht kleiner als die Gebäude um ihn herum, kann sich aber locker gegen sie behaupten. Und zweitens brauchst du dir überhaupt keine Gedanken zu machen." Sie zog Jenny in eine Umarmung. „Du, meine Freundin, wirst in deinem herrlichen Kleid und mit deinem seidigen Haar die Schönste sein. Ich wette, wenn du Jake hinterher fragst, was Harper und ich angehabt haben, wird er es dir nicht beantworten können. Und Jake kennt sich mit Klamotten aus."

Jenny ließ den Kopf an ihre Schulter sinken. „Ach, das ist einer der vielen Gründe, weshalb du meine beste Freundin bist." Dann warf sie ihr einen strengen Blick zu. „Aber bild dir bloß nicht ein, dass ich vergessen habe, worüber wir vorhin gesprochen haben. Warum willst du nicht mit Luc befreundet sein?"

Tasha stieß den Atem aus. „Wirklich? Jetzt?"

„Ja, wirklich", meinte Jenny in dem Moment, in dem Harper „Ja" sagte.

„Also schön. Ich möchte nicht mit ihm befreundet sein, weil er vielleicht tatsächlich nichts von meiner Verhaftung wusste, jedoch trotzdem etwas damit zu tun hat. Er würde mich ständig an die schrecklichen Tage im Gefängnis erinnern."

„Das ist schon lange her", sagte Harper.

Tasha sah Harper an. „Ja. Ist es. Aber hast du jemals in einem winzigen stockdunklen Raum gesessen, nur mit einer Pritsche und einem Eimer als Toilette?"

Mit aufgerissenen Augen schüttelte Harper den Kopf.

„Die Stunden haben sich angefühlt wie Jahre, weil ich keine Ahnung hatte, ob sie mich irgendwann wieder freilassen, oder ob ich mein ganzes Leben dort verbringen muss. Ich tue wirklich alles, um das zu vergessen, und ich will mich nie wieder so hilflos fühlen, so hoffnungslos. Ich weiß jetzt, dass Dieg… – *Luc* – nichts dafür konnte. Aber deswegen löst sein Anblick trotzdem immer wieder diese Gefühle bei mir aus. Und mal ganz ehrlich. Selbst wenn es nicht so wäre, ich kann mir nicht vorstellen, mit ihm befreundet zu sein – also *nur* befreundet, wisst ihr? Sosehr ich es mir anders wünsche, da ist immer noch diese Chemie zwischen uns. Er muss nur in meiner Nähe sein, und ich finde ihn unwiderstehlich."

„Warum dann?", fragte Harper. „Ich will dich zu nichts überreden, Tasha – ich versuche nur, dich zu verstehen. Wenn du darüber hinwegkommen könntest, dass er dich an die Zeit im Gefängnis erinnert, falls du akzeptieren könntest, dass er nichts damit zu tun hatte, was in dieser Nacht passiert ist – könntest du es da nicht einfach mit ihm versuchen?"

Sie schüttelte den Kopf. „Nein. Selbst wenn ich es wollte, wozu sollte das gut sein? Ich könnte nicht locker an die Sache rangehen. Das mit uns auf den Bahamas war wirklich unglaublich intensiv, und ich will weiß Gott nicht wie meine Mutter ständig an die wahre Liebe glauben, während es in Wahrheit nur um guten Sex geht. Luc hat einen gefährlichen Job, er arbeitete monatelang im Ausland – vielleicht sogar Jahre. Auf so etwas habe ich mit Sicherheit keine Lust. Außerdem habe ich das letzte Mal zwei Jahre gebraucht, bis ich mich auf einen anderen Mann einlassen konnte – und drei, bevor ich wieder Sex hatte. Glaubt ihr wirklich, diesen Mist will ich noch mal erleben?" Verdammt unwahrscheinlich – wo sie doch damals jeden Mann mit ihm verglichen hatte.

Sie straffte die Schultern. „Nein“, wiederholte sie fest. „Ich weiß, dass ich ihm eine Weile kaum aus dem Weg gehen kann. Er wohnt in dem Apartment in meinem Haus und ist mit Max und Jake verwandt. Und ich verspreche euch hier und jetzt, dass ich euch auf keinen Fall irgendwelche Probleme machen will – ich werde mich zusammenreißen, sobald er in der Nähe ist. Trotzdem ist es das Beste für alle, wenn ich ihn auf Abstand halte.“

Sie nahm ihre Tasche, hängte sie sich über die Schulter und sah Jenny und Harper feierlich an. „Und genau das, meine wunderbaren Freundinnen, habe ich vor. Ich werde mich so weit es nur geht von Luc fernhalten.“

## 8. KAPITEL

Luc war klar, dass er Tasha besser in Ruhe lassen sollte. Genau das erwartete sie von ihm, und er war nun wirklich nicht der Typ, der sich anderen aufdrängte. Auch wenn sie ihn offensichtlich körperlich begehrte, wollte sie nicht das ganze Paket wie früher einmal. Sie tat alles, um ihm das klarzumachen, außer, dass sie ihm die Willkommensfußmatte unter den Füßen wegzerrte.

Dennoch hielt er nur ein paar läppische Tage durch. Er wusste nicht, was genau es an ihr war. In jeder anderen Situation, bei jeder anderen Frau war er immer Herr der Lage gewesen, doch wenn es um diese spezielle Rotblonde ging …

Bereits am Freitagabend fand er sich im Bella T's wieder, wo er ein Stück Pizza bestellte – und diesmal nicht zum Mitnehmen. Stattdessen ergatterte er den letzten freien Tisch. Das Glück war ganz klar auf seiner Seite, denn er hatte einen guten Blick in die Küche.

Nachdem die charmante Bedienung – Tiffany – die Bestellung aufgenommen hatte, lehnte Luc sich zurück, um Tasha zu beobachten, die gerade den Jungen anlernte, der früher das Geschirr abgeräumt hatte – der, für den sie sich eingesetzt hatte, als dieser andere Angeber ihm ein Bein gestellt hatte. Jeremy nannte sie ihn. Offenbar hatte sie ihn befördert, denn der Junge konzentrierte sich auf Teufel komm raus darauf, gleichzeitig eine ganze Pizza und verschiedene Pizzastücke zu belegen.

Ihm warf Luc nur einen kurzen Blick zu. Was seine Aufmerksamkeit betraf, hatte Tasha auf ihn mehr Einfluss als der Mond auf die Gezeiten. Und nicht nur jetzt, sondern jedes Mal, wenn sie irgendwo in Sicht war.

Wie immer bei der Arbeit hatte sie ihr Haar zusammengebunden, heute zu einem lockeren Zopf. Doch nichts konnte diese unglaubliche rotblonde Masse wirklich im Zaum halten. Einige kürzere Strähnen hatten sich schon wieder gelöst und lockten sich um ihr Gesicht und ihren Hals. Wie eine Tänzerin bewegte sie sich hin und her durch die Küche und erledigte eine Aufgabe nach der andern.

*Verdammt.* Luc stieß die Luft aus, diese Frau war einfach immer so … sie selbst. Es spielte keine Rolle, was sie anhatte, Jeans und T-Shirt und eine weiße Schürze um die schmalen Hüften gebunden wie heute oder ein dünnes Sommerkleidchen und High Heels. Es spielte auch keine Rolle, was sie machte. Momentan beispielsweise erklärte sie Jeremy, was zu tun war, und man musste die Worte gar nicht verstehen, um zu wissen, wie locker und nett sie dabei vorging. Der Junge schien geradezu geblendet von ihr zu sein.

Was Luc vollkommen nachvollziehen konnte. Selbst nach all den Jahren erinnerte er sich noch gut daran, wie es war, wenn sie einen mit Wärme, Zuneigung und Gelächter überschüttete. Und er, der überhaupt nichts mit Poesie am Hut hatte, fand, dass ihr Lachen klang wie von Sonnenlicht durchtränkt.

Okay, das war nun mehr als peinlich. Zum Glück würde niemand je von diesem Gedanken erfahren.

Plötzlich bemerkte er ein leicht gereiztes Summen um sich herum wie von einem verärgerten Bienenschwarm – wahrscheinlich hatte er es schon ein paar Minuten lang unbewusst wahrgenommen, doch allmählich war es lauter geworden. Er drehte sich neugierig um.

Es hatte sich eine Schlange gebildet. Die Gäste warteten nicht etwa, weil es keine freien Tische mehr gab, sondern weil sie nicht abgeräumt waren. Tiffany wirkte auch nicht so entspannt und fröhlich wie sonst, während sie jemandem eine Pizza zum Mitnehmen brachte.

Luc stand auf, nahm eine Plastikwanne vom Wagen neben der Theke und begann, den nächstbesten Tisch abzuräumen.

Aus dem Augenwinkel bemerkte er das Mädchen, das sich beim letzten Mal geweigert hatte, mit diesem kleinen Scheißer das Lokal zu verlassen. Auch sie stand auf, nahm sich eine Wanne und räumte einen Tisch ab. Das überraschte ihn, denn sie sah wie all die anderen reichen Kids aus, die hierherkamen und offenbar noch nie im Leben irgendetwas hatten anpacken müssen.

Doch dann zuckte er mit den Schultern. Das bewies lediglich, dass man niemanden nach seinem Äußeren beurteilen konnte.

Tiffany kam Sekunden später mit einem Schwamm angerannt und wischte die nun leeren Tische ab. „Vielen Dank euch beiden!", sagte sie inbrünstig, und da fiel ihm auf, was heute so anders an ihr war. Bisher hatte er sie noch nie ohne perfekt geschminkte Augen und Lippen gesehen. Nun waren Wimperntusche und Lippenstift verwischt, was zweifellos am Stress lag.

„Im Bella T's ist viel mehr los als letztes Jahr um diese Zeit", sagte sie. „Und außerdem ist Freitagabend." Sie hob eine Schulter. „Nachdem Jeremy in der Küche arbeitet, haben wir hier draußen einen ziemlichen Engpass." Sie griff in die Taschen ihrer Schürze, zog in Papier eingewickeltes Besteck heraus und legte es auf die Tische.

Ohne ihr übliches sonniges Lächeln sagte sie: „Wenn ihr mich fragt, je eher wir eine Anzeige für eine neue Hilfskraft schalten, umso besser."

Peyton Vanderkamp atmete tief durch, schüttelte die Hände aus und hob das Kinn. Nur so schaffte sie es in letzter Zeit, die Tage hinter sich zu bringen – indem sie so tat, als wäre sie zu cool, sich um die Meinung anderer Leute zu scheren. Sie steckte den Kopf in die Küche, die jetzt fast leer war, von der Besitzerin abgesehen.

„Entschuldigen Sie, Ms Riordan?"

Wegen ihrer aufgesetzten Arroganz gingen die Leute natürlich meistens davon aus, dass sie eine Zicke war. Wie zum Beweis erschien ein genervter Ausdruck auf Tasha Riordans Gesicht. Peyton hob das Kinn etwas höher. Es war noch immer besser, für eine Zicke gehalten zu werden als für jemanden, dessen Leben völlig außer Kontrolle geraten war.

Auch wenn es nun mal stimmte.

Nun aber blickten die Augen der Frau freundlicher. „Peyton Vanderkamp, richtig?"

Peyton nickte. Sie lebte seit etwas mehr als drei Jahren in Razor Bay, und doch überraschte es sie immer wieder, dass so ziemlich jeder sie kannte.

„Tiffany hat erzählt, dass du geholfen hast, die Tische abzuräumen."

„Ich und dieser neue Mr-Bradshaw-Typ." Sie zuckte die Achseln. „Darüber wollte ich mit Ihnen sprechen."

Tashas Blick wurde deutlich kühler. „Du willst mit mir über Luc Bradshaw sprechen?"

„Nein!" *Viel zu vehement.* Lautlos atmete sie ein und versuchte, möglichst gelangweilt zu wirken. „Nein, es geht doch nicht um einen *Mann.*" Jetzt probierte sie es mit einem sorglosen Lachen, aber das funktionierte auch nicht so recht. „*Gott*, nein. Sondern um den Job."

„Was für einen Job?"

„Tiffany sagte, dass Sie eine neue Aushilfe einstellen wollen. Ich würde mich gern bewerben."

Die rotbraunen Augenbrauen wurden in die Höhe gezogen. „Du möchtest als meine Aushilfe arbeiten?"

„Ja." Peyton straffte die Schultern und sah der älteren Frau in die Augen. „Ja, das würde ich gern."

Tasha dachte einige nervenzerfetzende Sekunden nach, bevor sie mit sanfter Bestimmtheit antwortete: „Ich gebe den Job lieber jemandem, der das Geld tatsächlich braucht."

Beinah wäre sie gegangen. Beinah. Aber die Wahrheit war …

„Ich brauche das Geld." Peyton flüsterte fast, damit niemand im Restaurant sie verstehen konnte.

Tasha jedoch schien sie gehört zu haben, denn sie entgegnete genauso leise: „Wie man sich in der Stadt erzählt, sind die Vanderkamps – wie soll ich es ausdrücken?" Sie hob die Schultern. „Tja, reicher als Gott."

„Das ist mein Stiefvater, stimmt", gab Peyton zu. „Aber er lässt sich von meiner Mom scheiden, und ich schätze somit auch von mir. Er hat gesagt, ich soll mir überlegen, wie ich das Schuldgeld fürs College zusammenbekomme." Sie war gut darin, Tränen zu unterdrücken, dass sie jedes Mal einen Kloß im Hals hatte, wenn sie an das Gespräch mit ihm dachte – nun, das brauchte niemand zu wissen.

„Ach, Schätzchen, das tut mir leid."

Auf einmal wurde diese Frau, die jeder Teenager in Razor Bay für richtig hip und cool hielt, ganz weich.

„Das ist ziemlich mies."

Sie hatte ja keine Ahnung, wie mies. Peyton hob das Kinn so hoch Richtung Decke, dass sie befürchtete, der Feuermelder würde jeden Moment losgehen. „Ich brauche kein Mitleid!"

„Oh, keine Sorge", sagte Tiffany rundheraus. „So, wie du dich aufführst, wird niemand dich bemitleiden."

Damit war die Chance auf diesen Job wohl vertan. Peyton wusste, sie hätte ihren blödsinnigen Stolz runterschlucken sollen, aber das war das Einzige, was ihr noch blieb. „Nun, danke, dass Sie sich die Zeit genommen haben", sagte sie mit steifer Höflichkeit. Sie wollte sich umdrehen, doch ihre Blicke kreuzten sich. Sie zögerte kurz, dann sagte sie: „Im Moment wollen meine Mutter und mein Va…" Ihr blieb das Wort im Halse stecken. Nachdem sie sich geräuspert hatte, fuhr sie fort: „Im Moment wollen sie das Ganze noch nicht offiziell machen." Sie hasste es, jemanden um etwas bitten zu müssen, dennoch … „Es wäre nett, wenn Sie es nicht weitererzählen würden."

„Von mir wird niemand was erfahren."

„Okay. Dann … vielen Dank." Sie wandte sich ab.

„Ich zahle den Mindestlohn, aber du bekommst einen kleinen Teil von Tiffs Trinkgeld, was bei der besten Kellnerin unter der Sonne nicht gerade wenig ist."

Peyton erstarrte, schließlich drehte sie langsam den Kopf, um Tasha über die Schulter anzustarren. „Wie?"

„Hast du zusätzlich zu deinem Stolz vielleicht auch noch Probleme mit den Ohren?"

„Nein. *Nein!*" Jetzt wandte sie sich ganz um und lächelte – Himmel, wahrscheinlich grinste sie sogar – und das zum ersten Mal seit Monaten. „Mindestlohn, kleiner Prozentsatz vom Trinkgeld. Oh Mann." Doch dann fiel sie schleunigst wieder in ihre übliche Rolle zurück, die sie spielte, damit niemand von ihrem verkorksten Leben erfuhr. Sie warf Tasha einen kühlen Blick zu. „Wann kann ich anfangen?"

Tasha schüttelte den Kopf, und Peyton hatte den Eindruck, sie könnte nicht mal ein Baby zum Narren halten.

„Du hast schon heute Abend begonnen. Sag mir, wie lange du gearbeitet hast und schreibe das in deine Lohnkarte", sagte Tasha. „Wir brauchen dich vor allem abends, aber wenn du mehr arbeiten möchtest, kann ich dich auch für die Mittagsschicht eintragen."

Zwei Schichten bedeuteten mehr Geld und weniger Zeit zu Hause. „Ich nehme beide Schichten."

„Die erste beginnt also morgen um zwölf, doch du solltest etwas früher kommen, denn du musst noch einige Papiere ausfüllen." Tasha betrachtete sie von Kopf bis Fuß. „Du scheinst jemand zu sein, der sich Gedanken über die Zukunft macht. Hast du dir überlegt, was deine Freunde dazu sagen werden, wenn du hier arbeitest?"

Ja, klar. Sie wusste haargenau, was die sagen würden, vor allem die Mädchen aus ihrer Clique. Nun, bis auf Marni. Marni war süß und dachte immer nur das Beste von jedem. Andererseits war es schwer, sich dem Gruppenzwang zu widersetzen, womöglich würde auch Marni ihr die Freundschaft kündigen. „Ja. Das mit dem Job ist vielleicht nicht so schlimm, weil meine Freunde Ihren Laden wirklich mögen. Es könnte sogar passieren, dass sie es total cool finden, im Bella T's zu arbeiten, und dass alle anfangen, Sie um einen Job anzubetteln, damit sie sich hier ein bisschen die Zeit vertreiben können." Sie fuhr sich mit den Fingern durchs Haar und stieß die Luft aus. „Sowie sie allerdings herausfinden, dass wir nicht mehr zu ihrer Einkommensgruppe zählen, war's das für mich. In dieser Hinsicht mache ich mir nichts vor." Oder in überhaupt einer Hinsicht. „Da kann man nichts machen."

„Stimmt. Auch falls du nie auf einen Rat von mir hören solltest, der hier zumindest ist wichtig." Tasha sah ihr fest in die Augen. „Vergiss sie, wenn sie dich nicht unterstützen. Sobald es einem nicht mehr so gut geht, findet man schnell heraus, wer ein echter Freund ist. Vielleicht denkst du, dass ich mich nicht mehr an meine Schulzeit erinnern kann, aber glaub mir, ich habe nicht einen Tag vergessen! Ich hatte damals nur wenige Freundschaften und nur eine einzige wirklich richtige Freundin, die mit mir durch dick und dünn gegangen ist. Wenn du so jemanden hast, Mädchen, dann pflege diese Freundschaft. Lüg sie nicht an und tu nicht so, als ob alles gut wäre. Denn wenn du ehrlich zu deiner Freundin bist, wird sie das auch zu dir sein. Und mit einer besten Freundin an der Seite sind diese ganzen Armleuchter nicht mehr so wichtig."

Peyton starrte sie an. Konnte Tasha Gedanken lesen? Wenn sie sich diese rotblonde Frau ansah – so selbstsicher, so gefestigt –, war es schwer vorstellbar, dass sie in ihrer Schulzeit Probleme gehabt haben sollte. „Ich kann nicht glauben, dass Sie nur wenige Freunde hatten."

„Ach, bitte. Diese Stadt ist so groß wie eine Erdnuss – du willst mir doch nicht erzählen, dass du nie die Geschichten über meine Mutter gehört hast."

Am liebsten hätte sie es abgestritten, doch gerade hatte Tasha ihr geraten, besser bei der Wahrheit zu bleiben, deshalb nickte sie. „Das stimmt. Wenn es auf der Highschool schon so war wie heute, dann haben die Leute Sie bestimmt jeden Tag daran erinnert."

„Ja, das haben sie – und die Hierarchie war damals dieselbe. Es gab eine Menge Cliquen, die dachten, dass nur das Geld zählt. Und ich will ehrlich sein, es war nicht leicht, ausgelacht oder beschimpft zu werden. Aber als Jenny Salazar in die Stadt kam, haben wir uns sofort bestens verstanden, und das hat alles verändert. Es war unglaublich, wie viel angenehmer plötzlich alles wurde. Hast du jemanden, auf den du dich verlassen kannst?"

„Vielleicht. Das werde ich erst wissen, wenn die anderen Mädchen aus der Clique sich von mir abwenden." Marni war schon jetzt eher eine Außenseiterin in der Gruppe, daher wäre es nicht verwunderlich, falls sie sich auf die Seite der angesagten Clique schlug. Jedenfalls hatte Peyton sich vorgenommen, deswegen nicht sauer zu sein.

Tatsächlich konnte sie nicht mit hundertprozentiger Sicherheit sagen, ob sie im umgekehrten Fall zu Marni gestanden hätte. Sie hoffte es zumindest, aber vielleicht machte sie sich nur etwas vor. Womöglich wäre sie die Schlimmste von allen gewesen.

Als sie bald darauf das Bella T's verließ, beschloss sie, kurzen Prozess zu machen und besser gleich herauszufinden, wo sie stand. Sie würde Marni die Wahrheit sagen.

Sie wusste, welches Risiko sie damit einging, denn wenn Marni die Sache mit ihren Eltern herumerzählte, würde sie, Peyton, ihren Stand in der Schule sogar noch schneller verlieren als befürchtet. Trotzdem wollte sie Tasha Riordans Rat folgen und es mit der Wahrheit versuchen.

Als sie in ihren Wagen stieg, kam ihr auf einmal ein schrecklicher Gedanke. Was, wenn ihr Dad …

Ein stechender Schmerz fuhr ihr ins Herz. *Matt* meinte sie natürlich – sie musste es ein für alle Mal in ihren Kopf bekommen, dass Matt nicht mehr ihr Dad sein wollte. Während sie zu Marni unterwegs war, fragte sie sich, ob er ihr das Auto wegnehmen würde. Er hatte es ihr zum sechzehnten Geburtstag geschenkt, doch so, wie die Dinge nun standen, konnte man nie wissen. Dabei brauchte sie den Wagen jetzt, wo sie täglich zur Arbeit fahren musste, dringender denn je.

Zu ihrer Überraschung wirkten diese beiden Worte wie schmerzlindernde Salbe auf einer offenen Wunde. *Zur Arbeit.* Sie hatte einen Job. Daraus würde wohl kaum ein Job fürs Leben werden, trotzdem war sie froh. Das Bella T's war ein angesagter Laden voller interessanter Leute.

Nicht zuletzt war einer von ihnen Jeremy Newhall.

Wahrscheinlich wäre es besser, nicht an Jeremy zu denken, aber, oh Gott, das fiel ihr wirklich nicht leicht. Er hatte irgendetwas an sich. Er war höchstens ein Jahr älter als sie, doch so, wie er sich benahm, wirkte er erwachsener als irgendein Junge an ihrer Schule. Vielleicht lag es daran, dass er im Cedar Village außerhalb der Stadt lebte. Jeder wusste, dass es sich dabei um ein Heim für schwer erziehbare Jungen handelte.

*Schwer erziehbare Jungen.* Allein der Klang dieser beiden Worte ließ sie wohlig erschauern.

„Himmel noch mal, Mädchen, jetzt reiß dich aber zusammen!" Als ob sie auch nur die geringste Ahnung hätte, was sie mit so einem Jungen anfangen sollte, falls sie jemals in die Verlegenheit käme.

Sie fuhr auf die Auffahrt der Familie Dreesen und parkte hinter Mrs Dreesens Buick Enclave. Nachdem sie den Motor abgestellt hatte, blieb sie einen Moment sitzen und betrachtete die Rückseite des Hauses.

Als Peyton mitten im achten Schuljahr nach Razor Bay gekommen war, war Marni die Erste gewesen, die sie angesprochen hatte. Die Dreesens hatten sie in ihrem Haus aufgenommen, als ob sie zur Familie gehörte. Wahrscheinlich hatte sie hier mehr Zeit verbracht als zu Hause. Jedenfalls fühlte sie sich nirgendwo sonst auf der Welt wohler.

Sie löste den Sicherheitsgurt und stieg aus. Die Sterne hingen tief und funkelnd am Nachthimmel, stellte sie fest, als sie über den gepflasterten Hinterhof zur Küchentür ging. Dort angekommen holte sie noch einmal tief Luft und spähte durch die Glastür. Die Küche war nur schwach beleuchtet und leer. Sie drückte auf die Klingel.

Die Hölle brach los. Sie hörte Marnis Mom brüllen: „Macht mal jemand auf!" Beckett und Castle (der eine so klein, dass er in eine Hand passte und der andere groß wie ein Motorrad) rutschten über den Holzfußboden und bellten sich die Lunge aus dem Leib. Marnis rot gestreifte Katze, die wohl irgendwo in der Küche geschlafen hatte, schoss durch die Katzenklappe nach draußen und zwischen ihren Beinen hindurch.

Dann tauchte Marni auf. Sie trug einen schwarzen Gymnastikanzug und pinkfarbene Ballerinas. Mit zwei langen *grand jetés* kam sie an die Tür geflogen, landete anmutig, machte auf und warf ihr ein freudiges „Hey" zu.

Wenn sie Marni sah, musste Peyton immer lächeln. Ihre straßenköterblonde Freundin war süß und freundlich wie die junge Drew Barrymore und genauso hübsch. „Selber hey. Heute war doch kein Tanzunterricht, oder?" Nein, das konnte nicht sein – es war Freitagabend.

„Nö, ich habe bloß geübt." Marni ging zum Kühlschrank und spähte hinein. Der Gymnastikanzug spannte sich über ihrem JLo-Hintern und den unsichtbaren Hüftknochen. Marni hatte keine typische Ballerinafigur, sie hatte volle Brüste, eine schlanke Taille und runde Hüften und Schenkel. Aber ihre Tante Stace führte ein Tanzstudio in Silverdale, und Marni nahm, schon seit sie vier war, dort Unterricht. Sie war eine unglaublich gute Tänzerin.

Eine, die ihr jetzt einen Blick über die Schulter zuwarf. „Magst du ein ICE mit Eis?"

„Ja."

Marni holte eine Flasche schwarze Kirsche heraus und goss ihnen zwei mit Eis gefüllte Becher ein.

„Wer ist es?", rief ihre Mutter aus einem anderen Raum.

„Peyton!"

„Hallo, Darling! Da sind noch Kekse im Glas, nimm dir welche."

Marni imitierte mit Handbewegungen eine hin- und hergezogene Säge vor ihrem Hals und flüsterte: „Nein! Nein!"

Peyton grinste. Mrs Dreesen kochte wie eine Göttin, war aber eine fürchterliche Bäckerin. „Danke, Mrs D." Sie tat so, als schraubte sie das Glas auf und schloss es dann lautstark wieder, ohne sich einen Keks genommen zu haben.

Sie fühlte sich hier so wohl. Marnis Familie war so, wie eine Familie sein sollte. Liebevoll und laut. Bei den Dreesens war immer was los, es ging chaotisch zu, ganz anders als in dem stillen Haus auf der Klippe, in dem sie lebte. Den Dreesens war es völlig egal, wo auf der sozialen Leiter sie sich befanden. Ihnen gehörte zwar dieses Millionen-Dollar-Haus, aber es war lebendig, behaglich und nicht besonders stylish.

Hinter Marnis Rücken machten sich viele Mädchen über dieses Haus lustig, oft genug auch über Marnis Figur, weil sie nicht Größe 36 trug. Peytons Ansicht nach waren sie stockblind. Marni strahlte so viel Glück aus – und das war sicher nichts, worüber man die Nase rümpfen sollte. Außerdem war das hier das gemütlichste Zuhause der Welt.

Marni griff sich eine Tüte Pita Chips. „Lass uns zu mir raufgehen."

„Ja, ich möchte nämlich mit dir sprechen."

Als Marni die Tür zu ihrem Zimmer aufstieß, war ihre zwölfjährige Schwester Bree gerade dabei, in den Körbchen auf den Regalen herumzuschnüffeln.

„Raus hier, du kleine Mistkröte!", zischte Marni sie an, dann hob sie die Stimme und kreischte: „Mom! Sag Bree, dass sie nicht unerlaubt mein Zimmer betreten und meine Sachen durchwühlen soll!"

Bree reckte das Kinn. „Als ob du was Interessantes hättest", sagte sie spöttisch und spazierte gemächlich hinaus, wie um zu demonstrieren, dass niemand sie rauswerfen konnte. Die Tür allerdings knallte sie laut zu.

„Mann!" Marni ließ sich rücklings aufs Bett fallen und sah zu ihr auf. „Sei froh, dass du keine Geschwister hast."

Peyton schnaubte leise und plumpste neben ihre Freundin.

„So kann man es auch sehen." Sie rollte auf die Seite und stützte das Kinn auf. „Bei uns ist es meistens so still wie in einem Grab."

„Wie ich schon sagte." Marni seufzte. „Sei froh. Du hast vielleicht ein Glück."

„Oder auch nicht. Meine Eltern lassen sich scheiden."

„Wie bitte?" Marni drehte sich jetzt ebenfalls auf die Seite. „Mensch, Peyton, tut mir leid. Das ist wirklich Kacke."

Sie nickte. „Das ist aber nur ein Teil des Problems."

Nachdem sie Marni erzählt hatte, dass ihr Stiefvater sich weigerte, sie weiterhin finanziell zu unterstützen, fühlte sie sich zu ihrer eigenen Überraschung auf einmal besser.

„Und was wirst du jetzt tun?"

„Das Gute ist, dass ich mit meinen Noten wahrscheinlich ein Stipendium bekomme, leider wohl kein volles. Doch es gibt ja auch noch Studentendarlehen. Außerdem hab ich mir heute einen Job geangelt, und ich werde so viel Geld zur Seite legen, wie ich nur kann."

„Du hast einen Job? Wo? Wie?"

„Bella T's." Jetzt schilderte sie die Ereignisse des Abends und wartete dann mit angehaltenem Atem auf Marnis Reaktion.

„Ist das dein Ernst? Du wirst mit Jeremy Newhall zusammenarbeiten? Oh mein Gott!" Marni lachte laut. „Das ist der Hammer."

„Ich weiß, oder?" Peyton grinste ihre Freundin an. „Ich hoffe, dass ich nicht irgendwas total Dummes zu ihm sage."

„Nee, so was passiert nur mir. Du sagst immer das Richtige."

Da wurde sie wieder ernst, dachte an Tashas Worte und beschloss, ihrer Freundin nichts vorzumachen. „Ich … eigentlich nicht. Meistens habe ich ganz schöne Angst und tue nur so, damit niemand das mitkriegt." *Und bitte, bitte erzähl das nicht den anderen.* Nie zuvor hatte sie sich vor einem anderen

Mädchen derart verletzlich gezeigt, und sie wusste nicht, was sie tun würde, wenn Marni das ausnutzte.

„Nun, davon merkt man nichts."

„Bisher weiß noch niemand, dass meine Eltern sich scheiden lassen."

„Dann werde ich auch nichts davon erzählen."

So einfach. Peyton blinzelte die Tränen weg. „Danke, Mar. Du bist die Beste."

„Ich weiß, was viele in unserer Clique über mich sagen", meinte Marni mit plötzlicher Schärfe. „Über meine Figur und über meine Familie. Und ich weiß, dass du da nie mitgemacht hast."

Peyton schnaufte leise. „Wozu auch. Wir beide wissen schließlich, dass du fitter bist als wir alle zusammen. Und ich wünschte, ich hätte so eine Familie wie du."

„Na, das passt doch gut. Denn was uns betrifft, hast du die."

# 9. KAPITEL

Tasha hatte seit Ende Mai keinen freien Tag gehabt. Sich daran zu gewöhnen, nicht mehr sieben Tage pro Woche in der Pizzeria zu stehen, fiel ihr schwer. Für die Montage jedoch entwickelte sie schnell gewisse Begeisterung, denn da öffnete sie das Restaurant erst um fünfzehn Uhr, wenn der Andrang nach Schulschluss begann.

Bella T's war unerwartet zum Lieblingstreffpunkt der Highschool-Kids geworden – eine äußerst lukrative Angelegenheit. Was die Montage betraf, hatte sie beschlossen, nach ihren eigenen Regeln der Logik zu handeln, und das bedeutete: Wenn sie schon später aufmachte, konnte sie auch früher schließen. Es hatte sich schnell herumgesprochen, dass man montagabends vor halb acht seine Pizza entweder verspeist oder abgeholt haben musste, denn Tasha nahm es mit den Öffnungszeiten sehr genau.

An diesem speziellen Montag lag sie noch um zehn Uhr morgens im Bett, was selten genug vorkam. Sie war nur kurz in die Küche gegangen, um sich einen Mokka zu kochen, und jetzt saß sie an mehrere dicke Kissen gelehnt da, trank ihren Kaffee und las Band zwei einer Virginia-Kantra-Trilogie – ein Luxus, den sie sich in letzter Zeit nicht oft erlaubt hatte. Zwar häuften sich die Pflichten und Arbeiten, aber die konnten ruhig noch etwas länger warten.

Als das Telefon klingelte, war sie so vertieft in ihr Buch, dass sie die Hand ausstreckte, ohne aufzusehen. Gerade ging es ziemlich zur Sache zwischen der Frau, die in ihre kleine Heimatstadt in Carolina zurückgekehrt war, weil sie ihren Job in New York verloren hatte, und deren Jugendliebe, die sie eigentlich lieber vergessen wollte.

Sie nahm ab und murmelte: „Guten Morgen."

„Guten Morgen, Zuckerpüppchen“, hörte sie ihre Mutter zwitschern. „Rate mal! Oder besser nicht, du kommst sowieso nie drauf!“

Mit einem bedauernden Seufzen steckte Tasha ein Stück Papier zwischen die Seiten und legte das Buch auf den Nachttisch. Dann schleuderte sie die Decke von sich und schwang die Beine aus dem Bett. „Ach, ich versuche es trotzdem, Mom. Hmm. Könnte es sein, dass du dich verliebt hast?“

„Ja!“ Ihre Mutter lachte vergnügt. „Ich schätze, das hast du schon öfter von mir gehört.“

„Ein paar Mal vielleicht.“ *Oder ein paar Hundert Male.*

„Ach, aber diesmal ist es anders!“

„Da bin ich mir sicher“, murmelte sie. „Also, erzähl mir von ihm. Wie heißt er? Was macht er beruflich?“

„Er heißt George. Ach, Schätzchen. Wenn du ihn nur sehen könntest – er ist so groß und attraktiv.“

Tasha wartete, aber ihre Mutter sagte nichts mehr. „Und was macht er?“

„Er ist, ähm, sozusagen zwischen zwei Jobs im Moment. Arbeitgeber sind irgendwie komisch, wenn sie herausfinden, dass jemand vorbestraft ist.“

„Kann ich mir vorstellen.“ Okay, vielleicht sollte sie toleranter sein – schließlich war sie selbst schon mal verhaftet worden. Trotzdem sah sie keinen Grund, irgendwelche Sympathien für den Typen zu entwickeln, denn sie gab dieser Beziehung maximal zwei Monate.

Nun begann Nola, in höchsten Tönen von George zu schwärmen. Tasha hörte nur halb hin und erstellte im Geiste eine Liste mit all den zu erledigenden Dingen.

Kaum hatte sie sich von ihrer Mutter verabschiedet, zog sie jedoch einen Bikini an, schlüpfte in eine Tunika, stopfte Badetuch, Schlüssel, Sonnencreme und Lippenbalsam in eine Tasche und verließ ihre Wohnung.

Die Arbeiten konnten noch eine Stunde warten. Sie hatte monatelang wie ein Tier geschuftet – worüber sie sich nicht beklagen wollte, schließlich baute sie sich ihr eigenes Unternehmen auf – und dadurch den Großteil des Sommers verpasst. Noch war das Wetter fantastisch, aber das würde sich bald ändern. Es war Flut, und wenn sie sich beeilte, war sie innerhalb von zehn Minuten an einem ihrer Lieblingsplätze zwischen dem Hotel und der Bucht. Damit hätte sie über eine Dreiviertelstunde Zeit für eine ihrer Lieblingsbeschäftigungen: schwimmen.

Sie hätte ja gerne Jenny mitgenommen, doch die war nun mal Geschäftsführerin eines Hotels, hatte ständig mit Gästen zu tun und musste immer perfekt aussehen. Wasser war bekanntermaßen nicht gut für die Frisur. Okay, ihre Freundin hätte natürlich versuchen können, das Haar aus dem Wasser zu halten, aber das wäre nur der halbe Spaß. Wenn man auf seine Frisur achten musste, konnte man genauso gut gleich an Land bleiben.

Dabei hatte sie genau genommen mit ihren Locken viel größere Probleme. Jennys Haar war völlig glatt, sie musste im Grunde nur mit dem Kamm durchfahren und es trocknen lassen. Danach schimmerte und glänzte es wie bei einem Model. Wäre Jenny nicht ihre beste Freundin, würde ihr das wahrscheinlich auf die Nerven gehen.

Tasha zog ihr Handy aus der Tasche, um Jenny anzurufen, während sie über den Holzsteg ging, erreichte aber nur die Mailbox.

„Hey, Schätzchen“, sagte sie. „Ich werde an unserer üblichen Stelle eine Runde schwimmen gehen und wollte fragen, ob du mitkommst. Vermutlich nicht, hm? Selbst schuld – ich winke dir zu, wenn ich am Hotel vorbeikomme.“ Lachend legte sie auf und steckte das Telefon zurück in die Tasche.

Kurz darauf stieg sie über das Geländer des Holzstegs und sprang auf den Strand. Dann lief sie über die glatten Steine bis zu einem sonnengebleichten Baumstamm in der Nähe der Klippen.

Nachdem sie ihr Handtuch auf einem kleinen Sandfleck ausgebreitet hatte, zog sie die Tunika aus, legte sie auf die Tasche und ging den Weg zurück, den sie gekommen war. Nun musste sie erneut über den Holzsteg steigen, aber die einzige andere Stelle, an der es am Strand etwas Sand gab, befand sich weit hinter dem Hotel, und sie wollte ihre knapp bemessene Freizeit nicht damit verbringen, herumzuwandern.

Sie lief über den mit Austern-, Muschelschalen und Steinen durchsetzten Sand, vorsichtig darauf bedacht, sich an den rasiermesserscharfen Kanten nicht zu schneiden. Die älteren Bewohner von Razor Bay behaupteten, dass früher überall Sand gewesen sei, jedoch wusste keiner, was diese Veränderung herbeigeführt hatte, nur, dass sie langsam vonstattengegangen war. Selbst sie konnte sich aus ihren Kindertagen an viel größere Sandstellen erinnern.

Schulterzuckend näherte sie sich dem Wasser. Es war nun mal so, wie es war. Einen Moment später erreichte sie eine schmale, beinahe steinlose Stelle und rannte jubelnd los. Als der Widerstand des Wassers sie abbremste, tauchte sie unter die Oberfläche.

„Verdammt!“, schrie sie, als sie wieder hochkam und sich das Haar aus den Augen strich. „Ist das eisig!“

Sie liebte den Kanal. Das Wasser war salzig, kalt und wellig, es gab einfach keinen schöneren Ort auf der Welt. Zumindest kannte sie keinen. Sie drehte sich so, dass sie parallel zum Strand schwimmen konnte, dann glitt sie mit gemächlichen Kraulschlägen durch die ruhigen Fluten.

Nach einer Weile hielt sie inne, um ihre Position zu bestimmen, hatte dabei aber eine besonders kühle Stelle erwischt.

Suchend blickte sie in das klare Wasser nach unten. Hier würde bei Ebbe ein großes Sandwatt sein, deswegen ließ sie sich seitlich treiben, bis der Untergrund steiniger wurde. Wenn das Wasser zurückging, speicherten die Steine und Muscheln die Wärme der Sonne und gaben sie später ans Wasser ab. Sand hingegen besaß diese Eigenschaft nicht.

Als sie Stimmen vom Ufer hörte, erkannte sie, dass sie nahe beim Hotel war, und als sie an der Plattform vorbeischwamm, winkte sie und musste unweigerlich grinsen. Als ob irgendjemand sie sehen würde. Aber versprochen war nun mal versprochen.

Etwas später drehte sie um und kraulte den Weg zurück, den sie gekommen war. Sie wollte schließlich noch eine Weile auf ihrem Badetuch liegen und Sonne tanken. Lange konnte sie das mit ihrer blassen Haut sowieso nicht, aber zehn Minuten so früh am Tag würden ihr sicher nicht schaden.

Sie hatte etwa Dreiviertel der Strecke zurückgelegt, als etwas Glattes eins ihrer Beine streifte. Sie erschrak so sehr, dass sie beinahe Wasser geschluckt hätte, doch als sie aufsah, entdeckte sie einen dunkelhaarigen, gebräunten Mann.

Ihr Herz, das sowieso schon schnell wie eine Bongotrommel schlug, drehte nun durch wie ein Orang-Utan auf Crack, weil sie sofort wusste, zu wem dieses Haar und diese Haut gehörten.

Was sie hingegen nicht wusste, war, wieso Luc Bradshaw sie verflucht noch mal beim Schwimmen störte.

Als ihm klar wurde, dass Tasha nicht mehr länger neben ihm schwamm, begann Luc Wasser zu treten und sah sie an. „Hi."

Sie ließ sich ein paar Meter auf den Wellen treiben, das nasse Haar klebte an ihrem Kopf und war röter als sonst. Sie betrachtete ihn mit zusammengekniffenen Augen, Wassertropfen glitzerten an ihren Wimpern, sie funkelte ihn wütend an.

„Was zum Teufel hast du hier zu suchen?"

Gute Frage. Bevor er eine Antwort geben konnte, die sie beide zufriedenstellte, fuhr sie fort: „Oh mein Gott, verfolgst du mich etwa?"

„*Nein*, hey. Ich war mit …"

„Ich habe mich schließlich schon bei dir dafür bedankt, dass du am Freitag die Tische abgeräumt hast."

„Ja, hast du", murmelte er. „Du hast mir sogar die Rechnung erlassen, Bier und alles."

„Genau", stimmte sie ihm zu. „Ich dachte, das wäre netter, als dir den Mindestlohn zu zahlen. Und ich bin dir ehrlich dankbar – ich hätte nie zulassen dürfen, dass Tiffany derart überlastet ist. Aber das heißt noch lange nicht, dass du dich wie ein gruseliger Stalker aufführen kannst."

„Wirklich? Ein Stalker? Ist das nicht etwas eingebildet?" Er sah sie direkt an. „Ich war gerade bei Jenny und Jake, als Jenny ihre Mailbox abgehört hat. Also sind wir zum Strand gegangen, um dich winken zu sehen, wie du es versprochen hast."

„Oh."

Okay, sie bloßzustellen würde ihm sicher keine Punkte einbringen. Ihre Wangen waren leicht gerötet, und die Sonne ließ die graublaue Iris ihrer Augen noch tiefer wirken als sonst und erhellte die kleinen goldenen Sprengsel rund um die Pupillen, die er ganz vergessen hatte. Er schwamm näher, achtete jedoch sorgsam darauf, Tasha nicht zu berühren. „Tut mir leid, dass ich dich beim Schwimmen angestoßen habe. Das ist bestimmt beängstigend, wenn man annimmt, allein im Kanal zu sein. War aber keine Absicht, *angelita*. Ich wollte dich einholen und dachte, ich wäre noch weiter von dir entfernt, als ich tatsächlich war." Natürlich hatte er sich geradezu auf die Gelegenheit gestürzt, in ihrer Nähe zu sein, doch das behielt er lieber für sich. Es hatte allerdings nichts mit Stalking zu tun.

„Okay, vielleicht war ich zu voreilig."

Sie lächelte schief. Ihr trockener Humor war auch so etwas, das ihn immer wieder umhaute – und zwar schon seit ihrem ersten Zusammentreffen auf den Bahamas.

„Jenny mag es gar nicht, wenn ich allein schwimme, ich weiß."

„Sie sagt, dass du locker eineinhalb Meilen schwimmen kannst, aber es gefällt ihr nicht, wenn dich dabei niemand beobachtet." Er näherte sich ihr noch etwas, und dieses Mal ließ er es zu, dass ihre Beine sich kurz streiften. Er senkte die Stimme. „Betrachte mich einfach als deinen Aufpasser."

Leise schnaubend schwamm sie weiter. Bevor er ihr folgte, sah er ihr einen Moment lang bewundernd nach.

Eine Weile bewegte sie sich mit gleichmäßigen Zügen vorwärts, irgendwann begann sie etwa alle dreißig Meter eine Pause einzulegen, ganz offensichtlich auf der Suche nach etwas. Dann hatte sie es gefunden, denn nun drehte sie ab und kraulte auf den Strand zu. Kurz darauf sah er, wie sie sich aufrichtete und aus dem Wasser ging. Er betrachtete anerkennend ihren durchtrainierten Oberkörper und das bunte Bikinioberteil. Was ihren Hintern betraf …

Nun.

Der überraschte ihn immer wieder. Er war unglaublich schön und erstaunlich rund in Anbetracht ihrer schmalen Hüften.

Es juckte ihn in den Fingern, beides zu umfassen. Unbehaglich steckte er die Hände in die Taschen seiner Shorts, was allerdings keine gute Idee war, denn er brauchte sie zum Ausbalancieren, während er vorsichtig über die Steine und Muscheln stieg.

Was dachte er sich eigentlich?

Dass er ihr so hinterherguckte, kein Problem – er war ein Mann, und sie war so verdammt begehrenswert, dass ihm in dieser Hinsicht gar nichts anderes übrig blieb. Aber dieses ständige Bedürfnis, ihr zu folgen … das war eine ganz andere Sache.

Er musste verrückt geworden sein, anders konnte er es sich nicht erklären. Die Geschichte mit ihr hatte doch sowieso nicht die geringste Chance. Sein Job und seine Leidenschaft war es, Drogenringe auffliegen zu lassen. Eher früher als später würde er einen neuen Auftrag bekommen und in die dunkle Drogenwelt Lateinamerikas eintauchen.

Ja, er liebte diesen permanenten Adrenalinrausch.

Wobei ständig zu lügen manchmal auch ganz schön ermüdend war.

*Blödsinn.* Schnell schüttelte er diesen unwillkommenen Gedanken ab. Schuld war nur seine momentane Unzufriedenheit, dieses Gefühl kannte er gut – es verschwand in der Sekunde, in der er wieder zurück im Spiel war.

Deswegen konnte er nicht begreifen, wieso er Tasha derartig hinterherrannte. Hätte er es einfach nur nötig, mit einer schönen Frau zusammen zu sein, wäre es viel klüger, sich mit einer Fremden einzulassen. Die Anziehung zwischen ihm und Tasha war zwar noch genauso stark wie damals, nur dass sie leider Gottes eine Stinkwut auf ihn hatte. Sie davon abzubringen bedeutete verdammt viel Arbeit – für nichts und wieder nichts.

Eine Vision von Tasha auf den Bahamas, als sie gerade einen Orgasmus erlebt hatte, geisterte durch seinen Kopf, und er unterdrückte ein Stöhnen. Okay, nichts und wieder nichts stimmte nicht ganz. Aber trotzdem …

Er musste über sich selbst lachen und legte an Tempo zu, um sie einzuholen, denn wem wollte er was vormachen? Natürlich würde er alles daransetzen, sie rumzukriegen. Sogar Jake und Jenny wussten das inzwischen, schließlich hatte er sich vorhin gar nicht schnell genug das T-Shirt herunterreißen können, das er Jenny zusammen mit seiner Brieftasche, dem Handy und seinen Schuhen in die Hände gedrückt hatte. Und zwar mit den Worten: „Ich passe auf sie auf!"

Kurz vor dem Holzsteg holte er Tasha ein und half ihr mit einem kleinen Schubs über das Geländer. Ihr Sirenenhintern fühlte sich unter dem feuchten sonnengebleichten Bikinihöschen herrlich fest an.

Ohne auch nur einen Blick hinter sich zu werfen, schlug sie ihm auf die Hand. „Finger weg, Kumpel."

Er stand darauf, dass sie sich von niemandem etwas gefallen ließ, deswegen musste er grinsen. „Ich wollte doch nur helfen."

„Tja, hilf dir selbst. Und dann lauf einfach weiter, bis du in die Stadt kommst."

Sie ging zum gegenüberliegenden Geländer.

„Okay." Bevor sie drübersteigen konnte, schwang er sich mit einem Sprung auf den Holzsteg, machte einen gigantischen Schritt nach vorn und packte sie an einem Handgelenk. Er zog sie zurück und sah ihr ins Gesicht. Ermutigend war ihr Ausdruck allerdings nicht gerade. „Bevor ich das tue …" Er senkte den Kopf und küsste sie.

Der Blitz der Erkenntnis, der ihn jedes Mal traf, wenn ihre Lippen sich berührten, überraschte ihn aufs Neue. Er schien die Art, wie sie schmeckte und wie sie sich anfühlte, schon von Geburt an zu kennen. Wie ihr Charakter war Tasha zugleich süß und herb. Luc stieß ein heiseres Stöhnen aus, drückte sie an das Geländer und legte beide Hände an ihr Gesicht.

Er liebte die Zartheit ihrer Lippen, vor allem die der üppigen Oberlippe. Liebte die hilflose Art und Weise, in der sie den Kuss erwiderte – vielleicht wollte sie es nicht, doch sie war genauso machtlos dagegen wie er. Sie schlang die Arme um seinen Nacken und presste ihren feuchten Körper im kühlen Bikini an seinen. Das änderte nichts am brennenden Inferno ihres Kusses.

Schließlich löste er sich von ihr und ging etwas in die Knie, um die salzigen Tropfen, die aus ihrem Haar fielen, von ihrem Hals zu lecken, von den Ansätzen ihrer Brüste, die aus dem Bikini-Top herauszuquellen schienen. So schwer es ihm auch fiel, er hob den Kopf und trat zurück.

„Jetzt schaffe ich es bestimmt bis in die Stadt", sagte er leise, strich mit einem Fingerknöchel über ihre Wange und sah in ihre verträumt blickenden Augen. „Vielleicht könntest du dich das nächste Mal hieran erinnern, wenn du wieder den Hau-ab-Knopf drücken willst." Damit wandte er sich ab und ging Richtung Stadt davon.

In dem Augenblick, als sein Kopf sich klärte, hätte er sich am liebsten selbst geohrfeigt. Warum hatte er nach dem Kuss nicht die Klappe gehalten? Er wusste doch, wie Tasha war. Wenn er einfach weggegangen wäre, hätte sie vielleicht über diese unwiderstehliche Anziehung zwischen ihnen nachgedacht. Jetzt würde eher die Hölle zufrieren, als dass sie sich irgendetwas eingestand.

Egal, darüber wollte er nicht nachdenken. Er hatte schließlich Wichtigeres zu tun.

Leider fiel ihm im Moment nicht ein, was genau das war, und er wurde aufs Neue von den Erinnerungen an Andros Island überrollt. Erinnerungen, die er vor Jahren in den hintersten Winkel seines Gedächtnisses geschoben hatte. Die Mauern allerdings, die er darum aufgebaut hatte, hatten schon beim ersten Zusammentreffen mit Tasha in Razor Bay Risse bekommen. Inzwischen waren sie mehr oder weniger geborsten, es war gerade so, als ob sie bombardiert worden wären.

In jener Nacht damals, als er nicht zur Strandhütte zurückkehren konnte, hatte er verdammt große Angst um Tasha gehabt. Außerdem sollte sie nicht denken, dass er sie einfach sitzen gelassen hatte. Erst als Paulson ihm von ihrer hastigen Abreise erzählt hatte, hatte er sich etwas beruhigt.

Allerdings war sie gar nicht abgereist. Er fragte sich, wieso zum Teufel sein Chef nicht gewusst hatte, dass Tasha verhaftet worden war. Ganz sicher hatte er mit der Polizei auf den Bahamas gesprochen – und er hatte nichts von einer Verhaftung erfahren? Was für ein Geheimdienst sollte das denn sein?

Jedes Mal, wenn er darüber nachdachte, wurde er noch etwas wütender. Irgendjemand hatte in jener Nacht Mist gebaut, und Tasha hatte dafür bezahlen müssen. Um herauszufinden, wer für diesen Fehler verantwortlich war, hatte er am Freitagmorgen SAC Paulson angerufen. Wie sich herausstellte, war der Special Agent in Charge im Urlaub, also hatte er eine Kopie des Berichts beantragt. Den würde er Wort für Wort durchackern, bis er genau wusste, was in jener Nacht geschehen war.

Vielleicht handelte es sich um einen bürokratischen Fehler, das war durchaus möglich. Eine Sekretärin hatte eine Information nicht weitergegeben oder die Handschrift eines Agenten nicht richtig entziffern können. Solche Dinge passierten, es erklärte jedoch nicht, wie ihnen entgehen konnte, dass Tasha zwei Nächte lang in einer beschissenen Gefängniszelle gesessen hatte.

Auf jeden Fall würde er erstens den Report durcharbeiten und zweitens mit Paulson sprechen, sobald der aus seinem Urlaub zurück war. Wenn er Glück hatte, lag der Bericht jetzt schon in seinem Briefkasten. Zumindest hoffte er das.

Er konnte sowieso etwas Ablenkung von Tasha Riordan brauchen – und von ihren verdammt süchtig machenden Lippen.

## 10. KAPITEL

*Zum Glück ist heute ein kurzer Arbeitstag.* Tasha schnippelte Gemüse in der Küche vom Bella T's, während sie Jeremy beim Pizzabacken zusah. Tatsächlich aber versuchte sie die ganze Zeit, endlich diesen Kuss aus dem Kopf zu bekommen. *Verdammter Luc Bradshaw!* Irgendetwas musste geschehen, und zwar sofort.

Als Erstes war es erforderlich, dass sie aufhörte, über ihn nachzudenken. Sie beobachtete Jeremy noch einige Minuten länger, dann nickte sie anerkennend. „Du machst das klasse."

Er warf ihr erfreut ein Lächeln zu. „Findest du wirklich?"

„Absolut. Du lernst schnell – und du bist sehr genau. Das gefällt mir. Ich habe ein Problem mit chaotischen Küchen – da stehen mir die Haare zu Berge."

„Ja, das kann ich auch nicht leiden. Ich hasse es, wenn ich nach Sachen suchen muss, die ich brauche."

Es gefiel ihr, wie er in ihrer Gegenwart allmählich lockerer wurde, inzwischen äußerte er immer öfter seine Meinung. Anfangs hatten sich die Gespräche meist nur darum gedreht, was er zu tun hatte und was er noch verbessern konnte.

Als nun Peyton in die Küche spaziert kam und ihre Wanne mit dem schmutzigen Geschirr abstellte, verstummte er sofort, sein Lächeln verschwand wie von einer Zaubertafel gelöscht. Verstohlen sah er dem hübschen Mädchen dabei zu, wie es die Spülmaschine einräumte.

Sicher nicht, weil er wissen wollte, ob Peyton auch alles richtig machte, sondern weil er genauso sehnsüchtige und romantische Ideen im Kopf hatte wie sie.

Tashas Schultern versteiften sich. Woher war dieser Gedanke bloß gekommen? Sie sehnte sich nicht nach Luc Bradshaw –

und mit Romantik hatte diese sexuelle Anziehung zwischen ihnen schon gar nichts zu tun.

Und doch wurde sie seit seinem Auftauchen immer wieder von Erinnerungen an die beiden Tage mit ihm auf den Bahamas heimgesucht – an die Zeit, bevor alles den Bach runtergegangen war. Und danach sehnte sie sich tatsächlich. Irgendwie.

„Tja, komm mal langsam drüber hinweg“, murmelte sie vor sich hin. Ihr fiel auf, dass Tiffany bediente, neue Bestellungen aufnahm und gleichzeitig die Kids in den Griff zu bekommen versuchte, die an der Kasse in einer Schlange warteten, und sie eilte hinaus, um ihr zu helfen.

Sie hatte gerade sieben Cheerleader abkassiert – immer diese Teenager mit ihren getrennten Rechnungen – und fragte sich, ob sie eine Rolle Vierteldollar brauchte, als sie hörte, wie ein Mann sich räusperte. Sie sah auf. Axel Nordrum.

Sie musste lächeln. Endlich mal ein Mann, der ihr keine Probleme machte. Sie kannte ihn seit der ersten Klasse.

Axel war groß, blond und gut aussehend. Aber statt es auszunutzen, dass er den Jackpot im Genpool gewonnen hatte, war er ein bescheidener, etwas schüchterner süßer Kerl.

Seit langer Zeit schon schwärmte er für sie. Zurückhaltend genug jedoch, dass sie sich zwar geschmeichelt, doch nicht unter Druck gesetzt fühlte. „Hey, Axel. Dich habe ich ja ewig nicht mehr gesehen. Warst du wieder mal auf Reisen?“ Er musste für seine Arbeit als Ingenieur viel unterwegs sein.

„Ja, ich war auf den Aleuten.“

„Dann bist du ja gerade rechtzeitig zurückgekommen, um noch etwas Indian Summer zu erleben. Ich kann nicht fassen, dass schon fast Oktober ist.“

„Wirklich? Wo ist bloß der September geblieben?“

Sie zuckte mit den Schultern. „Keine Ahnung, aber ich glaube kaum, dass das gute Wetter noch lange anhalten wird.“

„Hey, hier ist es doch manchmal bis in den Oktober hinein schön." Er lächelte schief. „Okay, zugegebenermaßen nicht oft." Dann trat er unbehaglich von einem Fuß auf den anderen, seine Wangen färbten sich zart rosa. „Ich habe in Alaska viel Fisch gegessen und die ganze Zeit von einem Steak geträumt." Er räusperte sich. „Ich, ähm, frage mich, ob du nicht irgendwann mal Lust hättest, mit mir in Silverdale essen zu gehen."

„Oh, also ich …"

„Nur so, als Freunde", versicherte er hastig.

Zu ihrem großen Ärger war ihr erster Gedanke, Luc zu hintergehen, wenn sie Ja sagte. Das war verrückt.

Sie setzte ihr breitestes Lächeln auf. „Weißt du was? Das wäre schön. Allerdings ist es gar nicht so leicht, einen Abend zu finden. Erst mal muss ich in meinen Terminkalender schauen und dann mit meinem neuen Koch reden und feststellen, ob er schon so weit ist, allein zu arbeiten, oder ob ich früher schließen muss. Kann ich dich anrufen?"

„Klar." Er grinste sie an, zog seine Brieftasche hervor und reicht ihr eine Visitenkarte. „Hier – meine Büro- und meine Handynummer. Danke, Tash, ich freue mich."

Sie freute sich auch, aber eventuell nicht ganz so sehr wie er.

Eine Minute, nachdem sie an diesem Abend das Restaurant abgeschlossen hatte, rannte sie hinauf in ihre Wohnung und direkt ins Schlafzimmer. Dort nahm sie das Gummi aus den Haaren und löste den Zopf. Dann schleuderte sie ihre Arbeitsklamotten von sich und schlüpfte in ihr Lieblingsnachthemd, ein ausgebleichtes, mit Goldfaden besticktes langes T-Shirt. Sie war gerade auf dem Weg in die Küche, als es an der Tür klopfte.

Pfeilschnell tauchten Bilder von Luc vor ihrem inneren Auge auf. Seine muskulösen Schultern, seine haarige Brust. Seine großen, zärtlichen Hände und seine dummen Küsse.

Nein! Sie hatte keine Lust, sich noch länger derart zum Narren halten zu lassen. Deswegen stolzierte sie in der Absicht zur Tür, ihm ein für alle Mal die Meinung zu sagen.

Doch sie musste den Blick erheblich nach unten senken, nachdem sie geöffnet hatte. „Jenny!" Sie starrte ihre beste Freundin an, die vor ihr stand, eine Papiertüte an die Brust gedrückt. „Was machst du denn hier?" Sie trat zurück und winkte sie herein. „Ich meine, ich wollte sagen, schön, dich zu sehen. Was bringt dich hierher?"

„Mädchenabend, nur du und ich."

Jenny griff in die Tüte, zog etwas in Papier eingewickeltes Zylinderförmiges heraus und warf es ihr zu. Es war noch warm. Tasha drückte es an ihre Nase und atmete den Duft von Brot, Schweinefleisch, Koriander und mariniertem Gemüse ein. „Lecker. Vietnamesische Sandwiches."

„Ja, ich bin bei Saigon Boat vorbeigefahren." Jenny warf ihr ein kleines Lächeln zu. „Dachte, du könntest mal wieder was anderes als italienisches Essen vertragen."

„Gute Idee. Riecht köstlich." Tasha deutete mit dem Kopf auf die Schiebetür. „Wollen wir sie draußen auf dem Balkon essen?"

„Nö. Ich hab eher Lust auf ein Glas Rotwein und deine gemütliche Couch. Ich nehm die linke Seite!" Das war die mit der Récamiere, auf der man die Füße hochlegen konnte.

„Verdammt. Du bist immer schneller als ich." Tasha legte ihr Sandwich auf den Couchtisch und ging zur Küchentheke, um ein Weinglas und eine alte isolierte Tasse von Starbucks zu holen. Dann schenkte sie Jenny Wein ein und sich selbst Cola.

Sie aßen schweigend, von Tashas gestöhntem „Ich *liebe* diese Dinger" und Jennys „Ich weiß, ich weiß" abgesehen.

Dann setzten sie sich zurück. Tasha legte den Kopf an die Rückenlehne und sah ihre Freundin an. „Möchtest du noch Wein?"

Jenny schüttelte den Kopf. „Nein danke. Ich kann nicht mehr."

„Gut. Ich bin sowieso viel zu voll, um aufzustehen."

„Du musst keinen Muskel rühren." Jenny wandte sich ihr zu, um sie anzusehen. „Du brauchst einfach nur hier zu sitzen und mir zu sagen, was da zwischen dir und Luc läuft."

Einige dieser Muskeln, die sie nicht zu bewegen brauchte, zogen sich zusammen. „Oh, wie hinterhältig von dir! Deswegen hast du mir was zu essen vorbeigebracht? Um mich weichzuklopfen?"

„Natürlich. Ich weiß, dass du ihn heute gesehen hast, weil er dabei war, als ich deine Nachricht abgehört habe. Wir sind alle runter zum Strand, um dich vorbeischwimmen zu sehen, und ich bemerkte wie jedes Mal, dass ich mir immer Sorgen mache, wenn du alleine schwimmst."

„Ja, das hat er erwähnt."

Jenny verzog die Lippen. „Ich muss schon sagen, dass noch nie ein Typ bereitwilliger seine Hilfe angeboten hat. Er schien ganz wild darauf zu sein, deinen Aufpasser zu spielen."

Tasha seufzte. „Oh ja, er ist ein echter Samariter."

„Er beherrscht die Mund-zu-Mund-Beatmung ziemlich gut, könnte ich wetten."

„Was zum Teufel?" Tasha fuhr zusammen. „Hast du jetzt auf einmal Röntgenaugen oder was? Woher weißt du das? Und wie kommt es, dass ich diese Mädchengene nicht abbekommen habe?"

„Ach, bitte. Um das zu wissen, muss man nun wirklich kein Genie sein. Mädchengene, von wegen." Kopfschüttelnd wedelte Jenny mit dem Zeigefinger vor ihrer Nase herum. „Du hast da einen kleinen Knutschfleck am Hals."

Erschrocken griff Tasha an die Stelle. „Na toll. So ziemlich alle Schüler waren heute im Restaurant – und deren Eltern am

Abend. Und die ganze Zeit bin ich mit einem verdammten Knutschfleck rumgerannt!“ Sie sah ihre Freundin an. „Er hört mit diesem Mist einfach nicht auf, Jenny“, beklagte sie sich. „Er weiß, dass ich ihm nicht widerstehen kann, also läuft er mir dauernd hinterher. Egal, wo ich bin, er ist auch da. Ich werde ihn nicht los. Und dass die Chemie zwischen uns sogar noch heftiger ist als auf den Bahamas, macht es nicht gerade besser.“ Ach, bitte, Riordan. *Kreisch, heul, schimpf.* „Aber es ist eben nur Chemie, und deswegen muss ich mich zusammenreißen.“

„Verdammt richtig.“

„Aus dem Grund habe ich mich auch mit Axel Nordrum zum Essen verabredet.“

„Du gehst mit Axel essen?“

Tasha nahm die Frage kaum wahr. „Oder …“

„Was? Bitte nicht *oder*“, protestierte Jenny. „*Oder* ist gar keine gute Idee.“

Ohne auf Jenny zu achten, starrte Tasha vor sich hin, während sie über ihren Einfall nachdachte. „Und ob das eine gute Idee ist. Die Chemie ist schließlich beidseitig. Dieses Spiel können auch zwei spielen.“

Jenny sah sie alarmiert an. „Ähm, ich glaube nach wie vor nicht, dass das eine gute …“

„Warum soll Luc die Regeln diktieren, Jen? Wenn er auf Spielchen steht – tja. Ich bin eine starke Frau, und was er kann, kann ich verdammt noch mal auch.“ Sie würde ihn mit seinen eigenen Waffen schlagen und sich auf diese Weise ein bisschen an ihm rächen.

Und endlich mal wieder selbst die Fäden in der Hand halten.

Sie sah Jenny fest entschlossen an. „Warum wütend werden, wenn ich mich rächen kann? Eher schneit es in den Tropen, als dass Luc bei mir noch mal einen Home Run schafft. Aber warum soll ich ihn nicht bis zur First Base, Second Base und,

Himmel, vielleicht sogar bis zur Third Base lassen, wenn mir danach ist? Immerhin habe ich eine ziemlich lange Dürreperiode hinter mir."

„Und du hast keine Bedenken, dass solche Spielchen ein bisschen kindisch sein könnten? Ihn heißzumachen und ihn dann abblitzen zu lassen?"

Tasha lächelte dämonisch. „Oh, ganz bestimmt sogar, und falls ich billig und geschmacklos rüberkommen sollte ... damit kann ich leben."

„Ich weiß nicht so recht, Tash ..."

„Ist schon okay, Süße, denn ich weiß es." Sie tätschelte Jennys Hand. Dieser verfluchte Mann verfolgte sie nun schon seit Jahren in ihren Träumen und hatte sie für alle anderen Männer ruiniert. Da war es nur fair, dass sie ihm das mit gleicher Münze zurückzahlte.

Wäre doch gut, wenn *sie* zur Abwechslung mal *ihn* in seinen Träumen verfolgte.

Am folgenden Donnerstagabend wartete Luc im ausnahmsweise mal recht ruhigen Anchor darauf, dass Max seinen Pfeil auf die Dartscheibe warf. Wie er inzwischen wusste, studierte Max seine Würfe immer erst aus jedem Blickwinkel.

„Himmel, jetzt mach schon", rief Jake irgendwann. „Das ist ja wie mit seinem Opa zu spielen."

„Du kannst mich mal", meinte Max und löste seinen Blick von der Scheibe. „Als ob du mehr über Opas wüsstest als ich." Er sah Luc an. „Hast du Großeltern?"

„Mein *abuelo* mütterlicherseits, Cesar, lebt noch. Meine *abuela* starb bereits, als ich zur Schule ging. Von der Seite meines – unseres – Dads gibt es keine Eltern mehr."

„Da hast du Jake und mir was voraus." Max warf den Pfeil und traf knapp links vom Mittelkreis.

Jake seufzte übertrieben laut. „Okay, was für ein erbärmlicher Wurf, du solltest dich schämen." Er schob Max mit der Schulter zur Seite. „Ich zeig dir, wie das geht."

Luc sah das liebevolle Lächeln, das Jake seinem Bruder zuwarf, und spürte so etwas wie Neid in sich aufsteigen.

Verdammt, er genoss diese Treffen mit seinen Halbbrüdern immer sehr, und doch waren sie auch ganz schön anstrengend für ihn. Und das, wo er sich völlig angstfrei in der Welt der Drogenbarone bewegte, in der er jederzeit umgebracht werden konnte.

Neid hatte er bisher nicht gekannt, doch je mehr Zeit er mit Jake und Max verbrachte, desto mehr beneidete er die beiden um ihre Verbundenheit.

Er schaffte es nicht, so eine ungezwungene Beziehung zu ihnen aufzubauen, im Gegenteil. Er hatte sogar immer das Gefühl, sich beweisen zu müssen.

Ach herrje. Er war fünfunddreißig Jahre alt und hatte so etwas doch nun wirklich nicht mehr nötig! Zumal er sich wegen seines Jobs sowieso keine ernsthaften Beziehungen leisten konnte. Das war ja auch der Grund, weshalb er schon vor langer Zeit jeglichen Kontakt zu früheren Freunden und Schulkameraden abgebrochen hatte.

Aber Familie – um Himmels willen. Jetzt, nachdem er Max und Jake kannte, sehnte er sich auf einmal nach dieser tieferen Verbindung, die sie miteinander hatten.

Noch immer konnte er es nicht so recht fassen, dass sein Vater – ihr Vater –, der für ihn der beste Dad der Welt gewesen war, diese beiden Jungs einfach verlassen hatte, als ob sie ihm nichts bedeuteten. Schlimmer noch, als ob sie nie existiert hätten. Es ging ihm nicht in den Kopf, dass Charlie ihm nie von seinen Halbbrüdern erzählt hatte.

Hätte er es getan, hätte er sich seiner Verantwortung gestellt, hätte er, Luc, jetzt vielleicht eine gemeinsame Vergangenheit mit ihnen.

Sie beendeten das Spiel, tranken ihr Bier aus und setzten sich an einen leeren Tisch. „Tja, ich muss dann los“, sagte er, denn immer wieder überkam ihn das plötzliche Bedürfnis, etwas Distanz zwischen sich und seine Brüder zu bringen.

„Halt dir den Samstag frei“, sagte Max. „Harper und ich wollen grillen. Nachmittags, damit Tash zwischen ihren Schichten auch kommen kann. Du bringst die Chips mit.“

„Klingt gut.“ Er schob seine Geldbörse in die Hosentasche. „Dann sehen wir uns wann? Um eins? Zwei?“

Max hob eine Schulter. „Keine Ahnung. Ich frag die Chefin und sag dir Bescheid.“

Jake warf Max einen mitleidigen Blick zu, zog die Augenbrauen hoch und sah ihn an. „Er steht total unter ihrem Pantoffel.“

„Yeah“, stimmte Luc ihm zu. „Was von dir zum Glück niemand behaupten kann.“

Sein Halbbruder warf ihm nur ein Ich-bin-der-glücklichste-Mann-der-Welt-Grinsen zu. Schulterzuckend verabschiedete Luc sich und trat hinaus auf die Harbor Street.

Zu Hause angekommen stand er eine Weile an der Balkontür und starrte aufs Wasser in der Bucht. Es war glatt wie ein Spiegel, im Kanal dahinter brachen sich allerdings hohe Wellen. Dunkle Wolken glitten über den Himmel. Er betrachtete sie einen Moment und fragte sich, warum er es so eilig gehabt hatte, aus dem Anchor zu verschwinden, wo er doch für den Rest des Abends nichts vorhatte. Jetzt war er gerade mal zehn Minuten in seiner Wohnung und wusste nicht, was er mit sich anfangen sollte.

Durch die Wand drang leise Musik, ab und zu hörte er ein Klappern. Bei jedem Geräusch versuchte er sich vorzustellen, was Tasha da machte. Als er es schließlich leid war zu lauschen wie ein Highschool-Freak, der es auf eine Cheerleaderin abgesehen hatte, schob er die Balkontür auf und trat hinaus. Er sah, dass ihre Balkontür geschlossen war, ging zur Balustrade, stützte die Unterarme darauf und beobachtete, wie die Boote in den Hafen einfuhren.

Das Wetter hatte umgeschlagen. Noch war es überwiegend sonnig, aber immer mehr Wolken ballten sich zusammen. Es war merklich kühler geworden, der Herbst war im Anmarsch, was Anfang Oktober natürlich nicht sonderlich überraschend war. Doch er bedauerte die Tatsache, dass er Tasha in nächster Zeit wohl nicht mehr im Bikini zu sehen bekommen würde.

Oder jemals wieder, denn bevor der nächste Sommer kam, war er längst über alle Berge, um irgendwo in Südamerika ein Drogenkartell auffliegen zu lassen.

Er wartete auf das erhebende Gefühl, das ein neuer Auftrag – oder auch nur der Gedanke daran – immer in ihm weckte, doch es stellte sich nicht ein. Er fragte sich, wieso er auf einmal gar nicht mehr so scharf auf den nächsten Job war, und rollte die Schultern nach hinten. Wahrscheinlich lag es daran, dass er in Razor Bay noch etwas zu erledigen hatte. Mit Max und Jake. Mit Tasha ebenfalls, ob sie es nun einsehen wollte oder nicht. Verdammt, er …

Ein Klopfen an der Tür unterbrach seine Gedanken. Froh über die Ablenkung, durchquerte er die Wohnung. Er öffnete die Tür – und erstarrte.

Tasha stand vor ihm, aber nicht die Alltagstasha. Diese Version trug ein kurzes blaugrünes Kleid mit verführerischem Ausschnitt und kleinen Ärmeln. Die Farbe hatte zweifellos einen schicken Namen, aber genau genommen interessierten ihn ihre Riemchensandalen mit den hohen Absätzen viel mehr. „Wow."

Sie hatte die Augen dunkel geschminkt, ihre sexy Lippen glänzten rosa, und die Locken fielen ungezähmt auf ihre Schultern. Was für ein Anblick.

Steh nicht nur so rum und glotz mich an, sagte ihr Blick und Tasha drückte sich an ihm vorbei. Dann, mit dem Rücken zu ihm, strich sie ihre langen Locken über eine Schulter und befahl: „Zieh es zu."

Da erst sah er, dass das Kleid mit seinem V-Ausschnitt am Rücken nicht ganz geschlossen war. Er trat hinter sie und griff nach dem Reißverschluss. Zwischen seinen großen Fingern fühlte der Zipper sich an wie eine Nähnadel.

So nah bei ihr bemerkte er einen flüchtigen moschusartigen Duft, Sandelholz und einen Hauch von – Karamell? Er senkte den Kopf, um den Reißverschluss zuzuziehen. Ihr entblößter Nacken war blass und zart, und er hätte gern mit der Zunge darübergestrichen, vom Hals bis zu ihrem Ohr.

Langsam drehte sie den Kopf, um ihn über die Schulter anzusehen. „Schnüffelst du etwa an mir?"

„Himmel, ja. Deswegen trägst du doch Parfüm, oder etwa nicht?" Okay, das war nicht besonders freundlich gewesen.

Sie hob nur die Achseln. „Ich schätze, du hast recht. Das Parfüm habe ich … für mein Date aufgelegt."

Alles in ihm wurde starr. „Du hast ein Date?" *Nein.*

„Ja." Sie drehte sich nun ganz um und stand nah vor ihm. Sehr nah.

„Danke für den Reißverschluss", sagte sie fröhlich, legte eine Hand auf seine Brust, stellte sich auf die Zehenspitzen und drückte ihm einen kurzen Abschiedskuss auf die Lippen. „Ich bin sicher, Axel wird dir auch dankbar sein."

Mit einem wissenden Lächeln machte sie auf diesen nadeldünnen Absätzen kehrt und verschwand so schnell, wie sie gekommen war. Leise klickend fiel die Tür hinter ihr ins Schloss.

Luc blieb sprachlos und verärgert zurück. Was zum Teufel war hier gerade geschehen?

## 11. KAPITEL

„Hallo noch mal.“

Jeremy sah auf, als die verflixt perfekte Peyton Vanderkamp an ihm vorbei zur Spülmaschine ging. Als Antwort schnaubte er etwas widerwillig.

Anfangs hatte sie kein Wort mit ihm geredet, und auf einmal glaubte sie, ihn ständig begrüßen zu müssen, wenn sie in seine Küche kam? Sobald er sie sah, bekam er einen trockenen Mund, und das war heute schon ihr dritter Besuch.

Die Schicht war noch nicht mal halb um, es würde höchstwahrscheinlich eine lange Nacht werden.

Okay, es war natürlich ihr Job, sie tat nur das, wofür sie bezahlt wurde – nämlich schmutziges Geschirr von den Tischen abräumen und in die Spülmaschine stellen. Daran konnte er wohl nichts ändern. Doch leider brauchte sie quasi nur zu atmen, um seine Aufmerksamkeit auf sich zu ziehen, und ohne Tasha als Puffer machte Peyton ihn sogar noch nervöser als sonst.

Als ob es nicht schon stressig genug wäre, zum ersten Mal vollkommen allein für die Küche verantwortlich zu sein. Tasha gegenüber hatte er behauptet, dass das ein Kinderspiel für ihn sei.

War es natürlich nicht. Er machte seinen Job gut, keine Frage, doch am liebsten ohne große Ablenkung. Und Peyton war eine. Sie war so verdammt hübsch. Mit ihrer babyzarten Haut, den goldbraunen Augen und ihrem kurzen schwarzen Haar sah sie aus wie eine Disney-Figur. Aber ihr Körper war nur zu real.

Nun, sie hatte nicht etwa riesige Brüste und einen atemberaubenden Hintern, das war auch leider nicht nötig. Jetzt gerade, als sie sich vorbeugte, um Spülmittel in die Maschine zu füllen, zeigte ihr herzförmiger Po genau auf ihn. Es hätte ihn nicht gestört, wenn sie ein wenig damit gewackelt hätte.

Stattdessen richtete sie sich auf, schloss die Spülmaschine und drückte einen Knopf. Sofort erfüllte das Brummen des Motors die Küche. Er musste blinzeln, um das Bild wieder loszuwerden.

Und vor allem, um sich nichts vorzumachen.

Sie war eines dieser reichen Mädchen, die immer mit ihrer Geld-spielt-keine-Rolle-Clique hierherkam, in der alle sich aufführten, als gehörte ihnen der Laden. Nun, nicht alle, aber die meisten. Und der Schlimmste von allen war Peytons Freund, dieser Idiot Cokely, der ihm ein Bein gestellt und das so wahnsinnig lustig gefunden hatte.

Okay, um fair zu sein, Peyton hatte sich an dem Tag geweigert, mit ihm das Restaurant zu verlassen. Seitdem hatte er die beiden auch nicht mehr zusammen gesehen. Trotzdem spielte er in einer völlig anderen Liga als sie.

Dieser Gedanke machte ihn wütend. Er hatte mit den Betreuern von Cedar Village hart an seinem Selbstwertgefühl gearbeitet, und normalerweise fühlte er sich in letzter Zeit ziemlich gut. Kein Mädchen durfte das wieder zunichtemachen. Keinesfalls – egal wie heiß sie auch sein mochte.

Er sah Peyton düster an, als sie sich die leere Plastikwanne unter den Arm klemmte. Noch fünf Sekunden länger cool sein, dann wäre sie draußen. Höchstens zehn. Bloß zehn lausige Sekunden.

So lange konnte man so ziemlich alles durchhalten.

Deswegen konnte er es nicht glauben, als er sich fragen hörte: „Warum arbeitest du überhaupt hier? Das Geld brauchst du jedenfalls nicht.“

Sie sah ihn direkt an. Hochmütig. „Das höre ich ständig.“

Ihr Ton war kühl, und sie spazierte auf ihn zu, als hätte sie keine Sorge auf dieser Welt.

Als sie dann den Kopf in den Nacken legte, um zu ihm aufzusehen, blitzten ihre Augen unter den langen schwarzen Wimpern interessiert auf. Die Wanne gegen die Hüfte gedrückt bohrte sie den Zeigefinger der anderen Hand in seine Brust.

„Woher zur Hölle willst *du* wissen, was ich brauche?"

Gott, sie war ein Winzling. Höchstens eins fünfundsechzig und damit zwei Köpfe kleiner als er und vor allem viel, viel zarter.

*Was – Himmel, Newhall – ja wohl kaum eine Rolle spielt.* Er wich vor ihrem bohrenden Zeigefinger zurück. „Ich weiß, dass du wie die anderen Bonzen da draußen auf ziemlich großem Fuß lebst."

„Du denkst also, ich bezahle die Hypotheken für das Haus? Ich enttäusche dich nur ungern, Kumpel, aber darum kümmert sich mein Da…" Sie räusperte sich. „Mein Stiefvater."

„Und? Gibt er dir nicht genug Taschengeld?"

Sie sah ihn an wie etwas, das sie am liebsten von ihren schicken roten Sandalen kratzen wollte.

„Ich weiß zwar nicht, was dich das angeht, aber er gibt mir gar kein Taschengeld. Punkt. Er und Mom lassen sich scheiden, und was mich betrifft – ich existiere für ihn nicht mehr."

„Ah, Shit." Sein Zorn verpuffte, und er streckte eine Hand aus, ohne nachzudenken, ließ sie aber wieder sinken, als Peyton sich versteifte. „Tut mir leid. Das ist hart. Meine Mom hat … Probleme. Ich weiß, wie es ist, wenn Eltern einen hängen lassen."

Sie schüttelte den Kopf. „Ich kann nicht glauben, dass ich dir das tatsächlich erzähle. Natürlich wird sich die Neuigkeit bald rumsprechen, doch bis dahin wollte ich es eigentlich für mich behalten." Sie hob eine Schulter. „Wie ich meine Mom kenne, wird sie mich aus Razor Bay wegschleifen, sobald die Tinte unter den Scheidungspapieren trocken ist. Deswegen weiß ich gar nicht, warum ich das überhaupt noch geheim halten will. Ist ja sowieso egal, wer was weiß, wenn ich nicht mehr hier bin. Und außerdem habe ich es schon Tasha und meiner Freundin Marni erzählt." Sie kniff die Augen leicht zusammen. „Und jetzt dir."

„Hey, bei mir ist dein Geheimnis sicher." Er betrachtete sie kurz von Kopf bis Fuß, hob dann eine Augenbraue. „Allerdings bist du ziemlich mies darin, ein Geheimnis zu bewahren."

Das brachte sie zum Lachen. „Bin ich nicht!"

„Ich." Er streckte einen Finger hoch. „Marni." Ein zweiter Finger folgte. „Tasha." Er wackelte mit den drei Fingern vor ihrer Nase herum.

„Okay, dann stimmt das wohl. In diesem Fall. Normalerweise bin ich verschwiegen wie ein Grab. Meine Lippen sind versiegelt."

„Ja, klar."

Sie schlug auf seinen Arm. „Wirklich!" Sie musterte ihn einen Moment. „Also, wie bist du mit den Problemen deiner Mom umgegangen?"

Er schnitt eine Grimasse. „Gar nicht – zumindest nicht auf konstruktive Weise. Weshalb ich auch im Cedar Village gelandet bin. Was sich wiederum als Glücksfall für mich herausgestellt hat." *Mensch, Alter, sie ist hier nicht die Einzige, die ziemlich gesprächig ist. Was ist denn auf einmal mit dir los?*

Er wischte diese Frage beiseite.

Soweit er das beurteilen konnte, hatte Peyton keine Hintergedanken, sondern schien sich ehrlich für ihn zu interessieren. Deswegen stieß er leise die Luft aus und fügte hinzu: „Dort haben ich gelernt, wie man mit so was umgeht."

„Hey“, rief Tiffany plötzlich von der Theke aus, und er zuckte zusammen. „Hier sind Tische, die abgeräumt werden müssen.“

„Ups.“ Peyton warf ihm ein Lächeln zu.

Überraschend süß für ein Mädchen, das meistens über dem ganzen Kleinkram zu stehen schien, mit dem andere sich täglich beschäftigen mussten. Dann wandte sie sich um und rief: „Sorry, Tiff, ich komme schon.“

Während Jeremy fortfuhr, die Pizzen zu belegen, fragte er sich, was das gerade gewesen war. Wie es kam, dass er mit ihr so ungezwungen sprechen konnte. Normalerweise blieb er doch lieber für sich, vor allem wenn es um die Jugendlichen aus der Stadt ging. Andererseits …

Er arbeitete schließlich hier und war nicht länger nur ein Junge aus Cedar Village – diesen Sonntag würde er aus dem Heim in ein winziges Haus in der Henderson Road ziehen.

Das machte ihn etwas nervös. Er würde sich ein billiges Fahrrad kaufen müssen, weil das Haus einige Meilen vom Restaurant entfernt lag. Und von einem einigermaßen anständigen Bett, ein paar schäbigen Möbeln und einigen Töpfen in der Küche abgesehen, brauchte er noch … nun, so ziemlich alles.

Überwiegend aber freute er sich darauf, weil, *Alter!*, das war seine erste eigene Wohnung. Und wenn er eine eigene Adresse hatte … tja, dann war er auch ein offizieller Einwohner von Razor Bay.

Vielleicht konnte er somit Peyton auf Augenhöhe begegnen, die, wie er festgestellt hatte, viel mehr war als nur ein reiches, albernes Mädchen.

Zwar wäre er von selbst nie darauf gekommen, doch ihre Art, sich so zu geben, als stünde sie über allem, war offenbar nur Maskerade. Sie, die alles mit halb amüsierten, leicht zusammengekniffenen Augen beobachtete und selten etwas sagte, hatte sich gerade als ziemlich gesprächig herausgestellt. Geradezu als Quasselstrippe.

Als sie das nächste Mal hereinkam, fing sie sofort an zu reden.

„Heute bist du zum ersten Mal allein in der Küche, oder?", fragte sie, während sie die Spülmaschine ausräumte.

„Ja."

„Macht dich das nicht nervös, für alles verantwortlich zu sein?"

Obwohl er cool sein und es abstreiten wollte, rückte er mit der Wahrheit heraus. „Ein bisschen."

Sie warf ihm über die Schulter ein Lächeln zu. „Würde mir auch so gehen. Aber du machst das super, das ist doch toll, oder?"

Er grinste. „Yeah. Ist es. Verdammt toll."

Sie gab dem letzten Teller, den sie in das Regal stellte, einen kleinen Stoß, nahm ihre Geschirrwanne und räumte den Inhalt in die nun leere Spülmaschine. „Tiffany sagt, dass Tasha heute Abend ein Date hat."

Er brauchte einen Moment, um den abrupten Themenwechsel zu verarbeiten, dann nickte er. „Yeah, das hat sie erwähnt. Mit irgendeinem Typ namens Axel Soundso."

Peyton drehte sich zu ihm um, ein schmutziges Glas in der Hand, und starrte ihn an. „Ach was! Sie ist nicht mit dem neuen Bradshaw-Typen ausgegangen? So, wie die beiden sich ständig ansehen, war ich absolut sicher …"

„Nö. Axel. So einen Namen vergisst man nicht."

„Nein, wahrscheinlich nicht." Sie lachte und fuhr fort, die Spülmaschine einzuräumen.

Tiffany kam mit zwei neuen Bestellungen und einem riesigen Mountain-Dew-Becher in die Küche. Tadellos geschminkt wie immer reichte sie ihm das Getränk.

„Dachte, du hast vielleicht Durst."

„Danke", sagte er erfreut. So langsam gehörte er wohl tatsächlich zum Team.

„Kein Problem." Sie winkte ihm anerkennend zu, dann ging sie zurück ins Restaurant.

„Sie ist nett." Peyton schloss die Tür der Spülmaschine. „Und mit Make-up kennt sie sich wirklich aus. Selbst die größten Snobs in der Schule fragen sie oft nach Tipps. Sie braucht nur einen Blick auf ein Mädchen zu werfen, um genau zu wissen, welche Lippenstiftfarbe oder welcher Lidschatten am besten passt – und von welcher Marke." Sie sah ihn an. „Sie hat da …"

Peyton brach mitten im Satz ab, starrte ihn mit offenem Mund an, offenbar erstaunt darüber, wie er den riesigen Becher mit einem einzigen Schluck leerte. Dann schüttelte sie leicht den Kopf.

„… ähm, ein echtes Talent."

„Sorry", sagte er und wischte sich mit einer Hand den Mund ab. „Schlechte Manieren, tut mir leid. Aber Tiff hatte recht, ich war ganz schön durstig."

„Kann ich verstehen. Ist schweißtreibende Arbeit." Sie räusperte sich. „Wo wir gerade davon sprechen, ich sollte mich wieder um meine kümmern. Heute scheint mehr los zu sein als normalerweise an einem Donnerstag."

„Wem sagst du das."

Lachend spazierte sie zurück ins Restaurant.

Jeremy ging ebenfalls an die Arbeit. Während er sich um die neuen Bestellungen kümmerte, die Tiff ihm gebracht hatte, bekam er ein breites – und höchstwahrscheinlich dümmliches – Grinsen einfach nicht mehr aus dem Gesicht.

Vor der Wohnungstür drehte Tasha sich zu Axel um. „Danke für das Abendessen. Es war wirklich sehr schön."

Jetzt war der Moment gekommen, den sie … nun, nicht direkt gefürchtet, auf den sie sich aber auch nicht gerade gefreut hatte. Würde er versuchen, sie zu küssen? Würde sie es zulassen? Es war zwar angeblich nur ein Abendessen unter Freunden gewesen, doch sie wusste ja, dass er mehr wollte.

Tatsächlich beugte er sich vor, wobei er sich mit einer Hand an der Wand abstützte. Sie protestierte nicht, sah ihn nur an. Und dann küsste er sie.

Es war nett. Sehr nett, genau genommen. Er konnte wirklich … hervorragend küssen. Aber egal, wie gut er auch sein mochte …

Plötzlich öffnete sich die Tür der Nachbarwohnung. Axel ließ sich Zeit, bevor er den Kopf hob, dann wandten sie sich beide um und sahen Luc an, der gerade die Tür hinter sich abschloss.

Er hatte die Zähne fest zusammengebissen, und obwohl er eine Mülltüte in der Hand hielt, schien er davon nichts mehr zu wissen, als er sie ansah und sagte: „Ihr kommt ganz schön spät vom Essen zurück, oder?"

Tasha versteifte sich. „Bist du von der Dating-Polizei, oder was? Wir hatten uns viel zu erzählen." Was auch stimmte, vielleicht klang sie ein kleines bisschen zu defensiv.

„Ich meine ja nur", entgegnete er leichthin. „Als ich dir beim Anziehen geholfen habe, bevor dein Freund kam, dachte ich …"

„Oh!" Sie schob Axel von sich, marschierte die paar Meter auf Luc zu und schlug ihm heftig gegen die Brust, doch er bewegte sich nicht. „Mir beim Anziehen geholfen? Von wegen! Du redest nur Müll!"

Zu spät fiel ihr ein, dass sie Axel vor der Tür hatte stehen lassen. Leise fluchend drehte sie sich zu ihm um.

„Tut mir leid, Axel. Das war unglaublich unhöflich von mir. Es ist nur – das klang gerade, als ob zwischen uns was gewesen wäre, und das stimmt einfach nicht." Oder nicht viel jedenfalls. Sie hatte ihn gebeten, ihren Reißverschluss zu schließen, den sie mit einem Minimum an Verrenkung durchaus selbst zubekommen hätte. Und das auch nur, weil sie keine Lust mehr auf dieses Gefühlschaos hatte.

Was ja großartig funktioniert hatte. Wieder sah sie von Axel zu Luc. „Wolltest du nicht den Müll runterbringen?", fragte sie.

Als sie den Blick auf die Tüte in seiner Hand richtete, begann sie süffisant zu lächeln. Das Ding war ja nicht mal halb voll. „Wäre ein Jammer, wenn du die Leerung nächsten Montag verpassen würdest. SO. VIEL. MÜLL."

Zufrieden sah sie, wie er leicht errötete und mit erhobenem Kopf an ihnen vorbeistelzte. Die Haustür knallte laut hinter ihm zu, und Tasha konnte hören, wie er geräuschvoll die Hintertreppe hinunterstapfte.

Einen Moment lang verspürte sie so etwas wie Triumph – bis sie sich zu Axel umdrehte, der sie mit ausdruckslosem Gesicht ansah. Da erst begriff sie, wie unverzeihlich grob sie zu ihm gewesen war. Sie hatte sich bei ihm entschuldigt, nur um ihre Aufmerksamkeit umgehend wieder auf Luc zu richten.

„Ach, Mist", sagte sie kläglich. „Es tut mir wirklich, *wirklich* leid. Ich sollte mich eigentlich über Luc nicht so aufregen, aber ich kann einfach nicht anders." Axels Gesichtsausdruck veränderte sich nicht, und vorsichtig fragte sie: „Möchtest du noch einen Kaffee? Ich hätte auch Wein, wenn dir das lieber ist. Ich verspreche, mich jetzt anständig zu benehmen."

Er sah sie schweigend an, dann hob er einen Arm und zeigte mit dem Finger erst auf sie, schließlich auf sich selbst. „Du und ich", sagte er langsam. „Für dich ist da überhaupt nichts, oder?"

Sein Tonfall war nicht vorwurfsvoll, und doch hatte sie ein schlechtes Gewissen. Weil …

„Nein“, gestand sie. „Ich fürchte nicht. Ich mag dich wirklich wahnsinnig gern, Axel. Ich … bloß eben nicht so.“

„Das weiß ich eigentlich schon seit der sechsten Klasse“, meinte er ernst. „Ich dachte wohl, das könnte sich noch ändern.“ Er durchbohrte sie mit seinem Blick aus nordisch blauen Augen. „Aus uns wird nie was, oder?“

Sie schüttelte den Kopf. „Nein. Tut mir leid. Ich würde wirklich gern etwas anderes sagen.“ Mein Gott, und wie gern!

„Ich auch. Na ja, es ist, wie es ist.“ Er drückte ihr einen Kuss auf die Stirn, dann richtete er sich zu seiner vollen Größe auf und sah sie lange an. Schließlich nickte er knapp. „Gute Nacht, Tasha.“

„Gute Nacht, Axel.“ Am liebsten hätte sie sich noch einmal entschuldigt, aber auf keinen Fall wollte sie ihm ein Gespräch aufdrängen, damit sie sich besser fühlte.

Sie sah ihm hinterher. Bisher hatte sie sich immer für fair gehalten, in diesem Fall hatte sie jedoch schwer versagt.

Verdammt, sie war ihrer Mutter doch ähnlicher, als sie zugeben wollte. Wie Nola hatte sie einen wirklich guten Kerl zurückgewiesen, um aussichtslose Spielchen mit einem Mann zu treiben, dessen Zeit in Razor Bay begrenzt war.

Die Riordan-Frauen hatten kein Händchen für die Liebe.

## *12. KAPITEL*

„Wirf sie zu mir, Onkel Luc!"

Grinsend warf Luc die Frisbeescheibe in einer tiefen Bahn zu Austin. Er sah, wie der Junge sie fing und an Max weitergab. Unerklärlicherweise war er höchst erfreut, als Max sie diagonal zurück zu ihm und nicht zu Jake schleuderte.

Sie vier spielten Frisbee, während sie darauf warteten, dass die Kohle heiß genug wurde. Max konnte Gasgrills nicht ausstehen – die benutzten nur Pussys wie Jake, wie er es ausdrückte. Seine Halbbrüder hatten sich gegenseitig gut zehn Minuten lang wegen ihrer Grillvorlieben aufgezogen, und zwar ohne Pardon, doch eins stand fest: Max' Haus, Max' Regeln. Er hatte ein großes Tablett voll mit fantastisch aussehenden Steaks bereitgestellt, und die würde er ganz altmodisch auf seinen Kohlegrill legen.

Luc ließ die Schultern rollen. Für ihn ging es nicht darum, was auf welche Weise gegrillt wurde – wobei man schon bewundern musste, wie sehr die beiden sich in so eine Diskussion vertiefen konnten. Das Thema war vielmehr, wie überwältigend er es nach wie vor fand, der Onkel von jemandem zu sein. Er hatte einen Neffen, Himmelherrgott. Und nicht nur irgendeinen Neffen, sondern diesen dunkelhaarigen, fantastischen Jungen mit den grünen Augen.

Er hatte Austin natürlich bereits ein paar Mal getroffen, aber nicht sonderlich oft, denn bis vor Kurzem waren noch Ferien gewesen. Austin war vierzehn und hatte verständlicherweise nichts anderes im Sinn gehabt, als die letzten Tage vor Schulanfang mit seinen Freunden zu verbringen.

Doch nun, nachdem die Schule begonnen hatte, war er viel öfter zu Hause, und nach und nach lernten sie sich besser kennen.

„Warte!“, rief der Junge jetzt. „Das musst du sehen.“

Austin schleuderte die Scheibe in einem Winkel parallel zur Hauswand, sie glitt in die Höhe, ohne die Wand zu berühren, und segelte dann direkt auf ihn zu, Luc fing sie geschickt auf.

Alle drei Bradshaw-Brüder johlten über den eleganten Wurf, und Austin grinste erfreut.

„Wie hast du das gemacht?“, wollte Luc wissen. Dieser Trick war brillant und sah verdammt kompliziert aus.

„Ich habe mir bestimmt eine Million Mal die Brodie-Smith-Videos auf YouTube angesehen“, antwortete sein Neffe. „Und ich habe geübt.“ Dann gestand er schuldbewusst lächelnd: „Es klappt leider nur ungefähr jedes dritte Mal.“

„Was immer noch tausendmal besser ist als das, was ich jemals hinbekommen werde.“ Luc hatte nie auch nur im Entferntesten darüber nachgedacht, selbst einmal Kinder zu haben. Trotzdem konnte er absolut verstehen, warum Jake so stolz auf Austin war. Wirklich ein klasse Junge.

„Tasha!“, rief Harper im selben Moment, in dem Jenny sagte: „Du hast es geschafft!“

Das lenkte ihn sofort von Austin ab. Er sah, wie Tasha um die Garage herum in den Garten kam.

„Habe ich“, entgegnete sie lächelnd. „Und im Gegensatz zum letzten Mal hab ich mich sogar extra hübsch gemacht.“

Die Temperaturen waren seit Donnerstag um gute zehn Grad gefallen. Tasha trug enge Jeans und Stiefeletten, eine gemusterte Bluse und eine rostrote Jacke mit großen Holzknöpfen. Ihr Haar war offen, die langen Locken zitterten bei jeder Bewegung.

Er hörte Jake so was wie „Kopf hoch, Bro“ sagen und dann Austin „Pass auf, Kumpel!“ rufen und sah sich genau in dem Moment um, in dem ihn die Frisbeescheibe auf die Brust traf. Es tat etwas weh, was er sich aber nicht anmerken ließ. Schnell drückte er eine Hand auf den Frisbee, bevor er hinunterfallen konnte.

Es war ihm sowieso schon peinlich genug, dabei erwischt zu werden, wie er Tasha anglotzte, da musste die Frisbeescheibe nun wirklich nicht auch noch auf den Boden fallen und am Ende direkt vor ihre Füße rollen.

„Guter Reflex", sagte Max. „Die musst du von meinem Teil der Familie haben. Jake hätte den niemals gefangen."

„Alter", rief Austin. „Du sprichst von meinem Vater."

„Tut mir leid, Junge. Aber du solltest besser akzeptieren, dass dein alter Herr ein paar Fehler hat. Wenn du von vornherein keine sportlichen Fähigkeiten von ihm erwartest, dann wirst du auch nicht ständig enttäuscht werden. Du jedenfalls hast deine ganz klar von Luc und mir geerbt."

Austin lachte. „Hör nicht auf ihn, Dad." Er tätschelte Jake einen Arm. Und schon, typisch Teenager, dachte er an etwas völlig anderes. „Ich habe Hunger – ich schau mal nach der Kohle." Er rannte davon.

Luc sah Jake grinsend an. „Da hast du echt einen tollen Jungen großgezogen. Du musst sehr stolz sein."

Sein Bruder nickte. „Ich bin stolz. Aber leider habe ich das einzig und allein Jenny zu verdanken."

„Wie? Ich dachte, Jenny ist deine Freundin. Ist sie Austins Mutter?"

„Nein." Jake zögerte kurz, dann schüttelte er den Kopf. „Hör zu, ich brauche erst mal ein Bier, bevor ich die Geschichte erzähle." Mit langen Schritten ging er voraus zur Kühlbox. Er nahm drei Flaschen aus dem Eis, öffnete sie und reichte Max und ihm jeweils eine. Sein Bruder trank einen großen Schluck, ließ die Flasche sinken und sah ihn an.

„Damals auf der Highschool", erklärte Jake, „habe ich ein Stipendium für die Columbia University bekommen. Bevor ich mich so richtig darüber freuen konnte, erfuhr ich, dass ich meine Freundin geschwängert hatte." Er stieß den Atem aus. „Mann, ich hatte immer davon geträumt, aus der Stadt rauszukommen und jahrelang darauf hingearbeitet." Er schüttelte den Kopf, als würde er diesen Schock noch einmal erleben. „Stattdessen haben Kari und ich geheiratet, und ich habe einen Job im Hotel angenommen. Wie so oft, wenn man so jung ist, waren wir ziemlich unglücklich. Als Austin zur Welt kam, lag unsere Ehe bereits in Trümmern." Er blickte in die Ferne und trank einen weiteren Schluck Bier. „Die Krankenversicherungen sorgen dafür, dass man heutzutage viel zu früh aus dem Krankenhaus entlassen wird, und wenige Tage, nachdem Kari wieder zu Hause war, bekam sie Blutungen. Kurz gesagt, sie ist gestorben."

„Du liebe Zeit." Luc wusste nicht, was er sagen sollte. „Tut mir leid."

„Yeah, es war schlimm. Emmett und Kathy, Karis Eltern, meinten, dass ich das Stipendium annehmen sollte und dass sie sich um Austin kümmern würden. Ich habe die Chance ergriffen – aber ich hatte bestimmt nicht geplant, gar nicht mehr zurückzukommen. Beziehungsweise erst letztes Frühjahr."

„Mensch, Kumpel." Luc konnte sich das bei seinem Halbbruder gar nicht vorstellen. „Im Ernst?"

„Leider ja. Ich habe keine Entschuldigung dafür – ich war jung und egoistisch, und deswegen habe ich einen Großteil von Austins Leben verpasst."

Luc blickte hinüber zu den Frauen, die im Garten saßen und gerade lauthals über etwas lachten. Wie immer blieb sein Blick an Tasha hängen, doch hastig riss er sich von ihrem Anblick los, um den jüngsten der Bradshaw-Brüder anzusehen. „Und wann ist Jenny ins Spiel gekommen?"

„Jenny kam mit sechzehn in die Stadt", antwortete Max für seinen Bruder. „Das ist eine lange Geschichte, und wenn sie mag, kann sie dir die irgendwann mal selbst erzählen. Jedenfalls hat sie einen Aushilfsjob im Hotel angenommen, sie hat hart gearbeitet und sich ziemlich schnell mit den Pierces angefreundet." Ihm schien einzufallen, dass er nicht wissen konnte, wer die Pierces waren, daher fügte er hinzu: „Karis Eltern."

„Warte. Denen gehört das Hotel?"

„Yeah. Besser gesagt gehörte – inzwischen sind beide tot. Wie auch immer, Jennys Mutter starb ungefähr ein Jahr, nachdem sie hierhergezogen waren, und Emmett und Kathy haben Jenny aufgenommen."

„Sie war so etwas wie eine Schwester für Austin", sagte Jake. „Oder sogar so etwas wie eine Mutter. Ihr haben wir es zu verdanken, dass seine Großeltern den Jungen nicht total verzogen haben – was sie am liebsten getan hätten, da ihr einziges Kind gestorben war und sie nur noch ihren Enkel hatten, während ich vor meiner Verantwortung davongelaufen bin."

„Die Kohle ist so weit", brüllte Austin von der anderen Seite des Gartens.

„Danke, Kumpel", rief Max ihm zu, dann senkte er die Stimme. „Lass gut sein, Bro. Du hast für deine Fehler bezahlt, und jetzt tust du doch alles, um die fehlenden Jahre aufzuholen."

Dass Max seinen Bruder so bereitwillig verteidigte, berührte Luc. Zur gleichen Zeit spürte er schon wieder dieses vertraute, sehnsüchtige Ziehen in der Brust. Er wusste noch immer nicht genau, welchen Platz er in dieser Familie hatte.

Er kam jedoch nicht dazu, darüber nachzudenken, denn Max rief Harpers Namen. Als sie sich auf ihrem Stuhl umdrehte und ihn ansah, wobei sie eine ihrer Augenbrauen hob, schenkte er ihr dieses minimalistische Lächeln, das Max' Version eines breiten Grinsens war, und sagte: „Wir können jetzt das Fleisch auf den Grill werfen. Ist alles andere so weit?"

„Natürlich", antwortete sie hoheitsvoll, grinste und zeigte weiße Zähne und rosa Zahnfleisch. Ihre olivgrünen Augen wurden dabei zu kleinen Halbmonden, und sie hob ihre Bierflasche, um ihm zuzuprosten.

„Hervorragend!" Max warf ihr einen zärtlichen Blick zu, dann wandte er sich an seine Brüder: „Lasst uns ein paar Steaks grillen."

Luc wechselte sich mit ihnen am Grill ab, hatte aber nichts dagegen, dass sie ihn immer wieder zur Seite stießen. Ein Großteil seiner Aufmerksamkeit galt sowieso Tasha, die so tat, als existierte er nicht. Sie lief wie die anderen Frauen mit Geschirr, Gläsern und Salaten beladen zwischen Küche und Garten hin und her. Und zwar so lange, bis sie feststellten, dass es draußen zu kalt war, und sie alles zurück ins Esszimmer bringen mussten.

Am Abend zuvor hatte er mit Adleraugen die Harbor Street von seinem Balkon aus bewacht und darauf gelauert, dass sie von ihrer Verabredung nach Hause kam. Als er ihren großen blonden Begleiter gesehen hatte, war er in seine Wohnung gegangen und hatte gewartet, bis er sie ins Haus kommen hörte – dann hatte er sich diese bescheuerte Idee mit dem Müll einfallen lassen.

Nicht besonders gut durchdacht. Sie hatte das Theater sofort durchschaut und es ihm ins Gesicht gesagt, ohne lange zu fackeln. Wie ein Idiot hatte er dagestanden. Natürlich war er auch einer, und wer wollte schon vor der Frau, die er begehrte, als Idiot dastehen?

Schlimmer jedoch – viel, viel schlimmer – war es, zu sehen, wie diese Frau einen anderen Mann küsste.

Die heiße Wut hatte ihn unvorbereitet getroffen. Obwohl er schnell weggeschaut hatte – weil er den Anblick nicht ertragen konnte –, war der Schaden bereits entstanden. Das Bild hatte sich tief in sein Gedächtnis eingebrannt.

Verdammt. Keine andere Frau hatte jemals solche Gefühle bei ihm ausgelöst.

Undercover-Drogenagenten hatten keine Beziehungen. Sie hatten Begegnungen. One-Night-Stands. So war sein Job nun mal. Er durfte niemandem die Wahrheit über seinen Beruf verraten, konnte nicht mal seinen richtigen Namen benutzen. Und jemanden nach Strich und Faden zu belügen war keine besonders gute Voraussetzung für eine dauerhaftere Verbindung.

Damals, als er noch im Inland gearbeitet hatte, hatte er seine Freizeit oft mit anderen Undercover-Agenten verbracht. Sie waren die Einzigen, die wirklich verstanden, unter welchem Druck man in so einem Job stand. Es hatte das Leben etwas einfacher gemacht, wenigstens ein paar Freunde zu haben. In Südamerika, wo er in den letzten Jahren wegen seiner Spanischkenntnisse eingesetzt worden war, hatte er seine Zeit ausschließlich mit Drogendealern und Mördern verbracht.

Das war okay für ihn, denn im Gegenzug genoss er diesen Rausch, den er fühlte, wenn er sich bewusst machte, dass er nur einen Schritt von einem gewaltsamen Tod entfernt lebte. Vor sieben Jahren, als er auf die Bahamas gereist war, hatte er nach etwas anderem gesucht. Er hatte mit jemandem sprechen wollen, der authentisch war und nicht permanent irgendwelche Hintergedanken hegte.

Und das hatte er bekommen. Und wie! Er hatte Tasha gefunden.

Mit ihr war alles anders gewesen. Sie war unbefangen und offen, in ihrer Gegenwart hatte er sich auf eine Art und Weise lebendig gefühlt, die nichts mit dem ständig drohenden Tod zu tun hatte. Er hatte einfach nur stundenlang mit ihr reden wollen, von sich selbst erzählen und alles über sie erfahren wollen. Zwei Tage lang hatte er das Gefühl gehabt, echt zu sein. Irgendein Typ von nebenan.

Und dann diese Nacht, da war alles den Bach runtergegangen. Heute sah sie ihn nicht mehr lachend an und sprudelte mit dem heraus, was ihr gerade in den Sinn kam.

Aber das war in Ordnung. Er konnte sowieso keine Beziehung mit ihr führen, wo er doch Monate, manchmal sogar Jahre im Ausland verbrachte. Seine Arbeit war schmutzig und gefährlich und verlangte seine hundertprozentige Aufmerksamkeit. Ein Agent konnte es sich nicht leisten, sich Sorgen um seine Familie oder seine Freundin zu machen.

Er kannte ein paar, die genau das versucht und entweder mit dem Leben bezahlt oder ihre Familie verloren hatten, weil die Ehefrauen es irgendwann natürlich satthatten, immerzu allein zu sein.

Also musste er es endlich unterlassen, Tasha derart auf die Pelle zur rücken. Musste aufhören, dauernd etwas wie „aber erst noch" oder „bevor ich gehe" von sich zu geben und sie jedes Mal zu küssen, sobald sie versuchte, sich gegen seine Annäherungsversuche zu wehren. Und er musste aufhören, eifersüchtig zu sein, wenn ein anderer Mann sie küsste.

*Ja, klar, Scheiße.*

Der einzige Grund, weshalb er nicht vollkommen durchgedreht war, war die Tatsache, dass dieser blonde Typ nur Minuten nach ihm selbst das Haus verlassen hatte. Er wusste nicht, was er getan hätte, wenn er mit angehört hätte, wie das Kopfende ihres Bettes rhythmisch gegen die Wand geknallt wäre.

Wären seine Brüder nicht, würde er schleunigst abreisen. Vielleicht zur Abwechslung mal dafür sorgen, dass er einen Job in Amerika bekam. Doch jetzt hatte er zwei Halbbrüder und das Bedürfnis, ein dauerhaftes Verhältnis zu den beiden aufzubauen. Damit sie, wenn er zwischen seinen Jobs hierherkam, ihn nicht ansahen und fragten: Luc wer?

Dass Jake jahrelang nicht in Razor Bay gelebt hatte, haute ihn um. Jake und Max hatten in dieser Zeit zwar wahrscheinlich Kontakt gehalten, er war bisher allerdings der Meinung gewesen, dass sie ihr gesamtes Leben miteinander verbracht hatten, doch das war ganz eindeutig nicht der Fall.

„Die Steaks sind fertig!"

Luc nahm für jeden eine Flasche Bier aus der Kühltasche und folgte seinen Brüdern ins Haus.

Dort entschied er sich für einen Platz am Ende der Tafel, aber auf derselben Seite des Tisches wie Tasha. Auf diese Weise sah er sie nicht, konnte das Essen also genießen, ohne dabei ertappt zu werden, wie er sie die ganze Zeit anstarrte. Seine Brüder würden sicher keine Sekunde zögern, sich über ihn lustig zu machen.

Das Fleisch war fantastisch – Porterhouse Steaks für die Männer und Austin, Filet Mignon für die Frauen. Harper hatte einen unglaublich leckeren Kartoffelauflauf gemacht, außerdem gab es grünen Salat, warmes Brot, frische Birnen, Äpfel und Trauben.

Nach dem Essen sah Max jeden Einzelnen am Tisch an. „Ihr alle wisst wahrscheinlich, dass Sheriff Neward Anfang nächsten Jahres in Ruhestand geht." Er zögerte, dann nickte er kurz. „Harper und ich haben darüber gesprochen – ich werde mich bewerben."

„Guter Plan!", rief Jenny.

Jake klopfte Max auf die Schulter. „Jeder weiß doch, dass du die beste Wahl für den Posten bist. Ich habe gehört, dass einige deiner Vorschläge schon viel gebracht haben."

Auch ihm hatte Max von den Maßnahmen erzählt, die er einführen wollte, deswegen nickte Luc. „Du bist auf jeden Fall der Richtige dafür!"

Tasha grinste den großen Deputy über den Tisch hinweg an. „Ach, Max! Wie Harper sagen würde: weiter so."

Max lächelte etwas schief. „Ich bin froh, dass ihr alle meiner Meinung seid, denn ich brauche eure Hilfe. Das Blöde, wenn man sich um ein Amt bewirbt, ist natürlich, dass man auch Wahlkampf betreiben muss. Wie ihr vielleicht schon festgestellt habt“, fügte er trocken hinzu, „bin ich nicht gerade der gesprächigste Mensch der Welt.“

Tasha, die Augen zur Decke verdreht, pfiff leise vor sich hin.

Jenny warf ihm einen gespielt schockierten Blick zu. „Nein!“, schrie sie auf. „Du?“

„Ja, Schlaumeier. Ich habe noch keine Ahnung, gegen wen ich antreten muss, aber ihr wisst, dass sie sympathischer rüberkommen werden als ich. Ich küsse auf keinen Fall Babys und schüttle nicht ständig irgendwelche Hände.“

„Du musst denen nur zeigen, dass du der Beste für den Job bist“, sagte Luc. „Erzähl ihnen dasselbe wie uns, welche Ideen du hast, um effizienter zu arbeiten und dem Steuerzahler Geld zu sparen. Das und dein hervorragender Ruf als langjähriger Deputy in Razor Bay wird reichen.“

Max lächelte erfreut. „Das klingt einleuchtend. Danke, Bro. Genau darauf werde ich mich konzentrieren. Ich habe eine Menge Ideen, wie aus unserem Department das verdammt beste Sheriff's Office des Landes werden kann. Das in Silverdale ist locker doppelt so groß, und trotzdem weiß ich, dass wir besser sein könnten.“

Es fühlte sich gut an, das Richtige zu seinem Bruder gesagt zu haben, und auf einmal wurde ihm klar, dass er anfing, genau so über Jake und Max zu denken – als seine Brüder. Punkt. Das Wörtchen „halb“ war nicht länger nötig. Obwohl er ohne Vorwarnung bei ihnen hereingeschneit war, hatten sie ihn von Anfang an in alles einbezogen. Als er nun daran dachte, war er so froh, dass er einen dicken Kloß hinunterschlucken musste. *Wirklich, wirklich froh.*

Ein wenig peinlich war ihm diese Gefühlsduselei allerdings schon, weshalb er schnell eine weitere Portion von dem Kartoffelauflauf auf seinen Teller schaufelte. Da konnten sie sich ja gleich alle bei den Händen nehmen und „Kumbaya" singen, Himmel noch mal.

„Hat Tasha dich wegen morgen gefragt?"

Er erstarrte mitten in der Bewegung, der Löffel verharrte in der Luft. „Hm?"

„Sie hat für Jeremy ein kleines Haus in der Henderson Street gefunden, in das er morgen einzieht. Er ist einer der Jungs aus dem Cedar Village und arbeitet für Tasha, was wir ziemlich klasse finden. Harper hat die beiden zusammengebracht."

„Und er ist ein echter Glücksfall fürs Bella T's", sagte Tasha und sah ihn tatsächlich freiwillig an. „Morgen verlässt er das Cedar Village, das ist eine große Sache für ihn. Wir werden ihm helfen." Sie betrachtete ihn von Kopf bis Fuß. „Du könntest mitmachen – wir brauchen noch einen starken Mann. Jeremy hat nicht viel, wir suchen ein paar Sachen für ihn zusammen – Möbel, Bettwäsche, quasi alles, was man so braucht."

„Ich bin nur mit einer Reisetasche nach Razor Bay gekommen, aber ich könnte ein bisschen Geld zuschießen."

Sie schenkte ihm ihr erstes wirklich freundliches Lächeln seit langer, langer Zeit.

„Das wäre nicht schlecht. Wir treffen uns morgen um neun vor dem Bella T's. Oder wir geben dir Jeremys Adresse, falls das zu früh für dich ist.

„Nein, ich habe nichts vor", sagte er. „Ich bin dabei."

## 13. KAPITEL

Mary-Margaret, die Direktorin vom Cedar Village, klopfte an Jeremys offene Zimmertür. „Hallo, mein Lieber. Harper hat angerufen. Sie kommen in ungefähr fünf Minuten. Bist du so weit?“

Er nickte. „Ja, ich glaube, ich habe alles.“

„Und falls nicht, du wohnst ja nur eineinhalb Meilen von hier entfernt“, sagte sie lächelnd. „Wenn du mal Hilfe oder eine Therapiestunde brauchst, dann ruf einfach an.“

„Danke, Mary-Margaret. Das bedeutete mir wirklich viel.“ Jeder Village-Bewohner, den er kannte, reagierte anfangs gleich auf Mary-Margaret. Sie wirkte wie eine strenge, verbitterte Frau. Wenn sie nicht lächelte, waren ihre Lippen von Natur aus leicht nach unten gezogen, was ihr einen mehr als humorlosen Ausdruck verlieh.

Zum Glück aber lächelte sie meistens, und jeder, der sie besser kannte, wusste, was für eine gute Seele sie war. Es dauerte auch nie lange, bis man sie kennengelernt hatte. Mary-Margaret hatte überall im Cedar Village die Finger im Spiel – von den natürlich vertraulichen Therapiesitzungen einmal abgesehen.

„Bist du aufgeregt?“, fragte sie und trat ins Zimmer.

Er hatte schon den Mund geöffnet, um es abzustreiten, schloss ihn aber wieder. Wenn heute der erste Tag seines Erwachsenenlebens war, dann sollte er besser ehrlich sein. Das vor allem war es, was sein Betreuer Ryan ihm beigebracht hatte: die Wahrheit zu sagen. *Wenn du ein richtiger Mann sein willst, musst du für deine Handlungen geradestehen und auch für deine Gefühle*. Obwohl Ryan zugegeben hatte, dass Letzteres für die meisten Männer noch sehr viel schwieriger war.

Er hob eine Schulter. „Ein bisschen. Aber vor allem freue ich mich.“ Das stimmte. Zwar machte es ihn nervös, dass er längst nicht alles hatte, was man zum Leben brauchte, doch das würde er schon irgendwie hinbekommen. Harper hatte ihm einen Mietvertrag besorgt, der ihn nicht verpflichtete, eine Miete im Voraus zu bezahlen. Zudem hatte sie lächelnd eine Bürgschaft für ihn unterschrieben, somit musste er nicht auch noch eine große Summe für die Kaution aufbringen und hatte genug Geld, die Grundausstattung für seine Wohnung zu kaufen, solange er auf Sonderangebote achtete. Das einzige Problem war, wie er die Sachen dann nach Hause schaffen sollte.

Leider fuhr nur zwei Mal am Tag ein Bus von Razor Bay nach Silverdale, und bisher hatte er sich auch noch kein gebrauchtes Fahrrad gekauft. Aber er hatte schließlich Beine, und die würden ihn, bis er sich etwas anderes leisten konnte, schon überall hintragen.

Wieder klopfte es an der offenen Tür, und Harper spazierte herein. „Hallo du! Bist du bereit für deinen großen Schritt?" Sie sah an ihm vorbei. „Hi, Mary-Margaret."

„Hallo, Liebes. Dann lass ich euch mal in Ruhe arbeiten." Mary-Margaret wandte sich an ihn: „Ich gratuliere, Jeremy. Wir sind so stolz auf dich – wenn du irgendwas brauchst, lass es uns wissen."

„Ich hätte nichts gegen ein Abo des *Maxim-Magazins*."

*Wirklich, du Rindviech?* Er hätte sich selbst in den Hintern treten können, ausgerechnet damit rauszuplatzen, und das auch noch gegenüber einer Frau, die (mit etwas Glück) seine Großmutter hätte sein können.

Mary-Margaret lachte bloß. „Davon mal abgesehen", sagte sie trocken, zog ihn in eine kurze Umarmung und ließ ihn wieder los. „Benimm dich", sagte sie streng. „Und komm mich mal besuchen." Dann verließ sie schnell das Zimmer.

Jeremy schlug sich an die Stirn. „Ich kann nicht glauben, dass ich das gesagt habe."

„Keine Sorge“, meinte Harper. „Mary-Margaret hat mit Sicherheit schon Heftigeres gehört.“ Sie lachte. „Unpassend war es zwar, keine Frage, aber nicht schlimm.“ Sie zeigte auf seine Sachen, die er auf dem Bett gestapelt hatte. „Ist das alles?“

„Ja.“ Viel besaß er nicht, es würde also nicht lange dauern, es in den Wagen zu laden. Auf einmal fiel ihm auf, dass jemand fehlte. „Muss Max arbeiten?“, fragte er enttäuscht. Der große, stille Deputy war einer seiner liebsten Menschen auf der Welt. Max verbrachte viel Zeit im Village, und jeder mochte ihn. Immer hatte man das Gefühl, dass er genau wusste, wie es ihnen ging. Er war sehr offen gewesen und hatte ihnen erzählt, wie er selbst in seiner Jugend sein Leben verpfuscht und es gerade noch geschafft hatte, das Steuer herumzureißen. Es war ja offensichtlich, dass Max es zu etwas gebracht hatte. Und er schien nicht eine Sekunde daran zu zweifeln, dass sie es ebenfalls schaffen konnten.

Da bekam man geradezu Lust, es zu versuchen – wenn auch nur, um ihn und Menschen wie Mary-Margaret und Ryan nicht zu enttäuschen.

Harper schüttelte den Kopf. „Er hat noch ein paar Dinge zu erledigen, aber wir treffen uns bei deinem Haus.“

Jeremy grinste. „Mein Haus“, murmelte er und ließ sich die Worte auf der Zunge zergehen wie Rocky-Road-Eiscreme.

„Ich weiß.“ Sie warf ihm dieses gigantische Lächeln zu, bei dem ihre Augen immer zu kleinen Halbmonden wurden. „Toll, oder?“

„Kein Scheiß.“

Harper hob die Augenbrauen, und hastig korrigierte er sich. „Echt toll, wollte ich sagen.“

Sie packten seine Sachen auf den Rücksitz ihres Autos. Als Harper losfuhr, drehte Jeremy sich in seinem Sitz um, bis vom Cedar Village nichts mehr zu sehen war. Wenige Minuten später bogen sie in die Auffahrt eines kleinen beigefarbenen Hauses ein.

„Willkommen in deinem neuen Zuhause."

Plötzlich brach ihm der Schweiß aus allen Poren. Himmel, was hatte er sich bloß dabei gedacht – er hatte noch nie allein gelebt! Natürlich hatte er oft genug davon geträumt, wenn seine Mom mal wieder einen ihrer Nervenzusammenbrüche bekommen hatte. Doch jetzt überkam ihn auf einmal das überwältigende Bedürfnis, so schnell wie möglich ins Cedar Village zurückzurennen.

Harper konnte ihm die Bedenken offenbar ansehen, denn sie drückte ihm die Hand.

„Das wird schon", sagte sie. Dann schüttelte sie den Kopf. „Nein. Das wird nicht nur, sondern das wird *gut*. Du wirst das genauso toll hinbekommen wie deinen Job bei Tasha."

„Hat sie das gesagt?"

„Ja, sie findet dich unglaublich, Jeremy. Ebenso wie Mary-Margaret und Max und ich."

So etwas von seiner Chefin und den anderen Erwachsenen, die er am meisten bewunderte, zu hören, baute ihn ungemein auf. Er löste den Gurt. „Dann bringen wir mal meinen Kram rein."

„Machst du das? Ich habe noch was für dich im Kofferraum." Sie stieg aus und umrundete ihren Geländewagen.

Nachdem er seine Sachen vom Rücksitz genommen hatte, folgte er ihr. Und dann sah er die Taschen und Kisten. „Oh, wow – ist das alles für mich?"

„Ja, ist es. Das meiste ist gebraucht. Als wir den Leuten erzählt haben, dass du noch eine Menge Sachen brauchst, waren sie sehr großzügig."

„Das ist …" Er brach überwältigt ab und räusperte sich. Schließlich grinste er breit. „Klasse!"

Sie hatten die erste Fuhre in seine Wohnung gebracht und kamen gerade zurück, als Max' Pick-up in die Auffahrt fuhr. Dahinter entdeckte er Tashas blauen Jeep und dahinter ein Auto, das er nicht kannte. Er staunte nicht schlecht, als Max und seine Brüder aus dem Pick-up ausstiegen, Tasha, Jenny und Tiffany aus dem Jeep und Peyton und ihre Freundin – ein Mädchen, das er schon mal im Bella T's gesehen hatte – aus dem dritten Wagen.

Einen Moment lang war er so überrascht, dass er einfach nur dastand. Dann erwachte er aus seiner Erstarrung. „Was macht ihr denn alle hier? Das ist derart höllenmäßig!"

„Ich schätze mal, das ist 'ne gute Sache", sagte der neue Bradshaw namens Luc, bevor er die Heckklappe öffnete.

„Ist es", versicherte ihm Peyton auf ihre etwas hochnäsige Art.

Jeremy wusste inzwischen, dass sie die immer an den Tag legte, wenn sie nervös war. Als sie zu ihm kam und seinen Arm ergriff, klang ihre Stimme ganz anders. Warm.

„Wir helfen dir beim Umzug – und wir haben ein paar Sachen für dich dabei." Sie zog ihn zu ihrer Freundin, und ihm fiel auf, wie ihr Gesicht aufleuchtete, als sie sagte: „Das ist meine beste Freundin Marni. Mar, das ist Jeremy. Und das da drüben ist meine Chefin Tasha."

„Schön dich kennenzulernen, Marni", sagte Tasha. „Peyton hat schon viel von dir erzählt."

Errötend sagte Peyton zu ihrer Freundin: „Und Tiffany kennst du natürlich."

„Ja." Marni sah Tiffany an. „Nicht nur aus der Pizzeria. Sie haben mir auch mal einen super MaxC-Lippenstift empfohlen."

„Wie ich sehe, bist du meinem Rat gefolgt", antwortete Tiffany. „Ich wusste, dass er dir perfekt stehen würde."

Peyton nickte den Männern und den beiden Frauen, die sie nicht kannte, zu. „Wir haben uns schon mal getroffen", sagte sie zu Luc, mit dem sie ja damals im Restaurant eingesprungen war. „Ansonsten: Ich bin Peyton, und das ist meine Freundin Marni."

Max' Brüder, Harper und Jenny stellten sich ebenfalls vor. Dann begannen sie, die Kisten in seine Wohnung zu räumen.

„Mann, das ist wie Geburtstag und Weihnachten zusammen", sagte Jeremy, als er eine Schachtel öffnete und ein komplettes Geschirr-Set darin entdeckte.

„Das ist von den Meyers. Ich soll dir ausrichten, dass es ziemlich alt ist und nicht in die Mikrowelle darf", erklärte Jenny.

„Ist schon okay." Er lachte. „Ich habe keine Mikrowelle."

„Doch, hast du", sagte Luc von der Tür aus. „Hier draußen ist noch mehr Zeug."

„Meine Mom hat mir auch ein paar Lebensmittel für dich mitgegeben", sagte Marni und deutete auf eine große Einkaufstasche. „Da ist alles Wichtige drin – Eier und Milch und Brot und Butter und ein paar Dosensuppen. Die verderblichen Sachen räume ich jetzt mal in den Kühlschrank."

„Das ist so abgefahren, dass ich nicht mal weiß, wie ich mich bedanken soll. Und bei wem."

„Dafür ist Jenny da." Tasha stieß ihre Freundin mit der Hüfte an. „Sie macht ja für alles Listen, und es gibt natürlich auch eine für dich. Außerdem hat sie Grußkarten dabei, die du schreiben kannst. Und Briefmarken. Ich rate dir allerdings, sie auch wirklich zu verschicken, sonst bekommst du Ärger mit ihr."

„Ach bitte", sagte Jenny. „So Angst einflößend bin ich nun wirklich nicht."

„Doch, ist sie." Jake grinste Jeremy schief an. „Lass dich von ihrem Äußeren nicht täuschen, Junge. Sie sieht vielleicht aus, als könnte sie kein Wässerchen trüben, aber glaub mir, mit ihr willst du dich nicht anlegen. Wenn sie es mal auf dich abgesehen hat, bist du geliefert."

Jenny gab ein Schnauben von sich, ging jedoch nicht darauf ein. „Marni, deine Adresse brauche ich noch, dann kann ich dich und deine Mom mit auf die Liste schreiben."

„Oh, sehr gut, Bettwäsche", sagte Harper, die gerade einen Karton durchwühlte. „Hm. Ich finde, wir sollten entweder weiß oder grün nehmen. Die rosa Blumenbettwäsche heben wir uns auf bis … ähm …"

„Bis die andere völlig ausgewaschen ist und Jeremy keine mehr hat", brummte Max.

Jenny nickte.

„Und das von einem Typen, der Schleifen an seinen Handtüchern hat", rief Jake.

„Lehn dich nicht zu weit aus dem Fenster, Witzbold", sagte Jenny zur ihrem Verlobten. „Ich habe noch immer ein Auge auf die Handtücher mit der Spitzenborte geworfen. Wir haben schon öfter darüber gesprochen. Du scheinst ständig zu vergessen, dass Männer und Frauen zusammenwohnen, und wir Frauen finden nun mal nicht, dass alles einfach nur grau sein sollte." Sie schüttelte den Kopf. „Männer. Wenigstens sind sie hin und wieder ganz nützlich."

Alle Frauen johlten zustimmend. Jake spazierte auf Jenny zu, verpasste ihr einen Klaps auf den Hintern und lächelte. „Wie nützlich zeige ich dir später."

Harper und Marni bezogen das Bett, während Peyton einen kleinen Tisch hereinbrachte, den er als Nachttisch benutzen konnte. Dann hob sie eine hübsche Blechlampe mit einem kaputten Schirm in die Höhe. Sie sah ihn an. „Ist die okay für dein Schlafzimmer?"

„Ja, super." Er konnte nicht fassen, was sie alles angeschleppt hatten, damit aus der Wohnung ein Heim wurde. Zwar hätte er sich lieber die Zunge abgebissen, als es vor den Männern zuzugeben, aber er hätte auch in der rosa geblümten Bettwäsche geschlafen. Die war nämlich besser als gar keine.

„Peyton“, rief Tasha vom anderen Ende des Raumes. „Ich habe hier irgendwo einen neuen Lampenschirm. Ich glaube, er ist … ah, hier!“

„Oh, der ist viel hübscher.“ Peyton hockte sich auf den Boden, um den alten Lampenschirm durch den neuen zu ersetzen.

„Irgendwo sind noch weitere Lampen. Jeremy kann ja später die Sachen umstellen, wenn er einen besseren Platz für sie findet.“

Jeremy lächelte in sich hinein. An Lampen hatte er bisher nicht einmal gedacht – und jetzt konnte er sogar zwischen mehreren auswählen.

Als er seinen Namen hörte, sah er auf. Max stand in der Tür und forderte ihn mit einem Handzeichen auf, ihm zu folgen.

Am Pick-up angekommen hob er eine große Kiste heraus. „Das ist von Tasha, Mary-Margaret, Harper und mir“, sagte er. „Du wirst einen Computer brauchen, wenn du aufs College gehst. Wir haben außerdem ein Jahr Internetanschluss im Voraus bezahlt. Heute zwischen zwölf und fünfzehn Uhr kommt jemand, um ihn dir einzurichten.“

„Oh Mann“, flüsterte Jeremy. „Oh Mann, Max!“ Zu seinem eigenen Entsetzen hörte er, wie seine Stimme brach. Er holte tief Luft und hielt sie so lange wie möglich an, bevor er sie wieder ausstieß. „Danke. Ich habe noch nie so ein tolles Geschenk bekommen.“ Hastig wischte er sich ein paar Tränen aus den Augen.

Max legte eine schwere Hand auf seinen Kopf, dann strich er ihm etwas grob darüber und drückte kurz seinen Nacken. Etwas an dieser Berührung tat Jeremy gut und half ihm, seine Gefühle wieder unter Kontrolle zu bekommen. „Ich weiß nicht, was ich sagen soll", gestand er leise. „Das alles hier ist so … toll."

„Du brauchst nichts zu sagen. Arbeite hart, wenn du aufs College gehst."

„Das werde ich, ich schwör's."

„Da bin ich mir sicher. Tasha ist wirklich zufrieden mit dir, weißt du. Und das Bella T's ist ihr ein und alles, sie würde also niemals einfach so ein Lob aussprechen."

„Ich bin ziemlich froh, dass ich für sie arbeiten darf", sagte er und senkte den Blick. „Und dass ihr alle mir helft. Allein hätte ich das nie hinbekommen."

„Aber natürlich hättest du", sagte eine Frau hinter ihm. Als er sich umdrehte, sah er Tasha auf sich zukommen. „Ich wollte nicht lauschen, doch da ich nun mal euer Gespräch gehört habe, möchte ich dir etwas sagen. Klar wäre es allein schwieriger für dich gewesen, aber du hättest es geschafft. Du bist sehr erwachsen, Jeremy, und das ist für einen achtzehnjährigen Jungen wirklich erstaunlich. Ich könnte mir vorstellen, dass Max, als er in deinem Alter zu den Marines ging, auch schon so reif war. Und falls nicht, musste er es zumindest schnell werden. Du hast das Zeug dazu, erfolgreich zu sein. Wir wollten dir einfach unter die Arme greifen, damit es schneller geht."

Nun kam Luc auf sie zu, die Hände in die Hosentaschen gesteckt. „Ich bin nur mit einer Reisetasche hierhergekommen, deswegen konnte ich nichts beisteuern", sagte er. „Aber bitte lass mich wissen, wenn du noch irgendwas brauchst. Außerdem bin ich ein ziemlich guter Handwerker, ich kann dir jederzeit helfen oder dir zeigen, wie es geht."

„Danke." Er kannte Luc Bradshaw kaum, würde auf sein Angebot jedoch auf jeden Fall zurückkommen. „Ich kann ganz gut Autos reparieren, mein Dad ist nämlich Mechaniker, und ich war in den Ferien oft in der Werkstatt. Aber was Häuser angeht, habe ich keine Ahnung. Es wäre toll, wenn Sie mir da was beibringen könnten."

Ein merkwürdiger Ausdruck huschte über Lucs Gesicht, war jedoch so schnell wieder verschwunden, dass Jeremy ihn nicht deuten konnte. Vielleicht hatte er es sich auch nur eingebildet, denn jetzt warf der neue Bradshaw ihm ein ungezwungenes Lächeln zu.

„Es war ernst gemeint, dass du mir sagen sollst, wenn du noch etwas brauchst."

„Gut, wir brauchen auf jeden Fall was zum Mittagessen", sagte Jenny. „Normalerweise bestellen wir immer Pizza bei Tasha, aber das geht ja heute nicht. Wie wäre es, wenn du uns ein paar vietnamesische Sandwichs oder Nudelsuppen aus dem Saigon Boat holst?"

„Das kann ich gern machen." Luc zog seine Hand aus der Tasche. „Sagt mir nur, was ihr wollt."

Um fünfzehn Uhr war aus der Wohnung ein Zuhause geworden. Jeremy hatte so ziemlich alles, was er brauchte – und eine Menge Sachen, an die er selbst nie gedacht hätte – beispielsweise einen Teppich und mehrere Sofakissen und eine Decke auf der Couch. In dem winzig kleinen Schlafzimmer hatten Max und Luc einen Klapptisch aufgestellt, den er irgendwann später noch in einer anderen Farbe streichen wollte. Nachdem er einen der Holzstühle vom Küchentisch davorgestellt hatte, schaltete Jeremy stolz seinen neuen Laptop ein.

Gerade, als er sich von dem Mitarbeiter der Telefongesellschaft verabschiedet hatte, kam Tasha auf ihn zu. „Es reicht, wenn du um fünf ins Bella's kommst", sagte sie. „Ich werde heute für dich die Vorbereitungen übernehmen."

„Danke", sagte er inbrünstig. Er wäre ja gern cooler, aber das ging einfach nicht. Diese Leute hatten so viel für ihn getan. „Danke für alles."

„Gern geschehen, Schätzchen. Du bist ein wichtiger Mitarbeiter für mich, das weißt du, oder?“ Sie wartete seine Antwort nicht ab. „Und vor allem, Jeremy, du bist ein guter Kerl.“

Nachdem sie die leeren Verpackungen und Kartons weggeräumt hatten, stiegen bis auf Peyton, Tiffany und Marni alle wieder in ihr Fahrzeug. Tiffany ging zu ihrem Wagen, um etwas zu holen.

„Sieht jetzt wirklich hübsch aus“, sagte Marni.

Sie setzten sich.

„Das stimmt“, sagte Peyton. „Tasha und ihre Freunde haben es echt drauf, gebrauchte Möbel auf einmal cool aussehen zu lassen.“

„Sie hat mal erzählt, dass Jenny und sie aus ziemlich ärmlichen Verhältnissen kommen“, sagte Jeremy. „Wahrscheinlich haben sie Erfahrung damit, das Beste aus allem zu machen.“

Peyton berührte seine Hand. „Wie auch immer, auf jeden Fall hast du verdammtes Glück, solche Freunde zu haben.“

Er starrte einen Moment lang nur auf ihre Finger. Erst als sie die Hand wegnahm, fiel ihm wieder ein, worüber sie gerade gesprochen hatten. „Yeah.“ Er räusperte sich. „Ist mir klar. Ohne sie würde ich wahrscheinlich erst mal von der Hand in den Mund leben müssen.“ Er sah sich um. „Und hier drinnen würde es auf jeden Fall viel leerer aussehen.“

Tiffany kam mit einer kleinen Kühlbox zurück. „Also, versteht das jetzt nicht falsch. Normalerweise ermutige ich Minderjährige nicht, Alkohol zu trinken“, sagte sie und nahm drei Flaschen Bier heraus. „Aber ich dachte, wir haben was zu feiern. Wir brauchen Gläser.“ Als Peyton aufsprang, um sie zu holen, wandte Tiffany sich an Marni. „Sorry, Marni, wenn ich gewusst hätte, dass du auch kommst, hätte ich eine Flasche mehr mitgebracht.“

Das dunkelblonde Mädchen zuckte gutmütig die Achseln. „Ich kann auch ’ne Cola trinken. Ich mag Alkohol sowieso nicht besonders.“

„Ich bring dir eine mit, Mar“, rief Peyton aus der Küche und war kurz darauf zurück. „Eis gibt es leider keines, das ist noch nicht ganz gefroren.“

Tiffany verteilte die Bierflaschen und hielt ihre eigene in die Höhe. „Auf Jeremys neue Bude.“

„Auf die neue Bude“, riefen alle, stießen miteinander an und tranken.

Als alle gegangen waren, spazierte Jeremy durch sein Haus, berührte die Möbelstücke und lächelte in sich hinein. Mehrmals kam er an seinem Handy vorbei, bis er es schließlich in die Hand nahm und eine Nummer wählte. Es klingelte vier Mal, bevor ein Mann antwortete. Im Hintergrund war das Scheppern und Brummen aus der Autowerkstatt zu hören.

„Hey, Dad, ich bin’s“, sagte Jeremy. „Ich weiß zwar nicht, warum du an einem Sonntag arbeitest, aber ich wollte dir sagen, dass ich jetzt umgezogen bin, und dir meine neue Adresse und die Telefonnummer geben.“

## 14. KAPITEL

„Wow. Ich würde mir dabei wahrscheinlich alle Finger abhacken."

Peyton war in die Küche gekommen. Tasha, die gerade wütend das Gemüse schnitt, sah auf. Sie war sich nicht sicher, ob sie froh oder verärgert über die Unterbrechung ihrer Exorzismus-Übung sein sollte. Was es auch war, sie durfte ihre schlechte Laune nicht an diesem Mädchen auslassen, deswegen atmete sie tief durch und sagte: „Hey, du. Was machst du denn schon so früh hier? Ich nahm an, ihr wärt alle noch bei Jeremy."

Peyton ließ elegant die Schultern rollen. „Wir dachten, er braucht vielleicht ein bisschen Ruhe, um sich einzugewöhnen."

Das Mädchen warf ihr ein Lächeln zu, das beinahe schüchtern wirkte.

„Es ist klasse geworden. Ihr wisst wirklich, wie man mit alten Sachen einen Raum schön einrichtet."

„Weder Jenny noch ich hatten früher genug Geld, wir haben also Übung darin." Sie hob die Augenbrauen und sah das Mädchen an. „Und außerdem, wer guckt denn heutzutage nicht diese ganzen Einrichtungsshows im Fernsehen?"

„Ähm …" Peyton hob eine Hand. „Ich?"

„Wirklich? Tja, vielleicht ist das eher was für Leute um die dreißig."

„Kann gut sein." Peyton betrachtete die Berge von geschnittenem Gemüse. „Rechnen wir für heute mit einem Massenandrang?"

„Wie?" Tasha starrte auf die Arbeitsfläche. „Ach, Mist." Sie hatte sich beim Schneiden vollkommen von ihrer Wut auf Luc und die Art und Weise, wie er sie verrückt machte, ablenken lassen. „Das reicht ja locker für zwei Tage." Genervt griff sie nach den Vorratsbehältern.

„Sie haben wohl vor sich hingeträumt, hm? Das mache ich ab und zu auch – vor allem im Auto. Manchmal weiß ich dann nicht mal mehr, wie ich von A nach B gekommen bin."

„Keine Ahnung, was gefährlicher ist – das Autofahren oder mit einem scharfen Messer arbeiten." Tasha war froh, dass Peyton ihr eine passende Ausrede geliefert hatte, nun musste sie sich wenigstens keine ausdenken, was praktisch war, verstand sie doch selbst nicht genau, woher ihre Wut eigentlich rührte.

Jeremys Wohnung einzurichten hatte Spaß gemacht, und es war schön gewesen zu sehen, wie er sich gefreut hatte. Andererseits war sie stundenlang in Lucs Nähe gewesen und hatte ihn, wenn unbedingt nötig, freundlich und höflich behandelt.

Genau genommen war er ihr genauso aus dem Weg gegangen wie sie ihm. Und das war eine gute Sache.

Irgendwie.

Nein, nicht irgendwie. Er tat das, worum sie ihn gebeten hatte. Und sie war ... froh ... dass er endlich auf sie hörte.

Zugleich war sie noch immer sauer auf ihn, weil er sie so reizte, dass sie sich anders verhielt als normalerweise. Okay, sicher, letztlich war sie für ihr Verhalten selbst verantwortlich – aber verdammt, seinetwegen führte sie sich schlimmer auf, als sie es sich je hätte vorstellen können –, und das von dem Moment an, seit sie sich auf den Bahamas kennengelernt hatten. Das hatte schließlich in einer Katastrophe geendet. Trotzdem benahm sie sich jetzt, Jahre später, schon wieder wie eine Verrückte.

Deswegen hatte sie wie eine Irre Zwiebeln und Paprika geschnitten und dabei an jeden Fehler gedacht, der ihr seit Luc Bradshaws Auftauchen in der Stadt unterlaufen war, und nicht etwa, weil er sie heute endlich mal in Ruhe gelassen hatte.

Denn das wäre idiotisch gewesen.

Leise stieß sie den Atem aus. Idiotisch war der einzig richtige Ausdruck für ihr Verhalten ihm gegenüber. Dieser Mann drückte Knöpfe bei ihr, von deren Existenz sie vorher nicht einmal etwas geahnt hatte, und sie, eine Frau, die sich normalerweise gut im Griff hatte, flippte in seiner Gegenwart völlig aus.

Jedes. Einzelne. Mal.

Man musste sich nur mal die Sache mit Axel überlegen. Jahrelang hatte sie ihn freundlich abblitzen lassen, doch dann, nach ein paar albernen Küssen von Luc, hatte sie diesen netten Typ nicht nur ausgenutzt, sondern ihn auch noch verletzt.

„Also", meinte Peyton beiläufig. „Kann ich Sie was fragen?"

*Ja bitte.* Hauptsache sie hörte endlich auf, über diesen Unsinn nachzudenken. „Klar."

„Woher weiß man, ob ein Junge einen mag?"

Ach Gott. Tiffany hatte ihr erst kürzlich gesteckt, dass ihre jungen Angestellten sie cool fanden. Diese armen Irren glaubten tatsächlich, sie wusste, wie das Leben lief. Das Traurige daran war, dass sie noch vor vier Wochen derselben Meinung gewesen war.

Peyton fragte sie um Rat? In Sachen Liebe?

*Ja klar, Baby, dafür bin ich genau die Richtige, denn mein eigenes Liebesleben läuft wirklich prima.*

Während sie die überflüssigen Paprikawürfel in einer Plastikbox verstaute, hätte sie am liebsten gebrüllt: Lauf weg! So schnell du nur kannst! Oder zumindest hätte sie Peyton gern geraten, mit Jenny zu sprechen oder mit Harper. Das waren immerhin zwei Frauen, die etwas von Beziehungen verstanden.

Doch Peyton hatte nun mal sie gefragt, und jetzt, wo sie genauer darüber nachdachte, womöglich sogar übertrieben beiläufig. Sie hatte ihre Meinung über Peyton inzwischen geändert. Wenn die nicht gerade ihre Probleme hinter einer hochmütigen Maske verbarg, war sie gesprächig und hübsch und verdammt süß. Tasha hatte keinen Schimmer, wie sie ihre Frage beantworten sollte.

Deswegen sagte sie die Wahrheit.

„Da fragst du die Falsche, Kleine." Sie stellte die Plastikbox mit den Zwiebeln über die mit der Paprika und kratzte den Rest in eine Schüssel, um sie später für die Pizzas zu benutzen. „Ich bin die Frau, die nur ein einziges Mal einem Mann vertraut hat und daraufhin verhaftet und in ein Gefängnis auf den Bahamas geworfen wurde."

Einen Moment lang kroch ihr die Angst dieser Nacht wieder in den Magen. Sie sah Peyton in die Augen. „Aber ich denke, wenn er sich dir öffnet, dir Dinge erzählt, die er sonst niemandem erzählt, dann mag er dich wahrscheinlich. Wenn du ihn zum Lachen bringst, obwohl er normalerweise eher der ernste Typ ist, und er Zeit mit dir verbringen will, ebenfalls. Und wenn du von Jeremy sprichst, Peyton, kann ich nur sagen, so, wie er dich anschaut, ist er schon in dich verliebt. Wenn du ihn also auch magst, sei einfach du selbst. Sei nett zu ihm und ehrlich, und du hast gute Chancen, mit ihm zusammenzukommen."

Peyton musterte sie aufmerksam. „Ihnen ist Ehrlichkeit wichtig, oder?"

„Ja, allerdings."

„Und die Sache mit dem Gefängnis? Ich schätze, darüber wollen Sie nicht reden?"

„Nein, möchte ich nicht."

Peyton nickte. „Okay. Und er sieht mich wirklich so an, als würde er mich mögen?"

„Ja." Tasha lächelte, denn sie wusste noch, wie es sich anfühlte, jemanden zu erobern, den man unglaublich gern mochte. Wegen ihrer schwierigen Zeit auf der Highschool hatte sie diese Erfahrung leider Gottes nur mit Luc gemacht. Davor gab es zwar ein paar sexuelle Erlebnisse, aber selbst in den Jungen, der sie entjungfert hatte, war sie nicht annähernd so verliebt gewesen wie in Luc.

Obwohl ihr das Herz in dieser speziellen Nacht gebrochen worden war und sie seitdem emotional verkümmert sein mochte, beneidete sie Peyton um dieses herrliche Alles-ist-neu-Gefühl. Und sie hoffte, dass aus dem Mädchen und Jeremy etwas wurde – egal für wie lange.

Später an diesem Abend saß sie bei Jenny im Wohnzimmer. „Du wirst dich freuen zu hören", sagte sie bei einer Tasse Tee und Keksen, „dass ich den Plan, Luc mit seinen eigenen Waffen zu schlagen, aufgegeben habe. Du hattest recht. Das war blöd von mir."

„Ich glaube nicht, dass ich was von *blöd* gesagt habe", entgegnete Jenny milde.

„Aber du hast es bestimmt gedacht, und zwar zu Recht. Das war eine bescheuerte Idee, aber verdammt, Luc ist selbst schuld, dass ich auf so was überhaupt gekommen bin." Sie schnitt eine Grimasse. „Okay, laut ausgesprochen klingt es sogar noch bescheuerter. Ich habe immerhin einen eigenen Willen. Und ich habe mein Schicksal selbst in der Hand."

„Du bist eben auch eine Frau", meinte Jenny trocken.

„Du kannst dich so lange über mich lustig machen, wie du willst, aber, Mann, er legt wirklich das Schlimmste bei mir bloß." Sie erzählte Jenny von ihrer Verabredung mit Axel. „Ich fühle mich total mies, weil ich ihn ausgenutzt habe."

„Gut, das war nicht gerade eine tolle Leistung. Willst du wissen, was du tun solltest, um davon loszukommen?"

Tasha hob eine Schulter. „Auf jeden Fall, denn mir ist bisher nichts Gescheites eingefallen."

„Ich denke, du solltest wilden Sex mit Luc haben."

*Ja! Ja!* Ihr Körper stimmte sofort begeistert zu, aber ihr Verstand war offenbar noch nicht ganz so zermatscht, wie sie befürchtet hatte, denn der brachte sie immerhin dazu, ihre Freundin anzugaffen und den Mund aufzureißen. Den sie schnell wieder zuklappte, um nicht wie der Dorftrottel auszusehen. „Uuuund ich habe mich getäuscht – das ist so ziemlich genauso bescheuert wie alles, was mir eingefallen ist. Himmel noch mal", zischte sie. „Bist du gestolpert und hast dir den Kopf angeschlagen?"

„Nein. Denk doch mal drüber nach, Tasha. Du hast versucht, ihm aus dem Weg zu gehen, richtig?"

Sie nickte. „Was nicht viel bringt, da er mit Jake und Max verwandt ist und in meinem eigenen Haus wohnt. Aber ich versuche, nicht an ihn zu denken, wenn ich mal zufällig nicht gezwungen bin, in seiner Nähe zu sein."

„Und wie klappt das?"

Tasha grinste. „Nicht besonders."

„Hör mal, Süße, du hängst jetzt seit Jahren fest – seit deiner Reise auf die Bahamas –, und es ist höchste Zeit, dass du darüber hinwegkommst. Die Chemie zwischen dir und Luc ist der Wahnsinn – da kannst du jeden fragen, der Augen im Kopf hat. Seit er in der Stadt ist, läuft er dir hinterher, und du weichst ihm aus, und eines muss ich dir wirklich sagen, Mädchen. Glücklich scheint dich das nicht gerade zu machen. Du bist nicht mehr so fröhlich und zielorientiert wie sonst, sondern nervös und gereizt. Und du hast selbst gesagt, dass du nicht damit umgehen kannst. Außerdem beschwerst du dich dauernd darüber, dass du keinen Sex hast. Also, warum versuchst du es dann nicht mit ihm? Vögel ihn und dich so lange um den Verstand, bis du dich endlich davon befreit hast. Wenigstens weißt du, dass er das richtig gut kann."

*Oh. Allerdings.* Oder zumindest konnte er das richtig gut.

Aber daran wollte sie jetzt nicht denken. Sie schüttelte leicht den Kopf, um die Bilder loszuwerden, die sofort vor ihrem inneren Auge aufgetaucht waren. „Nur, damit ich dich richtig verstehe“, sagte sie langsam. „Du rätst mir, auf dem Vulkan zu tanzen?“

„Himmel, ja, wenn mir das die Tasha zurückbringt, die ich kenne und liebe.“

Der Vorschlag klang zweifellos verlockend. Doch leider Gottes war sie nach ein paar von Lucs Küssen bereits zu einer zweiten Nola Riordan mutiert, und sie wollte sich einfach nicht für einen Mann zum Affen machen.

Musste sie das ihrer besten Freundin denn wirklich erklären? Verärgert stand sie auf. „Tja, nun, das wird nicht geschehen. Ich habe mich einmal auf Luc Bradshaw eingelassen, und wir wissen ja alle, was mir das gebracht hat. Ich war lange Zeit ein Wrack. Du musst verrückt sein zu glauben, dass ich ihn jemals wieder so nahe an mich ranlasse.“

Dann, weil sie nicht wusste, wie sie mit diesem Gefühl umgehen sollte, das in ihrem Magen wie Säure wirkte, machte sie auf dem Absatz kehrt und ging.

Jenny hämmerte an die Tür des Sand Dollar und schrie Jakes Namen. Ohne auf eine Antwort zu warten – schließlich wusste sie, dass er für eine sechstägige Fotosession in den Ozark Mountains packte –, stürmte sie die Treppe hinauf.

„Hier oben“, rief er, da stürzte sie bereits in sein Schlafzimmer.

Sie hielt sich am Türrahmen fest, um wieder zu Luft zu kommen. Dann sagte sie: „Du wirst dafür sorgen, dass Luc und Tasha zusammenkommen.“

„Wie bitte?“ Jake hörte auf zu packen und sah sie an, als ob sie den Verstand verloren hätte. Schließlich kniff er die grünen

Augen zusammen, und sein Gesichtsausdruck wurde streng. Nachdem er einen Stapel T-Shirts in den Koffer gelegt hatte, richtete er sich auf, um ihr seine uneingeschränkte Aufmerksamkeit zu widmen. „Wir werden uns auf gar keinen Fall einmischen."

„Ach ja? Willst du mir jetzt vorschreiben, was ich zu tun habe?"

Er öffnete den Mund, um etwas zu sagen, schloss ihn aber wieder. Dann seufzte er kopfschüttelnd. „Du wirst dich nicht davon abbringen lassen, was?"

„Nun, ich könnte auf jeden Fall Hilfe im Hotel brauchen. Du weißt ja, dass bald das Oktoberfest stattfindet." Sie nickte. „Ja. Ich sollte Luc und Tasha um Hilfe bitten."

„Darüber wird vor allem Tasha begeistert sein", sagte er ruhig. „Weil sie ja nicht etwa selbst einen Laden hat, um den sie sich kümmern muss."

„Okay." Sie ließ die Schultern sinken. „Das stimmt. Dieses Jahr ist bei ihr wirklich viel los. Sogar nach dem Labor Day ist keine Ruhe eingekehrt wie in den beiden Jahren zuvor." Sie schüttelte den Kopf. „Verdammt, ich kann sie nicht fragen."

„Hey, sieh's positiv. Auf diese Weise wird sie Harper nicht den Job wegnehmen."

„Ja, danke, sehr hilfreich", sagte sie. Sie wusste, dass sie trotziger klang als Austin, wenn man ihm verbot, „Halo" zu spielen, aber es war ihr peinlich, dass sie Harper im Eifer des Gefechts völlig vergessen hatte. Die war schließlich für das Oktoberfest zuständig und konnte Veranstaltungen besser planen als sonst jemand auf der Welt.

„Du musst zumindest zugeben, dass Tasha eine weitere Hilfskraft einstellen muss. Obwohl Jeremy jetzt da ist, hat sie seit dem Memorial-Day-Wochenende keinen einzigen Tag freigehabt." Zwar klangen diese Worte steif, trotzdem meinte sie jedes einzelne ernst.

„Ich weiß, Sweatheart. Und bei dem ganzen Stress taucht auch noch Luc auf – das macht sie sicher fertig." Er hob sie hoch, ließ sich auf einen Stuhl fallen und setzte sie sich auf den Schoß. „Solche Verkupplungsaktionen passen gar nicht zu dir. Du und Tasha, ihr seid die besten Freundinnen, die ich je gesehen habe. Und am meisten mag ich eure Ehrlichkeit."

Seine Worte trafen sie bis ins Mark, und einen Moment lang konnte sie ihn nur ansehen. Schließlich stieß sie langsam die Luft aus. „Verdammt, Jake, ich kann es nicht leiden, wenn ich unrecht habe."

„Wie bitte?" Er steckte sich einen kleinen Finger ins Ohr und wackelte damit. Dann zog er ihn wieder heraus und betrachtete die Fingerspitze. „Hast du gerade zugegeben, unrecht zu haben? Das kann ich mir nicht vorstellen."

„Du bist ja so was von lustig." Sie legte seufzend den Kopf an seine Brust. „Ich will doch nur, dass sie so glücklich ist wie ich, verstehst du?"

„Ja, das verstehe ich." Er strich ihr übers Haar. „Aber du musst ihr die Entscheidung über eine Beziehung schon selbst überlassen." Er senkte das Kinn etwas, um ihr in die Augen sehen zu können. „Hat sie dir mal Details über diese Tage im Gefängnis erzählt?"

„Nein. Und ich habe sie auch nie dazu gedrängt, weil sie wirklich traumatisiert war."

„Lucs Auftauchen hat wahrscheinlich alles, was sie verdrängt hat, wieder an die Oberfläche gebracht."

Ihr wurde etwas übel. „Und da hilft es wohl nicht gerade, wenn ich sie überrede, mit ihm ins Bett zu gehen."

„Nein, tut es nicht", sagte er, seine Stimme klang dennoch nicht vorwurfsvoll. „Selbst wenn sie ein Traumpaar wären wie du und ich, sollte man sie nicht gegen ihren Willen miteinander verkuppeln.“ Er strich ihr eine Haarsträhne hinters Ohr. „Überleg doch mal, wie es dir gefallen hätte, wenn sie das damals mit dir gemacht hätte.“

„Ich hätte sie an die Wand genagelt.“ Jenny atmete tief aus. „Uuuuund sie ist genauso unabhängig wie ich. Also, ich gebe zu, dass ich mich geirrt habe. Aber ich sag dir trotzdem was, Klugscheißer: Wenn ich die Welt regieren würde, wäre alles viel besser.“

„Das bezweifle ich nicht eine Sekunde lang.“

Tasha kochte vor Wut, als sie zurück in die Stadt stapfte. Zum Glück kannte sie den Weg über den Holzsteg in- und auswendig, denn es war fast vollkommen dunkel, tiefe Wolken verdeckten den Mond, und ein leichter Sprühregen hatte eingesetzt.

Als sie die Pizzeria erreichte, brachte sie es nicht über sich, nach oben zu gehen. Sie würde sowieso nur die ganze Zeit vor sich hin grübeln. Das konnte sie genauso gut draußen machen, wo keine Wände sie einengten. Sie überquerte die Harbor Street und ging zum Hafen. Wenn du nicht weiterweißt, schau dir die Boote an, sagte sie schließlich immer. Okay, genau genommen hatte sie das noch nie gesagt, was aber nicht bedeutete, dass es nicht stimmte.

Das Schwimmdock schwankte unter ihren Füßen, die daran vertäuten Boote hoben und senkten sich leicht auf der Wasseroberfläche.

Sie konnte verdammt noch mal nicht fassen, was Jenny ihr da vorgeschlagen hatte. Hatte sie sich vielleicht in Jennys und Jakes Probleme eingemischt? Nein. Wie kam ihre sogenannte beste Freundin dazu, sie zu einer sexuellen Beziehung zu überreden, die sie überhaupt nicht …

*„Ihnen ist Ehrlichkeit wirklich wichtig, oder?“*

*„Ja, allerdings.“*

Tasha blieb am Heck eines riesigen Holzbootes stehen. Der Name *Summer Samba* leuchtete unter einer Lampe auf. „Mist“, flüsterte sie. „Mist, Mist, Mist!“

Sie war nicht sauer auf Jenny, weil die sich eingemischt hatte. Sie war sauer, weil sie sich nichts Schöneres vorstellen konnte, als auf deren Vorschlag einzugehen.

Sie glaubte fest an das, was sie Peyton gesagt hatte. Sie war der Meinung, dass Ehrlichkeit das Wichtigste war, wenn es um Beziehungen ging. Dass man die Wahrheit sagen musste, sogar wenn es manchmal schwerfiel. Zu viele Menschen erzählten Lügen. Über ihre Mutter beispielsweise. Und auch über sie selbst. Die Leute logen die ganze Zeit.

Aber sie nicht.

Oder zumindest früher nicht. Doch seit Luc da war, log sie, dass sich die Balken bogen. Sie sagte nicht ehrlich, was sie in seiner Nähe empfand. Sagte nichts über dieses Begehren, das tief in ihrem Innern glühte. Und sie wusste jetzt, was sie zu tun hatte.

Sie drehte sich um und ging zurück.

# *15. KAPITEL*

Luc war eine gute Dreiviertelstunde in seiner Wohnung auf und ab gegangen und hatte sich schließlich auf die Couch fallen lassen. Die Füße auf den Couchtisch gelegt starrte er aus dem Fenster in die Dunkelheit. Es war ungewöhnlich für ihn, sich zu langweilen. Und vielleicht war Langeweile auch nicht wirklich das, was er verspürte. Er war gleichzeitig müde und rastlos – obwohl er sich so erschöpft fühlte, fand er es anstrengend, still zu sitzen.

Trotzdem schaltete er weder den Fernseher ein noch machte er sich auf die Suche nach seinen Halbbrüdern. Stattdessen nahm er das Buch zur Hand, das er vorhin in die Ecke geschleudert hatte, in der Hoffnung, dass er sich nun besser darauf konzentrieren konnte.

Als es an der Tür klopfte, legte er es erleichtert wieder weg und sprang auf.

Kaum hatte er geöffnet, drückte Tasha sich auch schon an ihm vorbei. Das Gesicht feucht, das orangerote Haar wilder gelockt denn je. Seine Müdigkeit war wie weggeblasen. Er schloss die Tür hinter ihr.

„Hast du was zu trinken?“, fragte sie und setzte sich in den Korbstuhl gegenüber der Couch. „Ich habe alle möglichen Weine im Restaurant, aber ich bin gar nicht auf die Idee gekommen, eine Flasche mitzunehmen – und jetzt habe ich keine Lust, noch mal runterzugehen.“

„Ich habe ein oder zwei Flaschen Bier im Kühlschrank.“

„Das ist alles?“ Sie warf ihm einen verstimmten Dich-kann-man-auch-zu-gar-nichts-gebrauchen-Blick zu. „Ich hätte wirklich gern was Stärkeres. Flugzeugtreibstoff beispielsweise.“

„Okay, warte. Für dich werde ich meinen Spezialvorrat anbrechen.“ Er ging in die Küche, wo er eine fast volle Flasche

Buffalo Trace Straight Kentucky Bourbon vom obersten Regal des Küchenschranks nahm. Die stellte er zusammen mit zwei nicht besonders schönen, aber zweckmäßigen Gläsern auf ein Tablett und trug es zurück in den Wohnbereich.

Tasha klopfte rastlos mit einem Fuß auf den Boden, hielt jedoch still, als sie ihn sah.

„Oh, gut." Sie zeigte auf den Couchtisch.

„Ich habe keinen Mixer. Wenn du Wasser möchtest ..."

„Pur ist gut."

Er fragte sich, was mit ihr los war, öffnete die Flasche und goss ihr ein wenig ein. Sie machte mit einer Hand eine auffordernde Geste, damit er ihr mehr von dem feinen Whiskey in ihr Glas füllte. „Macht es dir was aus, mir zu verraten, weshalb du auf der Suche nach hartem Stoff bist?"

Sie schüttete ihren Drink hinunter, hustete und stellte vorsichtig das leere Glas auf das Tablett. Als sie ihn ansah, war der Blick ihrer blassen Augen ernst. Sie schwieg einen Moment.

Dann, nachdem sie lautlos ausgeatmet hatte, setzte sie sich zurück und murmelte etwas, aber so leise, dass er sich vorbeugen musste. „Wie bitte?"

Sie räusperte sich. „In der Nacht, als ich verhaftet wurde", sagte sie lauter, „hat mich die Polizei auf den Rücksitz eines Autos verfrachtet und ist mit mir stundenlang durch die Gegend gefahren. Zumindest fühlte es sich so an."

Er ließ sich auf die Couch sinken und saß da, die Knie weit gespreizt und die Hände fest gefaltet, all seine Aufmerksamkeit auf sie gerichtet. Sie hatte noch nie über die Details dieser Nacht gesprochen – jedenfalls nicht mit ihm. Sein Herz hämmerte laut und unregelmäßig. Er wollte unbedingt wissen, was genau eigentlich geschehen war.

Gleichzeitig aber auch nicht.

„Drei Polizisten und ich“, fuhr sie fort. „Irgendwann rief einer von ihnen Inspector Rolle an – den Chef. Ich weiß nicht, ob das irgendwas mit mir zu tun hatte, ich konnte ja nur hören, was er sagte. Und das war überwiegend *yes sir, no sir*. Ich bekam den Eindruck, dass er sich nicht gerade darüber freute, was sein Chef ihm sagte. Kurz darauf legte er auf, und sie brachten mich in ein kleines Gebäude am Ende der Welt. Es sah nicht wie ein Polizeigebäude aus, aber man nahm mir dort meine Fingerabdrücke ab, und ich wurde fotografiert und ähnliche Sachen. Ich habe die ganze Zeit versucht ihnen zu sagen, dass sie einen Fehler machten, und habe immer wieder gebeten, die amerikanische Botschaft anrufen zu dürfen. Während Inspector Rolle in der Hütte meine Fragen anstandslos beantwortet hat, war es auf einmal so, als ob sie mich nicht mal hören könnten. Da dachte ich noch, das wäre das Schlimmste überhaupt, denn wie sollte ich jemals aus diesem Fiasko herauskommen, wenn niemand mit mir sprechen wollte?“

Sie starrte den Couchtisch an, als wäre sie vollkommen fasziniert von ihm, dann sagte sie gezwungen ironisch: „Aber da hatte ich mich geirrt. Denn als sie mit diesen Polizeiaufgaben, oder wie immer man das nennen will, fertig waren …“ Sie brach ab, trank einen großen Schluck direkt aus der Flasche, wischte die Öffnung mit dem Saum ihres T-Shirts ab, wobei sie einen Streifen ihres blassen Bauchs entblößte, und stellte die Flasche ab. Als sie schließlich den Blick hob und ihn über den Tisch hinweg ansah, stieß sie zitternd einen Seufzer aus. „Sie haben mich in einen Raum gebracht und hinter mir abgeschlossen.“

Sie schaute ihn an, schlang die Arme um ihren Körper und begann sanft vor und zurück zu schaukeln. „Das war nicht mal ein Raum. Eher ein Verschlag, ungefähr so groß wie die Toilette im Wohnwagen meiner Mutter. Und, mein Gott, es war so dunkel." Sie starrte blind vor sich hin. „Warum ist es so dunkel? Ich habe noch nie zuvor so eine tiefe allumfassende Dunkelheit erlebt. Hätten sich meine Augen nicht schon längst daran gewöhnen müssen?"

Als er ihren Blick sah und feststellte, dass sie plötzlich in der Gegenwart sprach, fuhr Luc ein eiskalter Schauer über den Rücken, die Härchen auf seinen Armen stellten sich auf, und er überlegte, wie er sie aus diesem Zustand herausholen konnte.

Bevor ihm etwas einfiel, zuckte sie zusammen.

„Ach du Scheiße, was ist das?" Sie wedelte mit den Armen und schlug in die Luft. „Sind das Spinnweben? Ich kann nichts sehen – oh Gott, sie kleben an mir!"

Die Muskeln unter ihrer Haut spannten sich, und sie begann, an ihren Haaren zu rupfen, an ihren Armen, ihrer Brust.

Er sprang auf, stieg über den Couchtisch und hob sie hoch. Dann drehte er sich um und ließ sich mit ihr auf den Stuhl sinken. Er schlang die Arme um sie und hielt sie fest. Da erst bemerkte er, dass ihre Kleider und ihr Haar feucht waren.

„Es ist okay", sagte er mit tiefer, fester Stimme. „Du bist jetzt nicht mehr dort. Du bist in Sicherheit." Er strich über ihre Arme, über ihre Wangen, ihre Nase, ihre Lippen, ihr Kinn, um die eingebildeten Spinnweben zu entfernen. Aber ihre graublauen Augen blickten weiterhin leer.

„Sind da welche in meinem Haar?", fragte sie und hielt ihm den Kopf hin. „Ich hasse Spinnen – hol sie aus meinem Haar."

Die letzten Worte waren nur noch ein Wimmern. „Schhh, *cariño*", flüsterte er ihr zu, doch dann überlegte er es sich anders und sagte scharf: „Nein, vergiss es. Wach auf! Das ist sieben Jahre her, Tasha. Du hast keine Spinnen im Haar."

Einen Moment lang herrschte Stille in der Wohnung.

„Scheiße."

Jetzt klang ihre Stimme wieder wie ihre eigene, sie löste die verkrallten Finger aus seinem T-Shirt, und ihr Körper wurde weich, als sie sich an ihn lehnte.

„Das weiß ich." Sie stöhnte leise. „Heilige Scheiße. Ich klinge ja verrückter als Norman Bates. Aber, Gott, es war so ein schreckliches Erlebnis, Luc." Sie sah ihn direkt an. „Es ist nicht so, dass ich das jeden Tag erneut erlebe – ich habe es schon vor langer Zeit verarbeitet." Sie zuckte mit den Schultern. „Doch ab und zu kommen ein paar Erinnerungen hoch, und dann ist es so, als wäre es gestern erst gewesen. Ich kann mich an jede Einzelheit erinnern. Dass die Toilette ein Eimer war, den ein Mann, der nie einen Ton zu mir sagte, einmal pro Tag ausleerte. Dass es da drin über 38 Grad heiß gewesen sein muss und es fürchterlich gestunken hat. Und ich habe nicht viel besser gerochen." Sie hob den Kopf. „Und da waren nicht nur Spinnen, sondern auch Käfer. Mein Gott, ich hasse Käfer. Weißt du, wie viele Arten es auf den Bahamas gibt?", fragte sie erschöpft. „Hunderte, wenn nicht Tausende, und ich schwöre, dass mindestens die Hälfte davon mit mir in diesem Raum war. Überall hat es geraschelt und geklickt und – mein Gott. Ich bekomme nur beim Gedanken daran am ganzen Körper Gänsehaut. Aber das war gar nicht das Schlimmste", fuhr sie fort. „Wenn sie mir gesagt hätten, dass es sich um zwei Nächte handelte, wäre es noch immer schrecklich gewesen, doch zu wissen, dass es irgendwann vorbei sein würde, hätte es erträglicher gemacht. Aber das wusste ich eben nicht, und ich hatte Angst, dass ich den Rest meines Lebens in diesem Loch verbringen müsste. Dass ich dort sterben würde, schreiend und mir die Haut in Fetzen kratzend."

Auf einmal, als fiele ihr erst jetzt auf, wo sie war, stieg sie von seinem Schoß. Sie wich seinem Blick aus. Sie so zu sehen, so unsicher und ängstlich, ließ ihn frösteln.

Er erhob sich ebenfalls. „Und du wirst für immer mir die Schuld dafür geben, richtig?"

„Was?" Nun sah sie ihn doch an und richtete sich etwas auf. „Nein. Deswegen bin ich eigentlich nicht hergekommen. Ich wollte dir nur erzählen, warum ich so wütend auf dich war, ich dachte, du solltest wissen, was ich durchgemacht habe. Und ich wollte dir sagen, dass es für mich okay ist."

„Ist es?"

Er hatte wohl skeptisch geklungen, denn sie machte eine ungeduldige Handbewegung.

„Ja, ich weiß. Mein Verhalten hat das nicht direkt bestätigt. Ich gebe zu, dass ich dir am liebsten weiter die Schuld gegeben hätte. Selbst als ich erfuhr, dass du nichts mit den Drogen in der Hütte zu tun hattest und dass du nicht nur nichts von meiner Verhaftung wusstest, sondern sogar annahmst, ich hätte *dich* sitzen lassen. Trotzdem wollte ich dich dafür verantwortlich machen, denn ich hätte niemals verhaftet werden dürfen. Als ich dich wiedersah, hat das diese ganzen Erinnerungen geweckt. Wahrscheinlich dachte ich, wenn ich dir die Schuld in die Schuhe schiebe, kann ich irgendwie besser damit umgehen." Sie sah ihn ernst an. „Aber ich muss das alles hinter mir lassen. Diese Wut – ich erkenne mich selbst nicht mehr. So möchte ich nicht sein. Ich möchte wieder ich selbst sein." Sie straffte die Schultern. „Also verzeihe ich dir jetzt ganz offiziell, Luc Bradshaw."

Sie errötete – vor Verlegenheit, wie er bei ihren nächsten Worten annehmen musste.

„Und ich verspreche, dir gegenüber künftig nicht mehr so zickig zu sein. Besser gesagt ..."

Plötzlich trat Berechnung in ihren Blick aus graublauen Augen, sie machte einen Schritt auf ihn zu, schlang die Arme um seinen Nacken, stellte sich auf die Zehenspitzen und küsste ihn.

Sein Verstand erfasste, dass sie auf diese Weise wieder die Kontrolle übernehmen wollte, nachdem sie sich so vor ihm hatte gehen lassen. Seinem Körper war das vollkommen schnuppe.

Einen Moment lang ließ er es einfach zu, genoss die Tatsache, dass zur Abwechslung einmal er geküsst wurde, spürte ihre Hitze unter seinen Händen, als er Tasha an sich drückte, und hatte den überwältigenden Wunsch, sie in den kleinen Alkoven auf das Bett zu tragen. Einzutauchen in ihre Energie und ihre selbstlose Hingabe, die er nie ganz hatte vergessen können.

Stattdessen hob er zögernd den Kopf, strich über ihre Arme, löste sanft ihren Griff um seinen Nacken und trat einen Schritt zurück.

„Du hast keine Ahnung, wie schwer es mir fällt, Nein zu sagen", sagte er. In seiner Stimme lag ein unangenehmes Kratzen, weshalb er sich schnell räusperte. „Aber du hast getrunken, Tasha, und bist gerade emotional ziemlich durcheinander. Ich möchte dir nicht schon wieder einen Grund geben, mich zu hassen. Deswegen werde ich dich jetzt nach Hause schicken."

Sie zuckte mit den Schultern. „Pech gehabt", sagte sie kühl.

„Wem sagst du das, *bebe*. Beim nächsten Mal hast du einen klaren Blick, bist stocknüchtern, und ich bin auf jeden Fall dabei."

„Werde ich mir merken." Sie verließ seine Wohnung und schloss die Tür leise hinter sich.

Luc stand da und schlug den Kopf vorsichtig an die Wand.

„Idiot", sagte er bei jedem Schlag. „Idiot, Idiot, Idiot."

Am folgenden Mittwoch rannte Tasha während einer kurzen Pause aus dem Restaurant nach oben in ihre Wohnung, um ihr T-Shirt zu wechseln, das sie sich mit Pizzasoße bekleckert hatte. Als sie in den schmalen Flur kam, entdeckte sie sofort den Briefumschlag, der an der Tür lehnte. Sie hob ihn auf und stellte fest, dass er an Luc adressiert war, nicht an sie.

Einen Moment lang starrte sie ihn nur an. Aus seinem Apartment drang leise Musik, und sie wunderte sich, dass der Brief nicht direkt bei ihm abgegeben worden war.

Als sie sich wieder aufrichtete, lächelte sie.

Sie war am Sonntagabend nicht annähernd so von Lucs Bourbon beschwipst gewesen, wie er offenbar geglaubt hatte. Allerdings musste sie zugeben, dass ihr Annäherungsversuch mehr mit ihrem emotionalen Zusammenbruch kurz davor zu tun gehabt hatte als mit reiner Lust.

Also ja, wahrscheinlich war es richtig von ihm gewesen, der Sache rechtzeitig einen Riegel vorzuschieben.

Das einzusehen war ganz schön erwachsen von ihr, fand sie. Grinsend nahm sie den Umschlag mit in ihre Wohnung und warf ihn in ihrem Schlafzimmer auf die Kommode. Dann zog sie ihr schmutziges T-Shirt aus, ging ins Badezimmer, füllte das Waschbecken mit kaltem Wasser und weichte es ein. Vor einer Woche noch hätte sie Lucs Verhalten als Ablehnung interpretiert und wäre deswegen wohl ziemlich sauer auf ihn gewesen.

Jetzt jedoch …

Sie zog ihr Handy aus der Schürzentasche und wählte. Es klingelte ein paar Mal, bevor eine Frauenstimme sich fröhlich meldete: „Bella T's Pizza."

„Hey, Tiff, ich bin's. Mir ist was dazwischengekommen", sagte sie. „Kommt ihr beide, du und Jeremy, allein zurecht?"

„Klar. Bisher ist hier ziemlich tote Hose. Normalerweise ist mitten in der Woche ja sowieso nicht viel los. Wir haben alles unter Kontrolle."

„Danke. Wir sehen uns morgen."

Tasha ließ Wasser in die Badewanne und gab eine Handvoll Schaumbadkristalle hinzu. Dann nahm sie ein entspannendes, wenn auch nicht sehr langes Bad, rasierte sich die Achseln und Beine, trocknete sich ab und cremte sich am ganzen Körper ein. Nachdem sie sich die Zähne geputzt hatte, ging sie nackt in ihr Schlafzimmer, zog die Schublade mit der Unterwäsche auf und durchsuchte sie nach ihren schöneren Dessous.

Die Auswahl war erbärmlich klein, und sie nahm einen weinroten Spitzen-BH und einen passenden Slip heraus, den sie nur selten trug. Sie war in Wahrheit nicht besonders wild auf Stringtangas und wusste selbst nicht, warum sie sich überhaupt einen zugelegt hatte. Okay, sie wusste es schon – er war wunderschön, wenn auch höchst unbequem. Vor allem aber war er nicht ausgeleiert wie ein Großteil ihrer Unterwäsche. Sie sollte wirklich in den nächsten Tagen einkaufen gehen.

Für heute musste der Tanga reichen. Sie hatte sowieso nicht vor, ihn lange anzubehalten.

Da sie nicht den Eindruck erwecken wollte, sich besondere Mühe gegeben zu haben, zog sie ausgewaschene enge Jeans und ein dunkelblaues Henley-T-Shirt an, das zwar schon ein paar Jahre alt war, in dem sie sich aber immer sehr attraktiv fühlte. Dann löste sie ihren Zopf und fuhr mit den Fingern durch die zerzausten Locken. Sie fasste die Haare locker im Nacken zusammen statt wie sonst das Band mehrere Male drumzuschlingen. Nachdem sie ein paar Strähnen lässig herausgezupft hatte, damit es aussah wie gerade aus dem Bett gestiegen, tupfte sie beerenroten Lipgloss auf und trat einen Schritt zurück, um sich im Spiegel zu betrachten.

„Das reicht.“ Sie schnappte sich Lucs Brief und ging hinüber zu seiner Wohnung.

Als er auf ihr Klopfen nicht öffnete, ließ sie die Schultern sinken. „Ach, Himmel noch mal.“ Das ganze Theater für nichts und wieder nichts.

Plötzlich flog die Tür auf und Luc stand vor ihr.

Sie drückte den Umschlag an seine Brust. „Der ist für dich. Er wurde bei mir abgegeben."

Er nahm ihn ihr aus der Hand. „Danke. Darauf hab ich schon gewartet." Dann sah er sie an. „War das alles?"

„Nein. Ich bin jetzt klar und nüchtern und bereit, da weiterzumachen, wo wir Sonntag aufgehört haben", sagte sie. „War das dein Ernst, als du sagtest, dass du das nächste Mal auf jeden Fall dabei bist?"

„Himmel, natürlich." Er packte sie an einem Handgelenk, zog sie in die Wohnung und warf die Tür hinter ihr zu.

## *16. KAPITEL*

In der einen Sekunde stand Tasha im Flur, in der folgenden wurde sie von einem fünfundachtzig Kilo schweren, muskulösen und erregten Mann an die Tür gepresst. Die Finger ineinander verschlungen drückte er ihre Hände links und rechts neben ihren Kopf.

Sie starrte ihn an und war noch nicht wieder zu Atem gekommen, als er sich schon zu ihr herunterbeugte. Somit würde sie auch in nächster Zeit keine Luft bekommen, denn der Mann konnte küssen. Angesichts des Drucks seines Körpers und der Härte seiner Erektion wäre sie nicht überrascht, sollte sie einen Abdruck davon auf ihrem Bauch entdecken.

Tasha hatte einen heißen, unkontrollierten Kuss erwartet, einen, bei dem ihr Kopf hart gegen das Holz gepresst wurde. Stattdessen näherte Luc sich ihr mit geöffneten Lippen, zog sich jedoch zurück, kurz bevor er ihre berührte. Und dann machte der Mistkerl dasselbe noch mal. Und noch mal.

Gerade, als sie ihre Hände aus seinem Griff winden und seinen Kopf an sich ziehen wollte, um ihm zu zeigen, wie man in Razor Bay küsste, biss er ihr spielerisch in die Unterlippe. Sie zuckte zusammen, und er hob den Kopf, um ihr in die Augen zu sehen. Danach beschäftigte er sich mit ihrer Oberlippe.

Nur ließ er sich diesmal viel Zeit, liebkoste sie sanft, fast träge. Tasha senkte die Lider, aber das machte die Empfindungen nur noch intensiver.

Zitternd seufzte sie.

Sein warmer Atem jagte ihr einen Schauer über die Haut, als er mit der Zunge über ihre Zähne tastete.

Dann endlich – endlich! – drückte er die Lippen auf ihre.

Ihr Unterleib schien sich zusammenzuziehen, sie wurde feucht und drängte sich ihm entgegen. Luc strich durch ihr

Haar, legte seine Hände an ihr Gesicht und küsste sie härter und leidenschaftlicher.

Tasha stellte sich auf die Zehenspitzen, umklammerte ihn und bohrte ihre Fingernägel in seinen Rücken, während Luc ihren Hintern umfasste und sie hochhob.

Reglos sahen sie sich in die Augen, dann begann Luc, langsam die Hüften zu bewegen. Sie fühlte seine Erektion selbst durch die vielen Schichten Stoff, warf den Kopf zurück und stieß dumpf gegen die Wand.

„Wir sollten das an einen anderen Ort verlegen, damit ich mir viel Zeit lassen kann, anstatt hier an der Tür eine schnelle Nummer zu schieben“, sagte er schroff. Mit großen Schritten steuerte er auf die Wandnische zu, in der sich das Bett befand.

Bei jeder Bewegung spürte sie auf subtile Weise, wie hart er war, woraufhin ihr unwillkürlich ein tiefes, raues Stöhnen entschlüpfte.

Sofort suchte sein Blick ihren, und sie lächelte verlegen. „Ähm, lass dir ruhig Zeit. Achte gar nicht auf mich.“

„Du hast gestöhnt.“

„Eventuell.“

„Nicht eventuell, *bebe*. Das war ein Stöhnen. Ein erregtes Stöhnen.“

„Nun … das hier ist ja auch eine sehr interessante Art der … Fortbewegung.“

„Ach ja?“ Er grinste. „Soll ich einfach weiter in der Wohnung auf und ab gehen? Vielleicht reicht dir das ja schon?“

Tasha rieb ihren Schoß an seinem. „Danke für das Angebot, aber ich würde dich lieber bald nackt sehen.“

„Ah. *Dios*.“ Er bewegte sich schneller.

Einen Moment später warf er sie aufs Bett und zog ihr das T-Shirt aus. Nachdem er es zur Seite geschleudert hatte, sah er sie eine Weile fasziniert an, dann strich er mit den Fingern am Rand ihres BHs entlang, als würde er eine Straßenkarte in Blindenschrift entziffern. Schließlich drückte er einen Kuss auf ihr Dekolleté.

„Wirklich hübsch." Er richtete sich wieder auf.

*Keine Frage.* Und damit meinte sie nicht ihren BH. Tasha räusperte sich. „Ich bin dran." Sie ließ die Hände unter den Saum seines T-Shirts und über seine heiße Haut gleiten. „Zieh das aus."

Er griff hinter sich, zog das Shirt über den Kopf und warf es auf dieselbe Seite des Bettes wie zuvor ihres.

Beim Anblick seiner goldbraunen Haut und der schön geformten Muskeln musste sie schlucken. Sie hatte zwar nicht direkt vergessen, was für einen umwerfenden Körper er hatte, aber ihr Bestes getan, um jede bewusste Erinnerung daran in die hinterste Ecke ihres Gedächtnisses zu schieben. Um das Ganze dann vorsichtshalber noch zuzumauern wie eine Leiche hinter einer Kellerwand.

Doch wie sich jetzt zeigte, hatte sie nichts davon wirklich vergessen. Seine Schultern und die festen Bauchmuskeln, die schlanken, kräftigen Beine, all das zusammengenommen ergab einen Traumkörper. Durchtrainiert, aber nicht muskelbepackt. Das schwarze Haar auf seiner Brust, das sich zu einer schmalen Linie verjüngte und unter dem *Hosenbund verschwand, war das Sahnehäubchen.*

Sie setzte sich auf, um den Knopf an seiner tief sitzenden Levis zu öffnen, zog langsam den Reißverschluss auf und beugte sich vor, um einen Kuss auf die entblößte Stelle zu drücken.

Über sich hörte sie Luc scharf einatmen, und sie blickte auf.

„Oh nein, das wirst du nicht", sagte er, als ihre Finger seine Erektion streiften. Es klang wie ein Knurren. „Ich bin an der

Reihe.“ Er nahm ihre Hand aus seiner Hose und drückte sie aufs Bett zurück. Dort zog er ihr die Schuhe aus, öffnete ihre Jeans, um sie ihr abzustreifen, zog jedoch die dunklen Augenbrauen zusammen. „Mensch“, murmelte er, „die ist ja ziemlich eng.“

Lachend hob Tasha die Hüften an. „Fass unten an den Beinen an, dann geht es.“

Er stand auf und zog sie an den Fußknöcheln bis zum Ende des Bettes. Dann ergriff er wie angewiesen die Hosenbeine, zerrte sie über ihre Fersen und schüttelte so heftig daran, dass Tasha sich festhalten musste, um nicht zur Seite zu kippen. Sie spürte mehr, als dass sie sehen konnte, wie er innehielt.

„Oh Mann“, sagte er mit einer Ehrfurcht, die Männer normalerweise nur bei ihrem Footballteam an den Tag legten. „Toller Slip.“

Im nächsten Moment drehte er sie auf den Bauch, kniete sich hinter sie und zog ihre Hüften etwas hoch, bis sie den Po in die Luft streckte. Tasha krallte die Finger ins Laken, als sie seinen warmen Atem auf ihrer Haut spürte. Er biss zärtlich in die linke Pobacke, dann strich er mit der Zunge über den feuchten Stoff zwischen ihren Beinen.

Wer zum Teufel hätte gedacht, dass ein Muskel in ihrem Hintern eine Verbindung zu ihrem Innersten hatte? Nun, jetzt wusste sie es. Der heiße Schauer, der bei der Berührung direkt in ihre Vagina jagte, war schwer zu ignorieren. Sie presste die Schenkel zusammen und sah Luc über die Schulter an. „Genieß es, solange du die Gelegenheit hast.“ Sie bemühte sich, ihrer Stimme einen leichten Klang zu geben. „Normalerweise trage ich nämlich Boxershorts. Das hier ist sozusagen eine einmalige Chance.“

„Dann muss ich wohl das Beste draus machen, was?“ Er drückte ihre Beine auseinander und schob die Fingerspitzen unter ihren Tanga. „Weil das wirklich ein sehr, sehr schöner Anblick ist."

Mit einem Laut der Anerkennung zupfte er am zarten Stoff, wobei der String zwischen ihre Pobacken gepresst wurde und das zunehmend feuchter werdende Höschen an ihren Venushügel. Ihre Atmung beschleunigte sich. „Schön, dass es dir gefällt", stieß sie hervor.

„Oh, gefallen ist gar kein Ausdruck." Er ließ die freie Hand auf ihren Schoß gleiten, berührte ihre Klitoris und spreizte die Finger.

Dann ließ er sie zusammenschnippen.

Ein leiser Schrei entfuhr ihr, und sie drückte sich seinen Berührungen entgegen. „Oh. Gott. Jaaaaaaa."

„Verdammt." Luc stöhnte. „Genau daran kann ich mich erinnern."

„Hm?" Obwohl sie den Kopf drehte, um über die Schulter zu sehen, konnte sie sich nicht richtig konzentrieren. „Woran kannst du dich erinnern?" Sie schloss die Augen, ließ sich leicht vor und zurück schaukeln und drückte dabei ihren Schoß rhythmisch gegen seine Finger.

„Wie sehr du Sex magst und wie großzügig und offen du bist. Das habe ich mir in meinen Fantasien öfter als nur einmal vorgestellt."

„Ja?" Sie öffnete ein Auge, um ihn anzusehen. Zwar hätte sie ihm verraten können, dass es an ihm lag – dass mit ihm Sex zu haben sich richtig und natürlich anfühlte, doch allein diese Überlegung machte sie verlegen.

Das konnte sie im Moment wirklich nicht brauchen. Also warf sie ihm stattdessen ein schiefes Lächeln zu. „Hast du beim Gedanken an mich masturbiert?"

„Wie ich sagte … öfter als nur einmal."

„Nett." Zögernd löste sie sich von seiner Berührung und

drehte sich so, dass sie ihm ins Gesicht sehen konnte. „Zeig es mir."

„Ich werde mir doch jetzt keinen runterholen. Ich will mit dir schlafen."

„Ist auch in Ordnung." Sie betrachtete die Erektion unter dem Stoff seinen grauen Boxershorts. „Dann solltest du allerdings deine Unterhose ausziehen. Solange du die anhast, kommen wir nicht weiter."

„Das kann ich gern machen." Er schob die Finger in den Bund und zog sowohl Jeans wie auch die Boxershorts mit einer Bewegung aus.

Tasha musste schon wieder schlucken. Er sah so unglaublich gut aus, dass sie ihn so schnell wie möglich anfassen wollte. Vor allem diesen herausragenden …

Bevor sie irgendetwas tun konnte, sagte Luc: „Dann wollen wir dich auch mal ausziehen."

Er öffnete ihren BH-Verschluss, streifte ihren Tanga herunter und warf ihn auf den Boden. Einen Moment lang starrten sie sich nur an.

Dann ließ er sich auf sie fallen, heiße Haut an heißer Haut. Die Hände links und rechts von ihren Schultern aufgestützt, begann er sanft mit den Hüften zu kreisen, senkte den Kopf und küsste sie auf den Hals.

„Ich kann mich an diese Haut erinnern", murmelte er. „Daran, wie du riechst."

„Verschwitzt?"

„Süß. Würzig." Er atmete tief ein. „Gut."

„Und ich weiß noch, wie einfach es ist, mit dir zusammen zu sein." Wobei sie sich nicht sicher war, ob sie sich darüber freuen sollte. So etwas wie mit Luc hatte sie nie wieder erlebt. Und vielleicht wäre es klüger, sich kein weiteres Mal auf ihn einzulassen.

Hatte es ihr das letzte Mal doch nichts als Ärger eingebracht.

Bevor dieses sinnlose Gedankenkarussell in ihrem Kopf erneut losging, bewegte Luc sich so, dass seine Eichel über ihre Klitoris strich. Ein scharfer Laut schien in ihrer Kehle zu explodieren.

Luc rutschte bereits tiefer und die Quelle ihrer Lust mit ihm. Er küsste die Kuhlen über ihren Schlüsselbeinen, die Rundungen ihrer Brüste und näherte seine Lippen ihren Brustwarzen.

Ohne sie jedoch zu berühren.

„Im Ernst jetzt?“ Tasha stützte sich auf den Ellbogen und drängte sich an ihn. „Genug gespielt – ich bin für so was jetzt nicht in Stimmung.“ Nicht, nachdem sich die letzten Wochen wie ein übermäßig langes Vorspiel angefühlt hatten.

Leise lachend nahm er eine ihrer Brustwarzen zwischen die Lippen.

„Goooooott.“ Ihre Arme sackten unter ihr weg. Mit einer Hand presste sie seinen Kopf an sich, während sie den eigenen zurückfallen ließ. Was Luc mit seinem Mund tat, war jedoch so unglaublich, dass sie ihm einfach dabei zusehen musste, daher richtete sie sich wieder auf.

Seine Augen konnte sie nicht erkennen, er hatte die Lider gesenkt, seine langen Wimpern warfen Schatten auf seine Haut, aber sie sah, wie er die Wangen einsog, und fühlte so etwas wie einen blitzartigen Schauer, der von ihrer Brustwarze direkt zwischen ihre Beine zu schießen schien.

Wie es schien, führten alle Wege genau dort hin. Tasha drückte die Hüften auf die Matratze und stöhnte. „Jetzt! Ich will dich in mir spüren, jetzt, jetzt, jetzt.“

Ihre Brustwarze glitt aus seinem Mund, als Luc sagte: „Warte.“ Er ließ eine Hand an ihrem Körper entlanggleiten. Die Absicht war klar, und Tasha wollte sich ihm entwinden.

„Nein, bitte. Ich will …“

Zu spät. Seine warmen Finger strichen ihre Schamlippen entlang, und er tauchte mit zweien in ihre Hitze. Mit schwieligen Fingerspitzen rieb er genau die richtige Stelle, während er mit dem Daumen zarte Kreise um ihre Klitoris zog.

Tasha wurde wie von einer Flutwelle mitgerissen, ein lustvolles und keuchendes Stöhnen entwich ihr, während sich ihre Hüften hoben und ihre Muskeln sich um seine Finger anspannten. Wieder und wieder.

Als das letzte wilde Pulsieren ihres Orgasmus abebbte, setzte sie sich an das Kopfende gelehnt auf und schüttelte den Kopf. „Neeeeein", keuchte sie. „Nein, nein, nein, nein, nein."

„Hm?" Luc zog die Finger zurück, ließ sie aber weiter an ihrem Schoß liegen und stützte sich auf den freien Ellbogen. „Hast du ein Problem damit, zu kommen?"

„Ja, habe ich." Sie legte einen Arm um seinen Nacken und zog ihn an sich, bis sein Kinn an ihrer Halsbeuge lag. „Also, weniger damit, zu kommen, als mit dem Liefersystem." Sie lachte heiser. „Ich weiß – ich bin ganz schön undankbar. Es ist nur … ich möchte kommen, wenn du in mir bist."

Sie spürte, dass er an ihrem Hals lächelte.

„Das könnte ich einrichten", sagte er und rollte sich auf sie.

„Nicht so schnell." Sie schob ihn an den Schultern von sich. „Nicht ohne, nein."

„Oh. Klar. Rühr dich nicht von der Stelle." Er griff nach seiner Hose auf dem Boden und fischte aus seiner Brieftasche ein Kondom.

Tasha betrachtete die verschlissene Folie. „Wie lange trägst du das denn schon mit dir herum?"

Luc musterte argwöhnisch das Kondom und begann nachzurechnen. „Ziemlich lange." Er sah sie an. „Du nimmst nicht zufällig die Pille?", fragte er hoffnungsvoll. „Die DEA-Ärzte haben mich durchgecheckt, bevor ich aus Kolumbien abgereist bin, seitdem habe ich keinen sexuellen Kontakt gehabt."

„Ich nehme die Pille", sagte sie. „Allerdings ist es noch etwas früh, um so viel Vertrauen von mir zu erwarten. Aber du hast Glück, ich bin nicht unvorbereitet zu dir gekommen." Sie kletterte aus dem Bett, hob ihre Jeans auf, durchwühlte die Taschen und förderte mehrere Kondome zutage. „Die sehen zumindest so aus, als ob sie in diesem Jahrtausend produziert worden wären."

„Hey, meine habe ich dieses Jahr gekauft." Er hob eine Schulter. „Bloß hatte ich dort, wo ich war, nicht viel Gelegenheit, sie zu benutzen."

„Wie es aussieht, hat deine Pechsträhne ein Ende." Sie setzte sich mit gespreizten Beinen auf ihn und reichte ihm ein Kondom. „Hier."

Er streifte es sich ohne hinzusehen über, weil er sie nicht aus den Augen zu lassen vermochte. Ihr rotblondes Haar war ein wildes Durcheinander, ihre Wangen glühten und ihr Blick wirkte schläfrig. „Du bist so verdammt hübsch. Weißt du das?"

„Och." Sie verzog ihre roten vom Küssen geschwollenen Lippen zu einem strahlenden Lächeln. „Wenn du so weiterredest, Schätzchen, darfst du an die Second Base."

„Nur an die Second?" Er umfasste ihre Brüste. „Ich hatte irgendwie auf einen Home Run gehofft." Er strich mit den Daumen über ihre Brustwarzen und sah, wie sie sich aufrichteten. Tasha rutschte auf seinem Schoß herum.

„Das wäre auch eine Möglichkeit."

Sie hatte empfindsame Brustwarzen, daher machte er weiter, streichelte sie und drückte sie leicht.

Tashas Blick verschwamm, sie rückte an ihn heran, bis seine Erektion zwischen ihren Beinen war und sie sich daran reiben konnte. Dabei senkte sie die zitternden Augenlider, leckte sich die Lippen, umfasste seinen Schaft, führte ihn ein und ließ sich daraufgleiten.

Gleichzeitig zu sehen und zu spüren, wie sein Penis in sie glitt, war unglaublich. Luc stieß die Hüften nach oben, um noch tiefer in sie einzudringen. Er hob Tasha etwas an, und sie stützte sich auf seine Brust.

„Ich dachte nicht, dass ich so schnell wieder so weit wäre, aber das bin ich", sagte sie.

Wie zur Bestätigung umfasste sie ihre Brüste, drückte sie und massierte sich die Brustwarzen, während sie sich auf ihm hob und senkte.

Dabei sah sie ihn aus halb geschlossenen Augen an. „Ich will kommen, wenn du …" Sie sank tief auf ihn. „… in mir bist. Weil ich noch weiß, wie gut es war." Langsam ließ sie ihre Hüften kreisen.

*Oh, und wie ich es erst will.* Der Wunsch, sich gehen zu lassen, wurde immer übermächtiger, und die Erinnerung an damals half ihm nicht gerade, sich unter Kontrolle zu halten. Luc packte sie bei den Hüften, um zu verhindern, dass sie sich zu heftig bewegte. „Glaubst du, dass wir beide gleichzeitig einen Orgasmus haben können?"

„Nicht wirklich. Zumindest habe ich so was noch nie erlebt. Du?"

„Nein. Aber wenn du jetzt sofort kommen könntest …" Er sah sie an. „Dann wäre ich dabei."

„Ach ja?" Ein nachdenklicher Ausdruck lag in ihren Augen. „Tja, blöd. Ich brauche wohl noch etwas, nachdem du mich vorhin so hübsch entspannt hast." Sie lachte. „Bestimmt wünschst du dir jetzt, du wärst gleich auf meine Bitte eingegangen, in mir zu kommen."

Einen Moment lang verlor er jegliche Kontrolle, stieß in sie, einmal, zweimal, bevor er sich wieder im Griff hatte. Lange würde es nicht mehr dauern – seine Hoden begannen bereits, sich zusammenzuziehen. „Ich könnte dich natürlich auch einfach abhängen."

Tasha brachte ihn fast zum Schielen, als sie ihre Muskeln anspannte und ihm freundlich auf die Brust klopfte.

„Mach ruhig – du brauchst nicht auf mich zu warten."

„Verdammt, Tasha, jetzt …!" Er schüttelte den Kopf. „Tut mir leid, tut mir leid", sagte er dann in etwas gemäßigterem Ton. „Dich anzuschreien bringt dich höchstwahrscheinlich nicht in die richtige Stimmung." Er legte eine Hand in ihren Nacken und zog sie zu sich herab, um sie zu küssen. „Ich habe mir das so lange vorgestellt, und ich kann mich kaum noch beherrschen. Hier, leg deine Beine so um mich." Er half ihr, die Beine auszustrecken und sie um seine Hüften zu schlingen. „Ja, genau so. Jetzt sind diese beiden Schönheiten in der richtigen Position." Er hob den Kopf etwas und begann, ihre Brustwarzen zu liebkosen.

Umgehend wurde er belohnt. Tasha atmete nun keuchend und bewegte sich fordernd auf seinem Schoß.

„Tiefer. Bitte. Ich brauche dich tiefer in mir."

Das war der Nachteil dieser Stellung. Er konnte nicht so tief in sie dringen wie in anderen, doch er tat sein Bestes. Nach einer Weile lehnte sie sich zurück und stützte die Arme hinter sich auf. Jetzt kam er zwar nicht mehr an ihre Brüste heran, aber ihre Unterkörper schienen miteinander zu verschmelzen.

„Oh Gott, das ist es", stöhnte sie, während sie sich an ihn presste. „Das ist es – das ist es – das ist es."

*Ja! Danke. Himmel!* Er hielt sich mit aller Macht zurück, allerdings befürchtete er, dass er es nicht lange genug schaffen würde. Jetzt zu hören, dass sie wieder ganz bei der Sache war, ließ ihn hoffen. Er nahm ihre Klitoris zwischen Daumen und Zeigefinger und drückte sie sanft.

Seine Lippen verzogen sich zu einem Grinsen, als Tasha fast sofort zum Höhepunkt kam. Ihre Muskelkontraktionen gaben ihm den Rest.

Und mehr brauchte es nicht. Er zog Tasha fest an sich, während er gleichzeitig hart nach oben stieß. Und dann kam er schließlich.

Und kam.

Und kam.

Bis er sich zurückfallen ließ und Tasha mit sich zog. Er schlang die Arme um sie, horchte auf ihren Herzschlag und spürte, wie der sich zusammen mit seinem allmählich beruhigte. Tief in ihm rührte sich etwas.

Er versuchte sich einzureden, dass es sich nur um Sex gehandelt hatte, den er auch mit jeder anderen Frau haben konnte, doch es funktionierte nicht. Als er seine Nase in Tashas duftendes Haar schob und mit einer Hand über ihren geschmeidigen Körper strich, überkam ihn plötzlich ein unangenehmes Gefühl.

Zwar wünschte er, dass er sich irrte, aber er war sich ziemlich sicher, dass diese Frau sein Leben vollkommen auf den Kopf gestellt hatte.

Und dass er daran nichts mehr ändern konnte.

## 17. KAPITEL

Als Luc am nächsten Morgen aufwachte, stellte er fest, dass er Arme und Beine um Tasha geschlungen hatte. Sie war warm und weich. Er dachte daran, was er beim Einschlafen empfunden hatte, rechnete jetzt jedoch mit einem vollkommen anderen Gefühl. Er war schließlich ein einsamer Wolf, der mit Frauen schlief und dann wieder an die Arbeit ging.

Doch diesmal war es anders.

Auch hatte er erwartet, allein aufzuwachen wie sonst immer, denn in der Regel machte er sich nach dem Sex so schnell wie möglich aus dem Staub. Oder, in Fällen wie diesem, wenn die Frau zu ihm kam …

Okay, so einen Fall hatte es nicht wirklich gegeben, seit er bei der DEA war. Aber wenn, dann hätte er die Frau sicherlich, lange bevor es hell wurde, höflich gebeten zu gehen.

Stattdessen lag er in Löffelchenstellung hinter seiner duftenden, rothaarigen Tasha. Ihren ausgesprochen schönen Hintern hatte sie fest gegen seine Morgenlatte gedrückt, es kam ihm richtig vor, sie in den Armen zu halten. Es half nichts, sich etwas vorzumachen, seine Welt war noch genauso erschüttert wie in der vergangenen Nacht. Er fühlte sich tatsächlich … glücklich.

Das machte ihn ziemlich nervös.

Weil es ihm überhaupt nicht ähnlich sah. Warum war er nicht wie immer? Normalerweise konnte er es kaum erwarten, wieder in das aufregende, gefährliche Leben als Undercover-Agent einzutauchen. Eins war klar: In der Sekunde, in der ein Agent sich an eine Frau band, war es vorbei damit. Das war kein Leben für einen Mann mit Familie.

Tasha hatte etwas Besonderes an sich, das hatte er vor sieben

Jahren gespürt, und er spürte es jetzt. Sie hatte diese merkwürdige Macht über ihn …

„Gewissensbisse?" Ihre Stimme klang heiser, und sie hob eine Hand, um sich die Augen zu reiben. Dann strich sie sich die Locken zurück. „Ich kann riechen, wie da gerade ein paar Sicherungen durchbrennen."

„Nein", sagte er und küsste sie auf den Nacken. Er mochte vielleicht beunruhigt sein, aber ansonsten ging es ihm überraschend gut. „Kann sein, dass ich etwas zu viel nachdenke, aber ich bereue nichts."

Er drehte sie auf den Rücken, um ihr zu zeigen, wie froh er war, sie an diesem Morgen wiederzusehen.

Tasha war bereits vor zwei Stunden gegangen, als ihm der Brief einfiel, den sie am Abend vorbeigebracht hatte. Er machte sich auf die Suche, fand ihn aber nicht sofort. Schließlich entdeckte er ihn unter einem der Korbstühle.

Himmel. Er konnte sich nicht einmal daran erinnern, ihn fallen gelassen zu haben. So, wie der Umschlag aussah, hatte er ihn vermutlich sogar mit einiger Wucht auf den Boden geschleudert und Tash danach gegen die Tür gedrückt.

Er musste lächeln, als er die Szene vor seinem geistigen Auge sah, dann schüttelte er energisch den Kopf, um wieder klar denken zu können, riss den Umschlag auf und ließ sich zum Lesen auf die Couch fallen.

Ein paar Minuten später fuhr er in die Höhe. „Verdammter Scheißkerl!" Er zerrte sein Handy aus der Tasche.

Beim zweiten Läuten wurde abgenommen, und eine Frau sagte: „Special Agent Paulsons Büro."

„Jackie", bellte er die persönliche Assistentin seines Chefs an. „Hier ist Luc Bradshaw. Verbinden Sie mich mit Paulson."

„Tut mir leid, Agent Bradshaw“, sagte sie und klang ehrlich betrübt, fügte jedoch mit festerer Stimme hinzu: „Er ist noch im Urlaub.“

„Geben Sie mir seine Nummer. Es ist dringend.“

„Tut mir wieder leid, aber das kann ich nicht machen.“

Er fluchte ziemlich kreativ, dann erst wurde ihm klar, mit wem er gerade sprach. „Entschuldigen Sie, Jackie. Ich wollte meinen Frust nicht an Ihnen auslassen.“ Zu toben und zu schimpfen würde ihn auch nicht weiterbringen. Er und Jackie hatten immer, wenn er im Büro gewesen war, harmlos miteinander geflirtet, deswegen sagte er jetzt mit sanfter Stimme: „Ich habe den Bericht bekommen, den Sie mir geschickt haben. Darin steht, dass SAC Paulson von Ta… von Ms Riordans Verhaftung auf den Bahamas gewusst hat.“

„Dazu kann ich nichts sagen, Sir.“

Sir? Er konnte sich nicht daran erinnern, dass sie ihn je so genannt hatte. Außerdem wusste sie über alles Bescheid, was in Paulsons Büro vor sich ging – und was sie nicht wusste, war nicht der Rede wert. Er ließ alle aufgesetzte Freundlichkeit fallen. „Können Sie nicht oder dürfen Sie nicht?“

Sie zögerte kurz. „Ich darf nicht.“

„Scheiße. Also stimmt es. Paulson hat Tasha im Gefängnis schmoren lassen für etwas, das sie nicht getan hat. Und dann hat er mich belogen.“

„Es tut mir leid …“

„Ja, mir auch“, unterbrach er sie eisig. „Ich weiß, dass Sie wissen, wo er zu erreichen ist. Sagen Sie ihm, ich erwarte seinen Anruf, und zwar so schnell wie möglich.“

Er legte auf, stieß wütend die Luft aus, warf das Handy neben sich auf die Couch und stützte den Kopf in die Hände.

„Scheiße.“ Im Bericht stand es schwarz auf weiß. Aber er wollte es einfach nicht glauben. Verdammt, er hatte damals auf den Bahamas alles stehen und liegen lassen – hatte seinen wohlverdienten Urlaub abgebrochen, schlimmer noch, auch die Beziehung zu der einzigen Frau, die ihn je wirklich interessiert hatte –, und das nur, weil Paulson ihn angerufen hatte. Und dann hatte der ihm frech ins Gesicht gelogen.

Auf einmal wurde ihm klar, dass es nicht das erste Mal gewesen war. Nun, nicht unbedingt, was das Lügen betraf – wobei, wie konnte er da noch sicher sein? Er erinnerte sich plötzlich an viele Vorfälle, bei denen Paulson behauptet hatte, er müsse sofort eine bestimmte Aufgabe übernehmen. Freizeit war ihm so gut wie keine geblieben – nicht einmal genug, um die letzten Tage mit seinem Dad zu verbringen, bevor der starb.

Mit einem Mal erschien ihm jeder Auftrag verdächtig. Wenn Paulson wollte, dass er weiter für ihn arbeitete, sollte er sich verdammt noch mal schnell melden.

Er war bedenklich kurz davor, das Handtuch zu werfen.

„Mir kannst du nichts vormachen, Riordan", meinte Jenny. Sie wartete, bis die Bedienung, deren Auftauchen Tashas Schilderung der vergangenen Nacht unterbrochen hatte, wieder wegging. „Ich glaube dir nicht, dass es nur der Sex ist."

„Und warum nicht?" Tasha nahm ihr Bierglas in die Hand. „Denn genau so ist es." Die kleine Stimme in ihrem Kopf, die Lügnerin, Lügnerin murmelte, überhörte sie geflissentlich.

Jenny offenbar nicht. Sie warf ihr einen amüsierten Blick zu. „Schau nicht hin, aber dein Unterhöschen hat Feuer gefangen." Sie schlug mit den Händen auf den Tisch, und Tasha fuhr zusammen. „Nur für den Fall, dass ich mich irre. Du hattest also fantastischen Sex mit dem einzigen Typen, der dich jemals wirklich interessiert hat. Sex, über den du im Detail nicht sprechen willst, der dich jedoch umgehauen hat. Und du glaubst, das liegt nur an der Chemie zwischen euch beiden? Mit Gefühlen hat das alles nichts zu tun?"

„Nun, irgendwie sicher schon." Höchstwahrscheinlich zu viel, dachte sie. „Ich mag Luc natürlich, sonst hätte ich gar nicht erst mit ihm geschlafen." Sie legte eine Hand auf die von Jenny. „Aber du kennst mich, seit wir Teenies waren, Jen – du weißt, was ich über die Liebe denke."

Jenny zog ihre Hand zurück und umfasste ihr Bierglas. „Und meine und Harpers Erfahrungen in den letzten Monaten haben daran nichts ändern können? Weil du meinst, dass wir uns nur etwas vormachen? Oder vielleicht glaubst du, es besser zu wissen als wir?"

Tasha gefiel die ungewöhnliche Kälte in Jennys Stimme ganz und gar nicht, deswegen würde sie aber noch lange nicht irgendetwas zugeben, nur weil ihre Freundin es so wollte. „Geht es auch ein bisschen weniger dramatisch? Ich bin nicht blind, Jenny. Ich sehe natürlich, dass diese Sache mit der wahren Liebe für dich und Harper funktioniert. Das heißt allerdings noch gar nichts. Selbst wenn ich mir einbilden würde, dass die Sache mit Luc irgendwas mit ewiger Liebe zu tun hat, bin ich immer noch eine Riordan-Frau. Sieh dir doch meine Mom an, Himmel noch mal – kannst du dich an irgendeinen Mann erinnern, den sie nicht sofort für die große Liebe ihres Lebens gehalten hat?"

„Nein, kann ich nicht. Es ist wirklich verdammt schade, dass du so wild darauf bist, in ihre Fußstapfen zu treten. Du musst endlich aufhören, derart hinter der Liebe herzurennen und dich mit einem Versager nach dem anderen einzulassen. Das ist wirklich nicht gesund."

„Hm?" Tasha starrte ihre Freundin an, denn Jenny hätte genauso gut Chinesisch sprechen können. „Was zum Teufel redest du da? Ich habe *nie* …"

„Nein, hast du nicht“, stimmte Jenny ihr zu. „Das ist nämlich das Problem deiner Mama. *Deiner Mama*, Tash. Nicht deins. Darüber solltest du mal nachdenken, bevor du etwas wegwirfst, das vielleicht gut ist.“

Tasha blinzelte. Interessant, die Sache einmal aus diesem Blickwinkel zu betrachten. Sie hatte sich immer ein Bein ausgerissen, um nicht zu werden wie ihre Mom. Aber womöglich hatte Jenny recht. Vielleicht musste sie sich gar nicht deswegen Sorgen machen, sondern vielmehr darüber, dass sie Angst davor hatte, ihr Herz bedingungslos zu verschenken, und dass sie ständig Grenzen zog.

„Schön.“ Sie nickte knapp. „Ich werde darüber nachdenken.“ Als sich ihre Blicke trafen, fügte sie hinzu: „*Wirklich*. Ich gehe sogar so weit zuzugeben, dass ich möglicherweise mehr für Luc empfinde als vernünftig ist.“

„Vernünftig?“, wiederholte Jenny. „Das ist ein merkwürdiges Wort in dem Zusammenhang.“

„Findest du? Angenommen, ich flippe völlig aus und verliebe mich in ihn, was du dir ja offensichtlich für mich wünschst. Und dann, Jenny? Wie soll das je ein gutes Ende finden? Dir ist schon klar, dass Luc als Undercover-Agent für die DEA arbeitet, oder?“

Jenny nickte.

„Was bedeutet, dass er eher früher als später wieder abhaut, und ich werde nicht wissen, wo er ist, ob er in Gefahr schwebt oder auch nur, wie lange er weg sein wird – ganz zu schweigen davon, ob er jemals zurückkommen wird.“

*Gütiger Herr im Himmel, Mädchen, halt die Klappe, halt die Klappe, halt die Klappe*. Aber sie konnte nicht anders. Offenbar hatte sie über all das mehr nachgedacht, als ihr bewusst war, und musste es sich endlich von der Seele reden. „Unter diesen Umständen bin ich nicht bereit, mein Herz aufs Spiel zu setzen. Du kennst mich, Jen – ich könnte niemals mit dieser Unsicherheit leben.“ Sie seufzte traurig. „Also lass es mich doch einfach genießen, solange es dauert. Könntest du das für mich tun, bitte?“

Zu ihrem Entsetzten spürte sie Tränen über ihre Wangen laufen und wischte sie verärgert weg.

„Ach Mensch, Tash.“ Jenny nahm ihre Hand. „Tut mir leid. Mich geht dein Liebesleben auch gar nichts an. Und du hast recht. Sein Job ist wirklich ein Problem. Ein großes, das ist mir klar. Ich dachte einfach, ein Agent sei viel besser als ein Drogendealer, das war's dann schon.“

Bevor sie etwas entgegnen konnte – wenn sie auch nicht wusste, was es gewesen wäre –, hörte sie eine Männerstimme rufen.

„Hey, schaut mal, wer da ist!“

Tasha sah sich um. Alle drei Bradshaw-Brüder steuerten auf sie zu. Sie warf ihnen ein möglichst unbekümmertes Lächeln zu, dann sah sie Jenny an, die nur mit den Schultern zuckte. Offenbar konnte ihre Freundin die drei Männer von ihrem Platz aus nicht sehen.

„Die Bradshaw-Jungs“, murmelte sie und zeigte auf ihr Gesicht. „Sehe ich okay aus?“

„Ja. Deine Wimperntusche ist nur etwas verschmiert.“ Jenny deutete auf die entsprechende Stelle unter einem ihrer eigenen Augen.

Tasha wischte sich die Wimperntusche weg und hob fragend die Augenbrauen.

„Sehr gut.“ Jenny sah zu den Männern hinüber, ihr Gesicht leuchtete auf. „Jake!“ Sie sprang auf, um sich in seine Arme zu werfen. „Hey, ich dachte, du kommst erst am Samstag zurück.“

„Ich weiß. Aber ich war wie immer ein besonders fleißiger Junge.“ Er grinste, dann küsste er sie überschwänglich. Als er den Kopf hob, um Luft zu holen, strich er ihr eine dunkle Haarsträhne hinters Ohr. „Ich habe im Hotel angerufen, um dir Bescheid zu geben, da sagte Abby, dass du hier bist."

„Und darauf war dein erster Gedanke, deine Brüder zu treffen?" Jenny zog die Augenbrauen zusammen. „Offenbar hast du mich nicht besonders vermisst."

„So gerne ich Jake noch ein bisschen zappeln lassen würde", sagte Max, ehe sein Bruder antworten konnte, „handelt es sich hier vielmehr um einen magischen Bradshaw-Zufall. Luc und ich sind uns auf der Harbor Street über den Weg gelaufen, und ich habe beschlossen, eine Pause einzulegen, bevor ich im Büro mit dem Papierkram weitermache. Kurz darauf hat uns dein Freund hier beinahe über den Haufen gerannt." Er zuckte mit den Schultern.

„Ja", bestätigte Luc. „Drei Doofe, ein Gedanke." Er sah sie an. „Hey", sagte er weich.

Tashas Herz, das bei seinem Anblick heftig zu schlagen begonnen hatte, beruhigte sich unter seinem warmen Blick ein wenig. Es war schon erstaunlich, dass dieser Mann zugleich aufregend und beruhigend wirkte.

Das zu verstehen war gar nicht so leicht, und nach einem kurzen „Selber hey" riss sie sich von seinem Anblick los, um Max anzusehen. „Warum nimmst du dir die Arbeit nicht mit nach Hause?"

„Hat keinen Zweck. Harper arbeitet heute im Village, deswegen wollte ich hier nur schnell einen Burger essen. Rutsch rüber", befahl er.

Das tat sie, und er ließ sich neben sie auf die Bank plumpsen.

*Tja, dumm gelaufen.* Luc dachte ungefähr drei Sekunden lang darüber nach, wie seine Chancen standen, wenn er versuchte seinen größeren Bruder von der Bank zu drängen, damit er sich stattdessen neben Tasha setzen konnte. Dann zuckte er mit den Schultern und setzte sich ihr gegenüber.

Seine Laune besserte sich sofort, als sie ihm ein kleines schiefes Lächeln zuwarf. *Was soll's.* Ihr Anblick aus dieser Perspektive war unschlagbar. Außerdem war er es, der sie später nach Hause begleiten würde, und nicht Max. Sein Lächeln wurde breiter.

Es hatte definitiv Vorteile, wenn man direkt neben der Frau wohnte, die man liebte.

*Moment.*

Einige Sekunden lang spannte sich jeder Muskel in seinem Körper an. Wer hatte denn von Liebe gesprochen? Sicher, sie war klug und witzig, und seit dem Augenblick, als er sie vor all diesen Jahren am Strand gesehen hatte, fühlte er sich unweigerlich zu ihr hingezogen, als wäre in ihrer Nähe alles heller und schärfer gezeichnet. Sie faszinierte ihn mehr als jede andere Frau, die er kannte – sie war geradeaus und authentisch auf eine Weise, die ihm direkt ins Herz fuhr. Von Anfang an hatte er das Gefühl gehabt, sie schon immer zu kennen.

Das musste aber alles nicht unbedingt etwas mit Liebe zu tun haben.

Er entspannte sich wieder. Jetzt war nicht der Zeitpunkt, sich mit solchen Themen auseinanderzusetzen. Er rutschte zur Seite, um Jenny und Jake auf der Bank Platz zu machen, froh darüber, dass es die nächsten Minuten nur darum ging, Getränke für alle und für Max einen Burger zu bestellen.

„Ich glaube, ich nehme auch einen", sagte Tasha. „Manchmal habe ich das Gefühl, nur noch meine Pizzas zu essen."

Als würde ein riesengroßer Gong in seinem Kopf angeschlagen, richtete Luc sich auf. „Wie wäre es, wenn ich dich in den nächsten Tagen zu einem Abendessen in Silverdale einlade?" Herrje, er hatte mit ihr in zwei Ländern Sex gehabt, war bisher jedoch nie mit ihr ausgegangen? Für einen einigermaßen charmanten Typen hatte er sich in dieser Hinsicht nicht gerade mit Ruhm bekleckert.

Ihre blassen Augen leuchteten auf.

„Das wäre wirklich, wirklich nett. Vielleicht eher zum Mittagessen, aber ich werde mal in meinem Terminkalender nachsehen." Dann machte sie eine wegwerfende Handbewegung. „Nein, weißt du was? Selbst wenn im Bella's viel los ist, kann ich schon mal einen Abend freinehmen."

Max betrachtete sie beide. „Ich vermute mal, dass der kalte Krieg zwischen euch vorbei ist, hm?"

„Ja", sagte Tasha mit einem kleinen Lächeln, das Lucs Herz höherschlagen ließ. „Ja, wir haben uns auf eine Entspannungspolitik geeinigt. Und nachdem ich jetzt so eine fabelhafte Mannschaft habe, kann ich mich ruhig mal ohne schlechtes Gewissen zum Essen einladen lassen. Ich muss sagen, Jeremy einzustellen war so ziemlich das Beste, was ich machen konnte. Er ist der Hammer." Sie stieß Max mit dem Ellbogen in die Seite. „Und dafür habe ich dir und Harper zu danken. Der Junge weiß wirklich, was er macht."

„Hey, im Gegensatz zu den meisten Leuten hier hast du ihm eine Chance gegeben", entgegnete Max. „Außerdem habe ich dich mit deinen Angestellten gesehen, ich glaube, es liegt überwiegend an deinen Führungsqualitäten."

„Das stimmt", sagte Luc. „Du kannst gut mit Teenagern umgehen. Ich habe oft genug mitbekommen, wie die Kids nach der Schule über dich gesprochen haben. Und, *cariño*, sie sind ganz *verrückt* nach deinem Hintern." Er neigte den Kopf, als hätte er Röntgenaugen und könnte den entsprechenden Teil ihres Körpers sehen, und wackelte mit den Augenbrauen. „Ich muss gestehen, ich ebenfalls."

„Ja, nun …" Sie hauchte ihre Fingernägel an, polierte sie an ihrem Oberteil und streckte dann die Hand von sich, um sie zu betrachten. „Was könnte man letztlich daran auch nicht lieben. Mein Po ist nun mal sehr hübsch."

„Sagte sie auf ihre bescheidene Art", bemerkte Jenny.

„Ach, sieh nur, wer beschlossen hat, an dem Gespräch teilzunehmen." Tasha grinste. „Einen Moment lang dachte ich schon, wir müssten euch zwei bitten, euch ein Zimmer zu nehmen."

Jake lächelte zufrieden. „Eifersüchtig, Tash?"

Daraufhin warf sie ihm einen Blick zu, der Luc auf seinem Platz hin und her rutschen ließ, lächelte genauso zufrieden und sagte: „Kann man nicht gerade behaupten."

Jake blinzelte, drehte sich langsam um und sah ihn an. „Im Ernst?"

Luc bedachte ihn mit seinem besten leeren Drogendealer-Starren.

„So was, Mann." Jake schüttelte den Kopf. „Da bin ich mal ein paar Tage nicht in der Stadt und verpasse prompt das Wichtigste."

„Wieso, wolltest du etwa mitmachen?", fragte Max. „Mit deinem Bruder und Tasha? Das ist pervers, Mann."

„Wie?" Einen Moment lang war von Jakes typischem ironischem Großstadtgehabe nichts mehr zu bemerken, er wirkte zutiefst schockiert. „Nein, das habe ich nicht gemeint … aahh." Er nickte langsam. „Du bist einfach nur der übliche Arsch. Sehr witzig."

Luc wusste, wie albern es war, trotzdem beneidete er als Einzelkind seine beiden Halbbrüder darum, wie sie sich ständig übereinander lustig machten.

Max musterte ihn und meinte: „Wieso schaust du so?"

„Hm?" Er betrachtete seinen Halbbruder, als ob er keinen blassen Schimmer hätte, was der von ihm wollte. Dann zeigte er auf sein eigenes Gesicht. „So schaue ich immer, Mann."

„Nein, ganz kurz hattest du so einen Gesichtsausdruck. Was hast du da gedacht?“

Sein erster Reflex war, alles abzustreiten, stattdessen zuckte er die Achseln. Auch egal, er konnte genauso gut ehrlich sein. „Ich dachte bloß, dass ich euch beide darum beneide, wie ihr euch ständig gegenseitig hochnehmt. Ich habe keine Geschwister, und ihr habt euch offenbar immer sehr nahegestanden. Das war bestimmt schön.“

Jake und Max sahen sich an, dann lachten sie sich krumm.

Luc kämpfte dagegen an, sich übergangen zu fühlen, ganz klar war das ein Insiderwitz. „Was denn?“

„Früher haben wir uns gehasst“, sagte Max.

„Wie bitte?“ Er machte eine knappe Handbewegung. „Ich meine, ich hab dich schon verstanden, aber ich kann das einfach nicht glauben.“

Jake lehnte sich vor. „Ich habe dir doch erzählt, dass unser Vater Max' Mutter für meine Mutter verlassen hat.“

Er nickte.

„Und dass Max von diesem Moment an für Charlie nicht mehr existiert hat.“

„Ja, wie könnte ich das vergessen. Für mich passt das so überhaupt nicht zu meinem Dad.“ Er sah Max an. „Was nicht heißen soll, dass ich dir nicht glaube. Es ist einfach nur … schwer zu begreifen.“

„Das verstehe ich. Du und Charlie, ihr hattet eine lange und gute Beziehung“, meinte Max. „Er ist schon immer beruflich viel unterwegs gewesen. Und ich war damals noch sehr jung. Unter anderen Umständen hätte ich ihn wahrscheinlich gar nicht so sehr vermisst. Aber meine Mom konnte ihm nicht verzeihen, und ich habe mir all die Jahre bis zum Erbrechen anhören müssen, dass Jakes Mom ihr Charlie ausgespannt hat und dass deren kleiner Scheißer von einem Sohn …“ Er warf

Jake ein schiefes Lächeln zu. „Das wärst dann du, Bro. Dass der also alles bekommen hat, was von Rechts wegen mir zugestanden hätte. Ich bin nicht stolz darauf, was für ein aggressives Kind ich war. Als ich schließlich in der Grundschule auf Jake getroffen bin, zum ersten Mal übrigens, habe ich ihm das Leben zur Hölle gemacht."

„Von dem Moment an haben wir uns bei jeder sich bietenden Gelegenheit geprügelt", sagte Jake. „Und zwar so lange, bis Max fort aus Razor Bay und zu den Marines ging. Erst letztes Frühjahr, als ich zurück in die Stadt gekommen bin, waren wir in der Lage, eine Beziehung zueinander aufzubauen." Jake stieß ihn mit der Schulter an. „Also, da kannst du genauso gut einfach mitmachen."

„Yeah", stimmte Max ihm zu. „Du hast sogar einen Vorteil. Wir haben dich von Anfang an gemocht."

Jedes Mal, wenn er mit den beiden zusammen war, erfuhr er etwas Neues über sie. Und das …

Zum ersten Mal hatte Luc das Gefühl, vielleicht doch nicht das dritte Rad am Wagen zu sein. Sowohl Jake wie auch Max hatten ihm gerade erklärt, dass es auch für ihn Platz gab.

Mit einem Mal löste sich diese unterschwellige Nervosität, die er seit einiger Zeit verspürte, in Wohlgefallen auf. Möglicherweise gab es gar nichts, was ihn nervös machen musste.

Immerhin hatte er eine neue Familie gefunden, als er glaubte, dass sein letzter Verwandter gestorben und er nun ganz und gar allein auf der Welt sei. Außerdem musste man sich ja nur mal anschauen, wie seine Brüder das alles hinbekamen. Beide verfolgten ihre beruflichen Ziele, während sie zugleich ein Leben mit der Frau aufbauten, die sie liebten.

Wieso sollte ihm das nicht auch gelingen?

Erschrocken hielt er inne. Woher zum Teufel war dieser Gedanke bloß gekommen? Er war nicht besonders impulsiv, er gehörte nicht zu den Männern, die eines Tages dachten: *Hey, warum kündige ich nicht einfach mal den Job, den ich liebe, und fange noch mal von vorn an, weil ich mich in irgendeine Frau verknallt habe, die ich alles in allem gerade mal wie lange kenne? Eineinhalb Monate?*

Selbst wenn es sich um die Frau handelte, die er nie wirklich hatte vergessen können – und zwar nicht nur, weil der Sex mit ihr unvergleichlich gewesen war. Und selbst wenn seine Begeisterung für den Job langsam Risse bekam.

Tief in Gedanken versunken wusste er nicht, wie viel Zeit vergangen war, als Max mit den Fingern vor seinem Gesicht schnipste, sich über den Tisch beugte, ihn aufmerksam ansah und frage: „Alles klar, Kumpel? Du siehst aus, als hätte dir jemand mit einem Amboss auf die Birne geschlagen."

„Mir geht's gut", murmelte Luc, und genau so fühlte er sich auch. Wäre er eine Comicfigur, hätte er jetzt kleine Kreuze in den Augen, und Vögel würden zwitschernd um seinen Kopf kreisen. Oh mein Gott, dachte er benommen.

*Oh. Mein. Gott.*

*Ich liebe sie.*

## *18. KAPITEL*

Jeremy hörte das Auto in der Auffahrt vor seinem Haus und war schon an der Tür, bevor der Fahrer den Motor abstellen konnte. Er rannte auf den zerbeulten Wagen zu, aus dem sein Vater Ben ausstieg.

Er spürte, wie sich ein Grinsen auf seinem Gesicht breitmachte. „Hey!“, rief er. „Was ist aus deinem Truck geworden? Bist du so tief gesunken?“

Einen Moment lang wirkte sein Vater verunsichert, doch vielleicht irrte er sich auch, denn nun zuckte er die Achseln.

„Nein, den hab ich noch. Den hier habe ich für dich gekauft.“

Jeremy erstarrte. „Für mich?“

„Yeah. Ich weiß, dass er nicht viel hermacht“, sagte sein Vater, „aber ...“

„Machst du Witze? Wenn du selbst die Inspektion gemacht hast, fährt es besser als das teuerste Auto der Welt. Heilige Scheiße, Dad!“ Mit einem großen Schritt hatte er seinen Vater erreicht, schlang die Arme um ihn und hob ihn ein paar Zentimeter in die Höhe – obwohl sie gleich groß waren. Dann ließ er ihn los, um das Auto genauer zu betrachten.

Es handelte sich um einen Ford Escape SUV, wahrscheinlich aus dem ersten Baujahr. Wie es aussah, war er einmal schwarz gewesen, inzwischen war die Farbe zu einem dumpfen Grau verblasst, das zudem an vielen Stellen heller überlackiert war. Vielleicht nicht gerade eine Schönheit, doch er drehte sich mit einem strahlenden Lächeln zu seinem Dad um.

„Das ist das tollste Geschenk der Welt! Ich habe mir ein altes Fahrrad gekauft, um damit zur Arbeit zu fahren, und es ist auch viel besser, als zu Fuß zu gehen, aber bei schlechtem Wetter macht das wirklich keinen Spaß. Bisher hat mich in dem Fall immer eine Kollegin abgeholt.“ Er hatte sich alle möglichen Ausreden einfallen lassen, nur um Peyton zu sehen, aber darum ging es gerade nicht. „Dass ich jetzt ein eigenes Auto habe, das ist der Hammer!“ Es war einfach unglaublich, was er neuerdings alles geschenkt bekam.

Sein Vater grinste. „Ich habe es ausgebeult und wollte es eigentlich erst lackieren, doch ich dachte, du würdest bestimmt lieber gleich ein Auto haben als darauf zu warten. Wenn wir beide etwas Zeit haben, können wir das zusammen erledigen. Du fährst damit in die Stadt, und wir machen es fertig. Harry hat gesagt, dass er noch ein hübsches Waldgrün übrig hat, das ein Kunde nicht wollte, weil es nicht den richtigen Touch hätte, was auch immer das bedeuten soll. Jedenfalls will er uns die Farbe schenken.“

Harry war ein Nachbar, der in einer Autolackiererei arbeitete. Bei Erwähnung seines Namens zuckte Jeremy etwas zusammen. „Wirklich nett von ihm. Als ich ihn das letzte Mal sah, habe ich sein Kellerfenster eingetreten und ihn ein Arschloch genannt.“

„Lass es uns nicht schönreden, Junge. Du hast ihn ein verschissenes Arschloch genannt.“ Sein Vater hob die Schultern. „Du bist damals durch eine schwere Zeit gegangen, und er freut sich, dass es dir jetzt besser geht.“

„Das ist tatsächlich so, Dad. Mir geht es hier richtig gut. Ich liebe meinen Job, und ich habe Freunde gefunden, die dir sogar gefallen würden. Es tut mir leid, dass ich dich so oft enttäuscht habe.“

Sein Vater legte eine schwielige Hand auf seinen Nacken. „Du hast mich nie enttäuscht“, sagte er ernst. „Wenn überhaupt, dann war es andersherum. Deine Mama hat dich immer und immer wieder enttäuscht und ich dich auch, weil ich mich nicht früher von ihr getrennt habe und du mit ihrem verrückten Verhalten zurechtkommen musstest.“

„Also wirst du dich wirklich scheiden lassen?"

„Ja. Das hätte ich schon vor Jahren tun sollen, als sie sich geweigert hat, ihre Medikamente zu nehmen. Ich habe doch gesehen, wie du darunter leiden musstest. Es tut mir leid, mein Sohn. Ich dachte viel zu lange, dass du ihr wichtiger wärst als alles andere. Erst als das Jugendgericht dich ins Cedar Village geschickt hat, wurde mir klar, wie schlimm es tatsächlich war. Das hat das Fass zum Überlaufen gebracht. Ich sagte ihr, sie könne bleiben, wenn sie ihre Medikamente nimmt, oder gehen." Er schnitt eine Grimasse. „Sie ist gegangen."

Jeremy umarmte seinen Vater kurz und schlug ihm herzlich auf die Schulter. „Das mit dem Cedar Village muss dir nicht leidtun, Dad. Ich glaube fast, es musste so kommen. In der Therapie habe ich verstanden, dass ich immer in dieselben Muster verfallen bin."

„Zum Beispiel?" Ben sah ihn interessiert an.

„Dass ich auf Moms Probleme mit selbstzerstörerischem Verhalten reagiert habe. Am Anfang dachte ich, mein Therapeut wäre einfach nur ein Idiot. Aber dann ging mir nach und nach auf, dass es stimmte. Ich habe immer und immer wieder dasselbe getan. Ihr war das Recht, in der einen Sekunde aufgedreht zu sein und in der nächsten so depressiv, dass sie nicht aus dem Bett kam, immer wichtiger als ich. Ich habe es gehasst, wenn sie wütend wurde, dabei war ich nicht viel besser. Ich habe mir die falschen Freunde ausgesucht, obwohl mir von vornherein klar war, dass sie mich in Schwierigkeiten bringen würden. Heute werde ich nicht mehr einfach nur wütend und drehe durch, sondern ich kann einen Schritt zurücktreten und abwägen." Er grinste seinen Vater schief an. „Oder zumindest so gut wie möglich abwägen. Ich muss noch immer daran arbeiten. Aber jetzt lasse ich mir Zeit, erst mal nachzudenken, bevor ich reagiere."

„Das ist eine gute Sache“, sagte Ben.

„Ja. Außerdem habe ich durch meinen Aufenthalt im Cedar Village diesen Job im Bella T's bekommen. Mir macht Kochen wirklich Spaß, Dad. Tasha findet, dass ich ein gutes Händchen dafür habe. Und das glaube ich auch. Ich kann dir gar nicht sagen, wie gut sich das anfühlt.“

„Ich weiß.“ Sein Dad legte einen Arm um seinen Nacken und zog ihn an sich, um mit den Fingerknöcheln über seinen Kopf zu fahren, bevor er ihn wieder losließ. „Wenn man sein Talent entdeckt – das ist eines der tollsten Gefühle der Welt. Sobald ich zum Beispiel einen Motor repariere, fühle ich mich so, ich weiß auch nicht … stark, schätze ich. Und glücklich.“

„Ja.“ Jeremy wurde ganz warm ums Herz. „Genau das ist es. Genauso fühle ich mich, wenn ich in der Küche arbeite. Hey, solange du hier bist, sollte ich dich mal mitnehmen und dich den Leuten vorstellen, mit denen ich zusammenarbeite. Und dir ein Stück Pizza machen.“

„Das wäre schön. Aber könnte ich erst deine Wohnung sehen?“

„Oh Mann, ich kann es nicht fassen, dass ich dich noch nicht mal reingebeten habe. Tut mir leid.“ Lachend schlug er seinem Vater auf die Schulter und steuerte auf sein neues Auto zu. „Trotzdem muss das warten, denn jetzt werden wir beide erst mal eine Spritztour machen!“

Peyton hatte einen miesen Tag hinter sich und fuhr schlecht gelaunt zur Arbeit. An besseren Tagen fühlte sie sich inzwischen zu Hause wie mitten im kalten Krieg. Und heute war nicht mal ein besserer Tag gewesen. Die sogenannten Erwachsenen begegneten sich mindestens mit so viel Aggression wie damals die Westmächte und der Ostblock – soweit sie das im Geschichtsunterricht gelernt hatte. Weil sie so schnell wie möglich hatte abhauen wollen, hatte sie in der Hektik Orangensaft über ihr Oberteil geschüttet und war deshalb zu spät zur Schule gekommen.

Am besten wäre sie gar nicht hingegangen. Offenbar wussten inzwischen alle über die Schwierigkeiten ihrer Eltern Bescheid, und einige ihrer ehemaligen Freundinnen waren einfach an ihr vorbeigegangen, als wäre sie unsichtbar. Andere wiederum hatten ihr blöde Kommentare zugerufen.

Nicht, dass es sie besonders überraschte, hatte sie doch die ganze Zeit schon damit gerechnet. Aber mit einem Unwetter zu rechnen oder mitten hineinzugeraten, das waren eben zwei unterschiedliche Paar Schuhe.

Wenigstens hatte sie Marni, die ihr viel wichtiger war als die anderen engstirnigen Kleinstadtmädchen zusammengenommen. Und sie hatte einen tollen Job. Sie arbeitete gern mit Tasha und Tiffany zusammen. Und mit Jeremy selbstverständlich.

Peyton unterdrückte ein kleines Schnauben. *Wem willst du hier eigentlich was vormachen, Süße?* Es lag einzig und allein an Jeremy, dass ihr die Arbeit so viel Spaß machte.

Im Grunde konnte sie an gar nichts anderes mehr denken. Schon im selben Gebäude zu sein wie er war für sie das Highlight jedes einzelnen Tages. Wenn sie wie heute nicht dieselbe Schicht hatten, fühlte sich im Vergleich dazu alles dumpf und grau an.

Zum Glück arbeiteten sie fast immer zusammen. Beide versuchten sie, für so viele Schichten wie möglich eingetragen zu werden, damit sie Geld fürs College sparen konnten.

Ein paar Mal hatten sie sich auch in Jeremys Wohnung getroffen, allerdings nie allein. Entweder waren Marni oder Tiffany dabei gewesen, ab und zu sogar beide.

Deswegen war es jedes Mal besonders aufregend, ihn im Auto mitzunehmen. Auf der viel zu kurzen Fahrt hatte sie ihn endlich ganz für sich. Inzwischen lebte sie für die Momente, wenn sie ihn dabei ertappte, wie er sie anschaute. Dann glaubte sie manchmal fast, dass er dasselbe empfand wie sie.

Falls das jedoch der Fall sein sollte, war er sehr gut darin, sich nichts anmerken zu lassen. Er fragte sie nie, ob sie noch einen Kaffee wollte, wenn sie ihn absetzte oder ihn abholte. Auch hatte er bisher nie angedeutet, dass er mehr von ihr wollte als Freundschaft.

Und doch ...

Man wusste ja nie. Vielleicht würde er sie das nächste Mal hereinbitten. Oder sie fragen, ob sie irgendwann mit ihm in Silverdale ins Kino gehen wollte.

Hinter dem Bella T's fuhr sie einen großen Bogen, um sich wie üblich auf den Parkplatz neben Tiffanys Auto zu quetschen, und musste heftig auf die Bremse treten. *Was zum Teufel?*

Ein alter, verbeulter SUV stand auf ihrem Platz. Dieser Tag wurde immer schlimmer.

Sie parkte einen Block weiter, lief zurück zur Pizzeria und betrat die Küche durch die Hintertür, gerade in dem Moment, in dem Tasha ausrief: „Oh, wie schön, Sie endlich kennenzulernen! Ich wollte Ihnen schon lange persönlich sagen, was für ein unschätzbarer Gewinn Jeremy für das Bella T's ist."

Peyton horchte auf. War er hier? Sie machte ein paar Schritte nach rechts, dann entdeckte sie ihn im Restaurant mit Tasha und einem Mann, der eine ältere, etwas kräftigere Version von Jeremy war.

„Ich führe dich mal rum", hörte sie Jeremy sagen. „Wäre es okay, wenn ich unsere Pizza mache? Ich zahle natürlich dafür, aber ich möchte, dass Dad sieht, was ich so tue."

„Klar ist das okay! Und vergiss das Geld. Das ist einer der Vorteile, wenn man im Bella T's arbeitet – du musst nicht zahlen und dein Spezialgast auch nicht." Tasha wandte sich an seinen Vater. „Möchten Sie vielleicht ein Glas Wein, Mr Newhall?"

„Bitte nennen Sie mich Ben. Und ich fürchte, ich habe nie einen Geschmack für Wein entwickelt. Ich würde aber gern eine Pepsi oder eine Coke nehmen."

„Dann eine Coke. Tiff!" Sie hob die Stimme, um Tiffany zu rufen, die gerade am anderen Ende des Restaurants Tische abwischte. „Das ist Jeremys Vater. Ist Peyton schon da?"

„Ich bin hier." Peyton trat auf den Mann zu und streckte die Hand aus. „Sie müssen Jeremys Vater sein. Sie sehen ihm sehr ähnlich." Sie lachte. „Man sollte wohl sagen, er sieht Ihnen ähnlich."

Ben Newhall schüttelte ihr kräftig die Hand. „Finden Sie?"

„Das stimmt. Mein gutes Aussehen habe ich von meinem Dad."

Jeremy schenkte ihnen allen ein seltenes strahlendes Grinsen.

Man musste kein Genie sein, um zu sehen, wie sehr er sich über den Besuch seines Vaters freute, und Peyton spürte so etwas wie Neid, weil sie selbst nichts in dieser Richtung vorweisen konnte.

Sofort kehrte ihre schlechte Laune zurück, doch nur für einen kurzen Moment, denn stärker als der Neid war ihr Wunsch, einen guten Eindruck auf Mr Newhall zu machen.

War das nicht witzig? Sie konnte sich gut daran erinnern, wie ihr Stiefvater gesagt hatte, dass Jeremys Vater auf der sozialen Leiter viel niedriger stünde als sie selbst. Dass er vielleicht ordentlich und gepflegt sei, aber eben billige Kleidung trüge. Und obwohl seine Hände sauber geschrubbt wären, hätte er trotzdem immer schmutzige Fingernägel.

Nur war das alles Bockmist, wie ihr jetzt klar wurde. Als ob sie oder ihr Dad oder sonst jemand besser wäre als Mr Newhall, nur weil sie Geld hatten. So zu denken war genauso mies wie das Verhalten ihrer Mitschülerinnen, die sie jetzt ignorierten, nur weil ihr gesellschaftlicher Stand sich von einem Tag auf den anderen geändert hatte.

Sie hob das Kinn, als ihr klar wurde, wie sehr sie sich in der letzten Zeit verändert hatte. Sie tat ihr Bestes, um sich selbst eine Meinung zu bilden. Außerdem wusste sie, wie enttäuscht Tasha von ihr wäre, wenn sie auch nur einen Moment das Gefühl hätte, dass sie sich Jeremys Dad überlegen fühlte.

Da ihr neues Mantra in diesem Herbst WWTT– Was Würde Tasha Tun – lautete, wollte sie alles dafür tun, damit Jeremys Vater sich wohlfühlte. Was ganz hervorragend funktionierte, bis zu dem Augenblick, als sie wieder an den zerbeulten Wagen in ihrer Parkbucht dachte.

„Oh." Sie drehte sich zu Tasha um. „Wissen Sie eigentlich, dass auf einem unsere Parkplätze ein Geländewagen steht? Ist eine ziemliche Dreckschleuder, deshalb frage ich mich, ob ihn vielleicht jemand einfach da stehen lassen will."

Sie wusste nicht, was sie Falsches gesagt hatte, aber das Gesicht von Jeremys Dad wurde auf einmal ausdruckslos, und auch die Wärme, die sie sonst bei Jeremy spürte, verzog sich wie Frühnebel beim ersten Sonnenstrahl.

„Diese Dreckschleuder gehört mir", sagte er kalt. „Mein Dad hat sie repariert und mir geschenkt."

*Neeeeeeeeeeein!* Peyton wusste, dass sie sich entschuldigen sollte, aber sie konnte nur eins denken, nämlich, dass dieses verdammte Auto nichts anderes bedeutete, als dass sie Jeremy jetzt nicht mehr zur Arbeit und wieder nach Hause fahren würde. Eine unangenehme Mischung aus Verzweiflung und Verlegenheit machte sich in ihrem Bauch breit. Und obwohl sie wusste, wie falsch es war, konnte sie nicht anders, als mit ihrer früheren Überheblichkeit zu fragen: „Das nennst du repariert?"

*Oh Gott.*

„Ja."

Er betrachtete sie, als gehörte sie zu diesen Snobs aus ihrer Schule.

„Nicht jeder von uns bekommt von seinem Daddy ein brandneues Auto geschenkt. Mein Vater ist einer der besten Mechaniker der Welt, und deswegen ist diese Dreckschleuder, wie du sie nennst, vielleicht nicht so hübsch wie dein Auto, läuft aber runder als ein BMW."

„Wie … schön für dich." Das klang, als ob er es eben einfach nicht besser wüsste. Sie wollte die Klappe halten, sie *musste* unbedingt die Klappe halten, doch irgendetwas in ihr schrie und schrie vor Schmerz, und um es zu übertönen, sagte sie: „Ich schätze, dann brauche ich dich nicht mehr herumzukutschieren."

„Nein", stimmte er ihr tonlos zu. „Ich schätze nicht." Er wandte sich an Mr Newhall. „Komm, Dad. Ich zeige dir meinen Arbeitsplatz. Du kannst mir zusehen, wie ich unsere Pizza mache."

„Klingt gut." Der ältere Mann warf ihr einen nachdenklichen Blick zu und folgte seinem Sohn in die Küche.

Peyton sah ihnen hinterher, dann stieß sie die Luft aus und drehte sich um.

„Gut gemacht, du Ass", murmelte Tiffany, tätschelte aber ihre Hand, bevor sie auf drei Frauen zueilte, die gerade das Restaurant betreten hatten.

Peyton rüstete sich schon mal vorsichtshalber gegen Tashas Vorwürfe, doch die sagte bloß: „Das hättest du besser machen können."

Tränen traten ihr in die Augen, denn das hätte sie wirklich, und zwar viel, viel besser. Sie nickte verzweifelt. „Alles wäre besser gewesen als das, was ich gesagt habe."

„Weißt du, warum du dich so verhalten hast?"

Sie sah zu Boden. „Ja."

„Möchtest du darüber sprechen?"

Sie riss den Kopf hoch und sah in Tashas graublaue Augen. Ihre Chefin meinte das Angebot offenbar ernst. Und trotzdem. „Nein."

„Okay. Ich bin für dich da, falls du es dir anders überlegst. Und ich weiß, dass du nicht gefragt hast, aber ich habe einen Standardtipp für alle Situationen. Du solltest ehrlich zu Jeremy sein. Indem du das Auto beleidigt hast, hast du seinen Dad beleidigt. Und man sieht doch sofort, wie wichtig ihm sein Dad ist."

„Ich weiß." Peyton spähte in die Küche, wo die beiden gerade den Holzofen betrachteten. „Wäre es okay, wenn ich Mr Newhall die Cola bringe?"

„Klar. Das wäre eine nette Geste." Tasha stieß sie sanft mit der Hüfte an. „Vor allem, wenn sie mit einer Entschuldigung serviert wird."

Peyton richtete sich etwas auf. „Jawohl, Ma'am. Genau das habe ich vor."

„Oh, jetzt willst du mich ärgern."

Peyton sah sie überrascht an, und Tasha zeigte mit einem Finger auf sie. „Nenn mich nicht Ma'am."

Zwar wusste sie nicht, weshalb, aber das verbesserte ihre Laune sofort. Sie salutierte. „Yes, Sir!"

Tasha seufzte. „Hol schon das Getränk für Mr N., Klugscheißerin. Und dann an die Arbeit!"

Jeremy nahm den Teig aus dem Kühlschrank, und als er sich umdrehte, sah er, wie Peyton seinem Dad einen Riesenbecher Cola brachte. Dann beugte sie sich vor, um leise mit Ben zu sprechen. Jeremy wusste nicht, was er denken sollte.

Er war furchtbar sauer auf sie. Und, so ungern er es zugab, womöglich auch ein kleines bisschen verletzt. Eigentlich hatte er angefangen zu glauben, dass sie ein toller Mensch war, mit dem man gut reden konnte. Er hatte gedacht, dass sich vielleicht etwas zwischen ihnen entwickeln könnte. Und jetzt hatte sie seinen Vater beleidigt …

Das war wirklich mies gewesen.

Er wartete, bis sie ins Restaurant zurückgekehrt war, bevor er zu Ben stapfte. „Was wollte sie?"

„Mir die Cola bringen – und sich dafür entschuldigen, dass sie sich so über mein Geschenk geäußert hat."

*Verdammt.* Er konnte regelrecht spüren, wie sein Vater ihn prüfend musterte, und musste sich ganz schön anstrengen, um sich nicht zu verraten. „Gut. Das ist … gut. Dafür sollte sie sich auch entschuldigen." Wobei sie es nicht für nötig befunden hatte, es auch bei ihm zu tun.

„Wahrscheinlich", sagte Ben. „Es war trotzdem toll von ihr." Er neigte etwas den Kopf. „Ist sie ein reiches Mädchen?"

„Yeah. Oder zumindest war sie das mal. Ihre Eltern lassen sich jetzt aber scheiden, und ihr Stiefvater will nichts mehr mit ihr zu tun haben. Er sagte, wenn sie aufs College will, dann soll sie das selbst bezahlen."

„Was für ein Idiot." Ben schüttelte den Kopf. „Mann, was würde ich nicht dafür geben, wenn ich dir dein Studium finanzieren könnte."

„Ich weiß. Peytons Dad ist ein Vollidiot, nach allem, was ich gehört habe. Keine Frage." Er straffte die Schultern. „Was aber nicht heißt, dass sie sich deswegen so aufführen kann."

„Du magst sie, oder?"

„Was? Pft! Nein." Er sah, wie sie im Restaurant gerade einen Tisch abräumte. Sie beugte sich vor, um nach einigen Tellern zu greifen, und ein kleiner Streifen nackte Haut zwischen ihrem Oberteil und ihrem Hosenbund schimmerte auf.

Er riss sich von ihrem Anblick los, um seinen Vater anzusehen. „Du hast doch selbst gesehen, was für ein verwöhntes Miststück sie ist."

„Ich glaube nicht, dass sie das ist. Jedenfalls nicht nur."

„Willst du mich auf den Arm nehmen?"

„Nein. Also, ich bin mir sicher, dass sie ihre zickigen Momente hat. Aber dass sie den Mut hatte, sich bei mir direkt zu entschuldigen, zeigt doch, dass sie sich wirklich bemüht, dieses ganze Reiche-Mädchen-Gehabe hinter sich zu lassen. Außerdem sagte sie etwas, das ..."

„Was?", fragte er. „Was hat sie gesagt?"

„Wahrscheinlich möchte sie, dass ich es für mich behalte. Du solltest ein bisschen nachsichtiger mit ihr sein."

„Jetzt bin ich daran schuld, dass sie so bösartig war?"

„Natürlich nicht. Aber du bist jemand, der gern auf einer Sache herumreitet, auch wenn es viel sinnvoller wäre, mal fünfe gerade sein zu lassen."

Das stimmte. Ryan, sein Therapeut, hatte mit ihm zusammen an dieser Schwäche gearbeitet. Er seufzte. „Okay", sagte er. „Ich werde daran denken." Als sein Dad skeptisch eine Augenbraue hob, sah Jeremy ihm direkt in die Augen. „Ich meine es ernst, Dad. Ich werde wirklich über das, was du gesagt hast, nachdenken. Aber nicht heute, okay? Im Moment möchte ich dich einfach nur mit meinen Kochkünsten beeindrucken."

# 19. KAPITEL

Ich hatte mir eine Einladung zum Dinner etwas anders vorgestellt", murrte Luc, als er Tasha die Tür zum Wok On Fire aufhielt.

„Nicht schick genug für dich?" Sie grinste zu ihm hoch. „Silverdale ist nicht gerade für seine gehobene Gastronomie bekannt. Nächstes Mal kannst du mich allerdings nach Silver City einladen, mir einen Woo Woo bestellen und mit Pankomehl panierten Fisch und Chips und hinterher mit mir machen, was du willst. Aber heute Abend – nun, ich hab schon seit Ewigkeiten Lust auf das Gemüse hier, außerdem liebe ich das mongolische Buffet."

„Tut mir leid, hast du nach ‚mit mir machen, was du willst' noch was gesagt?" Er lächelte sie schief an, dann runzelte er die Stirn. „Was zum Teufel ist Woo Woo?"

„Ein Cocktail aus Wodka, Pfirsichschnaps und Cranberrysaft."

„Im Ernst?"

Lachend steuerte sie auf einen Tisch zu. „Du brauchst nicht so entsetzt zu schauen. Ich erwarte ja nicht, dass du ihn trinkst. Die Silver-City-Brauerei ist in der Mall und hat einige preisgekrönte Biere. Na ja, die Produktion ist inzwischen nach Bremerton umgezogen, ich spreche vom Restaurant. Uuuund ich rede wirres Zeug." Sie atmete tief durch. „Was ich eigentlich sagen will, ist, dass die das Ridgetop Red Ale brauen, das Max so toll findet, und dass wir für dich ganz bestimmt auch ein Bier finden, das dir schmeckt."

„Also, wenn ich mein Gemüse esse, ohne zu meckern, darf ich dich dann hinterher auf einen Drink in die Brauerei einladen?"

„Aber klar." Sie legte ihre Jacke auf den Tisch, hielt nach der Bedienung Ausschau und hob zwei Finger.

„Abgemacht. Hey! Wo willst du hin?"

„Meine Schüssel zusammenstellen."

Er folgte ihr. „Wie bitte?"

Sie blieb stehen, um ihn anzusehen. „Warst du denn noch nie bei einem mongolischen Buffet?"

„Ich habe einen Großteil meines Erwachsenenlebens in Südamerika verbracht, *cariño*, insofern kann ich das nicht behaupten. Allerdings habe ich alle erdenklichen Tortillas gegessen."

„Oh, dann kann ich dir jetzt mal etwas beibringen." Sie rieb sich die Hände. „Mir nach." Am Buffet angekommen reichte sie ihm eine leere Schüssel. „Da kannst du alles reinfüllen, was du magst – Gemüse, Nudeln. Zum Schluss gibt es Tofu, dafür solltest du noch genug Platz lassen."

Sein Gesichtsausdruck war unbezahlbar. Lachend stieß sie ihn mit der Schulter an. „War nur ein Scherz. Sie haben auch Rindfleisch, Schweinefleisch, Hühnerfleisch und, soweit ich weiß, Garnelen."

Sie füllten ihre Schüsseln und reichten sie dem Koch am Grill. Kurz darauf wurden ihnen Teller mit duftendem Reis und ihren frisch zubereiteten Gerichten gereicht.

Luc probierte – dann lächelte er sie über den Tisch an. „Verdammt", sagte er. „Das schmeckt wirklich gut."

„Sag ich doch."

„Oh, klar, gib ruhig weiter an. Das ist ja so ein attraktiver Zug bei einer Frau."

Sie grinste ungerührt. „Was wahr ist, ist nun mal wahr", entgegnete sie und stürzte sich auf ihr Gemüse.

Sie unterhielten sich lebhaft während des Essens, und irgendwann schoben sie ihre Teller von sich. Luc konnte sich wieder einmal nicht einen Moment von Tashas Anblick losreißen.

Sie hatte ihr Haar offen gelassen, was selten vorkam, es fiel ihr wild gekringelt über den Rücken. Korkenzieherlocken schmiegten sich an ihren elfenbeinweißen Hals und türmten sich auf einer Schulter. Ein paar Strähnen schaukelten bei jedem Atemzug auf ihren Brüsten. Sie trug einen kurzen, hellbraunen Samtrock, eine dunkelbraune Strumpfhose und Stiefel, außerdem einen bernsteingelben Pullover, der weich wie eine Wolke aussah.

Zunächst dachte er, was für ein Jammer, dass er nicht enger ist, doch dann verzückte ihn genau diese Art und Weise, wie der Stoff sich an ihre Brüste schmiegte und bis zu ihren Hüften hinabreichte.

Tasha war inzwischen noch unwiderstehlicher geworden als das Mädchen damals auf den Bahamas. Sie hatte schon immer ein umwerfendes Selbstbewusstsein gehabt, aber jetzt schien sie sich sogar noch wohler in ihrer Haut zu fühlen als früher. Sie war witzig und fantasievoll – was offenbar nicht nur ihm auffiel. So ziemlich jeder, den er in Razor Bay kennengelernt hatte, mochte und bewunderte sie. Respektierte sie.

Das wollte etwas heißen in einer Kleinstadt und mit der speziellen Vergangenheit ihrer Mutter.

Er stützte das Kinn in eine Hand. „Also, erzähl mir davon, wie das mit dem Bella T's läuft. Wer sind deine Investoren?" Als sie überrascht blinzelte, fügte er hinzu: „Du weißt schon, wer hat es finanziert?"

„Finanziert?" Sie runzelte die Brauen und sah ihn an. „Niemand. Das heißt, niemand Bestimmtes – ich habe keine Freunde in hohen Positionen oder so etwas. Die Bank wollte einen Businessplan und fast ein Drittel der Summe, die für die Firmengründung erforderlich war. Das konnte ich aufbringen, weil so ein Investmenttyp das Geld, das ich schon als Schülerin dazuverdient habe, für mich verdoppelt hat."

Sie lachte laut auf, ihr Gesicht glühte vor Stolz und Begeisterung.

„Die Bank fand, dass das Risiko überschaubar wäre. Also haben sie mir einen Kredit für den Rest gegeben."

„Und wie alt warst du da?"

„Sechsundzwanzig."

„Mann." Er sah sie voll purer Bewunderung an, mit noch mehr Respekt als sowieso schon – falls das überhaupt ging. „Das ist verdammt beeindruckend. Ich meine, ein Unternehmen ohne Investoren aufzubauen und ausgerechnet in der Gastronomiebranche, wo es so viele nicht schaffen. Und das auch noch mit nicht mal dreißig. Wie schafft es ein Teenager, Geld zu verdienen? Mit Babysitten?"

„Das habe ich von zwölf bis ungefähr sechzehn gemacht. Danach habe ich im Sunset Café bedient und genau aufgepasst, um alles zu lernen, was man über die Leitung eines Restaurants wissen muss."

„Und das Haus gehört dir ebenfalls, richtig?"

„Ja. Nun, mir und der Bank. Aber eines Tages wird es mir gehören. Und natürlich stehen auch die Mieteinkünfte im Businessplan."

„Natürlich", meinte er trocken. „Ich bewundere dich wirklich wie verrückt. Du hast ganz allein unglaublich viel auf die Beine gestellt."

Sie warf ihm ein erfreutes Lächeln zu, obwohl sie den Kopf schüttelte. Noch mehr Locken fielen ihr ins Gesicht.

„Nicht ganz allein. Der alte Mr Jacobs, dem das Haus gehörte, wollte unbedingt, dass ich es kaufe, was mir beim Gespräch mit den Bankleuten selbstverständlich geholfen hat. Außerdem hat Jenny mich praktisch von der ersten Sekunde an unterstützt – und das ist viel wertvoller als ein Sack voll Kohle." Sie schnitt eine Grimasse. „Also, okay, gegen etwas mehr Kohle hätte ich logischerweise nichts einzuwenden. Aber Jenny hat an mich geglaubt, seit ich ihr in der Küche meiner Mama zum ersten Mal eine Pizza gemacht habe. Da waren wir sechzehn. Seitdem war sie immer für mich da, das werde ich ihr nie zurückzahlen können."

„Wieso? Hast du sie denn nicht genauso unterstützt?"

„Natürlich habe ich … oh. Sehr clever. Ich will damit einfach nur sagen, wie wichtig sie mir ist."

Als er sie so betrachtete, wie sie über ihre Freundin sprach, wurde ihm plötzlich etwas klar. Zwar hatte er sich inzwischen irgendwie seine Gefühle für diese Frau eingestanden, doch in Wahrheit gingen sie viel tiefer, als er gedacht hatte. Was verstand er im Grunde denn schon von der Liebe? Er hatte an die große Liebesgeschichte seiner Eltern geglaubt – nur um herauszufinden, dass sein Vater ein ziemlich mieser Hund und ein noch mieserer Vater gewesen war, bevor er seine Mutter getroffen hatte.

Und was ihn betraf … Nun, seit er bei der DEA war, hatten seine Beziehungen maximal ein paar Tage gehalten.

Und doch …

Er konnte nicht länger so tun, als ob dieses überwältigende Gefühl etwas anderes als Liebe wäre. Er hatte weiß Gott nie zuvor etwas Ähnliches empfunden. Er wollte Tasha. Nicht nur heute und nicht nur morgen oder nächste Woche. Er konnte sich nicht vorstellen, sie jemals nicht zu wollen.

Und deswegen: Los jetzt! Er lehnte sich über den Tisch, bereit, es zu versuchen. Erster Schritt: sie mit seinem Charme umhauen.

Doch bevor er auch nur den Mund öffnen konnte, sah sie ihn durchbohrend an und sagte: „Genug von mir. Wie ist aus einem großen, starken Mann wie dir …" Sie ließ die Wimpern flattern. „… ein Supergeheimagent geworden?"

Luc musste über diesen Ausdruck lächeln. „Das begann alles im College, als jemand einem Mädchen, das ich kannte, K.-O.-Tropfen verabreicht und sie anschließend vergewaltigt hat."

„Das ist ja furchtbar! Was hast du getan – den Vergewaltiger zu Brei geschlagen?" Sie beugte sich ebenfalls vor. „Bitte sag, dass du ihn zu Brei geschlagen hast."

„Das würde ich gern, *mi* blutrünstige *princesa*, kann es aber leider nicht. Ich habe so getan, als wäre ich sein neuer bester Freund. Und als er das nächste Mal versuchte, diesen Mist mit einem Mädchen durchzuziehen, habe ich die Campus-Polizei benachrichtigt."

„Okay." Sie nickte zufrieden. „Das war auch nicht schlecht."

„Durch diese Erfahrung habe ich gelernt, dass ich gut schauspielern kann und dass ich auf den Adrenalinstoß stehe. Also habe ich mein Hauptfach geändert und Kriminalistik gewählt. Zweieinhalb Wochen nach meinem Abschluss habe ich bei der DEA angefangen."

„Also schätze ich mal, dass du deinen Job wirklich ... liebst, hm?"

„Ja", sagte er. Wobei er auf einmal das Gefühl hatte, nur eine alte Platte abzuspielen, denn liebte er seinen Job? Liebte er ihn tatsächlich?

„Einerseits gefällt mir die Aufregung", sagte er. „Doch man wird sehr einsam." Er starrte auf seine Hand, die wie von selbst eine ruckartige Bewegung machte, als wollte er den Satz zurücknehmen. „Versteh mich nicht falsch. Ich habe Bekannte. Ich verbringe meine Zeit mit Mistkerlen und Mördern, mache aber die Erfahrung, dass die meisten Leute nicht einfach nur gut oder schlecht sind. Also finde ich selbst als Undercover-Agent in der Regel ein oder zwei Menschen, deren Gesellschaft erträglich oder sogar angenehm ist. Die Wahrheit jedoch ist, dass ich nie jemandem wirklich nahekomme. Denn sie sind natürlich trotzdem noch Mistkerle und Mörder, und ich lüge die ganze Zeit das Blaue vom Himmel, somit kann niemals echte Freundschaft entstehen." Er sah sie direkt an. „Das ist mir immer bewusst, auch wenn sie es nicht wissen."

Es laut auszusprechen machte ihm bewusst, wie sehr er die Gesellschaft normaler, anständiger Leute wie Tasha und seiner Brüder genoss. Er öffnete den Mund, um ihr genau das zu sagen.

Nur ...

Es gefiel ihm, dass sie ihn als eine Art Super-Secret-Agenten betrachtete. Warum also noch einmal wiederholen, dass er seit ewigen Zeiten keine richtigen Freunde mehr hatte?

Nein, da ihm nichts einfiel, um sie um den Finger zu wickeln oder sie zum Lachen zu bringen, sollte er besser die Klappe halten. Schließlich hatte er jetzt ein Ziel. Er wollte, dass sie etwas für ihn empfand.

Und wenn es auch nur ein Bruchteil dessen wäre, was er für sie empfand.

Der Abend lief irgendwie aus dem Ruder. Tasha wusste nicht genau, was geschehen war.

Nachdem Luc von seiner Arbeit erzählt hatte und davon, wie einsam sie ihn machte, war eine gewisse Distanz entstanden und nichts mehr von dieser Vertrautheit zu spüren, die sie so besonders fand.

Ein wenig mochte es an der Silver City Brauerei liegen, wohin sie nach dem Essen gegangen waren. Der Laden war überfüllt, und die Lautstärke und die Hektik ließen das Niemandsland zwischen ihnen immer größer werden. Das eigentliche Problem jedoch, davon war sie überzeugt, rührte von seinem Geständnis, dass er keine richtigen Freunde hatte.

*Hallo, Verbrecher und Mörder!* Gut, sie konnte sich nicht vorstellen, wie anstrengend es sein musste, nie ehrlich sein zu dürfen. Jedes einzelne Wort abzuwägen, das man sagte. Doch nach alldem musste sie sich einfach fragen, ob er sie auch belog. Und seine Brüder?

Oh Gott. Belog er sie vielleicht alle?

*Jetzt reiß dich mal zusammen, Mädchen!* So etwas zu denken passte gar nicht zu ihr und war ihm gegenüber nicht fair. Deswegen versuchte sie mit aller Kraft, diesen Verdacht abzuschütteln.

Nach diesem kurzen ehrlichen Moment hatte er allerdings begonnen, sie mit seinem Charme regelrecht zu überschütten, was sie erst recht misstrauisch machte.

Als sie es nicht mehr aushielt, beugte sie sich über den Tisch und rief: „Lass uns gehen! Ich hab keine Lust zu schreien."

Er nickte, und sie nahm ihre Tasche und stand auf. Mit einer Hand auf ihrem Rücken dirigierte er sie zur Tür.

„Gott, meine Ohren dröhnen vielleicht", sagte sie, als sie aus der Brauerei traten. „Tut mir wirklich leid. Ich war schon öfter hier, doch nie um diese Uhrzeit."

„Sollen wir woanders hingehen? Ins Kino?"

„Nein, ich habe Kopfschmerzen. Ich finde, wir sollten nach Hause fahren."

Sie schwiegen auf der ganzen Fahrt zurück nach Razor Bay. Ein paar Mal sah Luc sie an, schien aber nicht das Bedürfnis zu haben, etwas zu sagen, und die Stille zwischen ihnen wurde immer ungemütlicher.

Als sie kurz darauf vor ihrer Wohnungstür standen, nahm er ihr den Schlüssel aus der Hand und schloss auf. Dann schob er sie hinein und knallte die Tür hinter sich zu.

„Also", sagte er tonlos. „Ich dachte, du bist so eine große Verfechterin der Ehrlichkeit."

„Das bin ich!"

„Und doch hast du dich in der Sekunde, als ich ganz ehrlich zu dir war, verschlossen wie eine Auster."

Er kniff die Augen zusammen, bis man fast nur noch seine dunklen, langen Wimpern sehen konnte. Trotzdem war sie sich sicher, dass er jede ihrer Reaktionen genau beobachtete.

„Was ist los?", fragte er. „Ich erzähle dir die Wahrheit, und du fragst dich, ob ich dich angelogen habe – und, oh, warte, lass mich raten – jeden anderen ebenfalls, seit ich in die Stadt gekommen bin."

„Nein!", rief sie empört. Dann: „Also … ja. Kann sein." Sie schüttelte den Kopf. „Ich weiß es nicht, okay?"

„Na schön. Komm her." Er ergriff ihren Ellbogen und schob sie zur Couch. „Setzen."

„Was? Bin ich vielleicht ein ungehorsames Hündchen?"

Seine Zähne schimmerten weiß in seinem gebräunten Gesicht, als er lächelte. „Im Moment bist du eher eine ziemliche Zicke."

Sie zuckte gereizt die Achseln und richtete sich auf. „Also gut, das gebe ich zu. Wenn du zugibst, dass du in der Sekunde, in der du wahrscheinlich zum ersten Mal richtig offen zu mir warst, sofort in den Was-bin-ich-doch-charmant-Modus gewechselt hast."

Seufzend rieb er sich übers Gesicht, dann ließ er die Hand sinken. „Können wir uns setzen und darüber reden?"

Wieder zuckte sie mit den Schultern, nahm aber auf der Couch Platz und warf ihm einen vielsagenden Blick zu. „Sprich."

Er setzte sich neben sie. „Ich gebe zu, dass ich vielleicht ein bisschen übertrieben habe, doch ich konnte einfach nicht anders. Ich habe irgendwie Panik bekommen."

Sie blinzelte. Mr Supergeheimagent und Panik? „Warum in aller Welt solltest du Panik bekommen?"

„Himmel, Tash.“ Er fuhr sich mit den Fingern durchs Haar. „Ich habe Dinge gesehen und getan, bei denen es dir die Schuhe ausziehen würde. Was sag dich da? Bei denen sich dir der Magen umdrehen würde. Ich hatte dir gerade gestanden, dass ich seit dem College keine richtigen Freundschaften mehr habe, und plötzlich wirst du ganz schweigsam, bekommst Kopfschmerzen und willst nach Hause gehen.“

„Weil du auf einmal wie ein schleimiger Staubsaugervertreter gesprochen hast, und weil es verdammt laut da war und … Nun, weil es einfach keinen Spaß mehr gemacht hat.“

Er rutschte etwas näher. „Aber davor hat es dir Spaß gemacht?“

„Ja. Es war toll. Es war gleichzeitig unangestrengt und aufregend. Genau wie damals, als ich dich auf den Bahamas kennengelernt habe. Aha!“ Sie zeigte auf ihn. „Und damals hast du mich belogen.“

„Damals habe ich dich angelogen, weil ich mitten in einem Job war und man niemals, *niemals* seine Deckung fallen lassen darf. Da hat es auch keine Rolle gespielt, dass ich zu dieser Zeit tausend Meilen von meinem Einsatzort entfernt war – das waren und sind nun mal die Regeln für Undercover-Agenten.“

Er rutschte näher an sie heran und sah ihr in die Augen. „Aber ich schwöre beim Grab meiner Mutter, dass ich, seit ich dich wiedergefunden habe, ehrlich war. Und ich habe weder meine Brüder noch ihre Frauen noch Austin oder überhaupt irgendjemanden in dieser Stadt angelogen.“

„Okay. Ich schätze, ich musste das einfach mal von dir hören.“

„Also glaubst du mir?“

Sie überlegte einen Moment, dann antwortete sie: „Ja.“

„Gut.“ Er zog sie auf seinen Schoß. „Was ist jetzt von wegen, ich kann mit dir machen, was ich will …“

Ihr klappte der Mund auf, leise lachend schlug sie ihm auf die Schulter. „Du bist so ein Lüstling!“

„Hey, ich bin ein Mann, und wir hatten gerade erst unseren ersten … ich weiß nicht mal, wie man das nennt. Einen Streit? Ein Missverständnis?“ Er zuckte die Achseln. „Ich habe so lange keine richtige Beziehung mehr gehabt, dass ich mich mit den Ausdrücken schwertue. Ich weiß aber, dass in solchen Fällen Versöhnungssex angebracht ist.“

Ihr Herz schlug schneller. „Und wir beide haben eine Beziehung?“ *Oh Gott, oh Gott, und ich dachte, das wäre nur eine Affäre.*

„Himmel, ja. Zumindest … denke *ich* so.“ Er runzelte die Stirn. „Wieso? Bist du anderer Ansicht?“

Sie wollte ihn fragen, wie lange diese sogenannte Beziehung seiner Meinung nach dauern sollte, doch irgendetwas war mit ihr geschehen. Normalerweise hätte sie keine Sekunde gezögert, ihn darauf anzusprechen, jetzt sagte sie jedoch bloß: „Nein, ich bin nicht anderer Ansicht.“ Sie neigte den Kopf, um ihn zu küssen. Und zwar, weil sie es wollte, verdammt noch mal.

Und nicht, weil sie auf diese Weise nicht über ihre Gefühle nachdenken musste. Oder darüber diskutieren, wohin – falls überhaupt – die ganze Sache führen sollte.

## 20. KAPITEL

Als Luc am folgenden Mittwochabend vor Max' Haus ankam, stand die Tür ein kleines Stück offen. Sein Bruder tanzte gerade mit Harper im Wohnzimmer. Einen Moment lang verharrte Luc auf der Veranda, um sie zu beobachten. Max konnte sich gut bewegen und war ein besserer Tänzer als er, so viel stand fest.

Er klopfte an den Türrahmen, als Max seine Frau in seinen Armen nach hinten fallen ließ, wobei er aussah, als ob er sich am liebsten auf sie stürzen würde. „Habe ich mich im Tag geirrt?"

Max zog Harper wieder in die Höhe, drehte sich um und grinste ihn an. „Nein, komm rein. Harper und ich haben uns nur die Zeit vertrieben, bis alle auftauchen."

„Möchtest du ein Bier, Luc?", fragte Harper, während sie sich aus Max' Umarmung löste. „Oder vielleicht Kaffee oder ein Glas Wein?"

„Kaffee klingt gut."

„Kaffee kommt sofort. Wie trinkst du ihn?"

„Milch wäre toll. Ansonsten nehme ich ihn aber auch schwarz."

„Ach, Schätzchen, wir haben alles, was dein Herz begehrt."

„Allerdings", stimmte Max ihr zu. „Heute zumindest. Es ist so nett von euch, mir eure Hilfe für die Kampagne anzubieten. Das Mindeste, was wir da tun können, ist, euch mit Essen und Trinken zu verwöhnen. Wo wir gerade davon sprechen, ist fettarme Milch okay, oder willst du mal ganz verrückt sein und Kaffeesahne nehmen?"

„Verrückt ist mein zweiter Vorname", entgegnete er.

„Dann Kaffeesahne." Harper ging in ihre noch nicht endgültig fertige Küche.

Max stellte die Musik leiser. „Setzen wir uns."

„Mensch, Max", erklang Jakes Stimme in diesem Moment. Als sie sich umdrehten, kamen gerade ihr jüngerer Bruder und seine künftige Ehefrau herein. „Gibt es einen Grund dafür, dass du Gottes freie Natur aufheizt?"

Austin stürmte an seinem Vater und Jenny vorbei direkt auf sie zu.

„Hallo, Onkel Max, Onkel Luc! Ich werde heute auch helfen. Dad sagte, dass du mir vielleicht den Tacker überlässt."

„Und weißt du was? Jemanden, der tackert, ist genau das, was ich brauche", meinte Max. „Komm mit – ich zeige dir die Schilder, die wir entlang der Autobahn in den Gärten der Leute aufstellen werden."

Harper kam mit Lucs Kaffee zurück. Er trank einen Schluck und folgte Max, der Austin zu einem Tisch aus einem alten Türblatt und zwei Sägeböcken führte. Darauf lagen eine riesengroße Heftmaschine und ein Stapel glänzender Tafeln, auf denen sich jeweils zwei Porträts von Max Bradshaw befanden. Eins zeigte ihn ernst in schwarzer Uniform, auf dem anderen war er lachend in weißem T-Shirt und einem Tuch um den Kopf abgebildet. Darunter stand: *Ein neuer Sheriff ist in der Stadt.* Daneben lagen flache Holzstangen.

Er sah Max an. „Ich habe so was noch nie mit zwei Fotos gesehen."

Sein Bruder schnitt eine Grimasse. „Wem sagst du das. Auf dem einen Foto sehe ich wie ein zugedröhnter Hell's Angel aus. Ich wollte nur das mit der Uniform, aber die Frauen haben mich überstimmt. Harper meinte, dieser Schnappschuss würde mich von meiner zugänglichen Seite zeigen."

„Da hat sie nicht unrecht." Luc betrachtete noch einmal Max' entspannten Gesichtsausdruck auf der Aufnahme. „Wo wurde das aufgenommen?"

„Rebeca Damoth hat es vor ein paar Monaten mit ihrem Handy beim Cedar-Village-Pfannkuchen-Essen gemacht. Ich war an diesem Morgen der Chef-Pfannkuchenbäcker."

Jenny gesellte sich zu ihnen. „Das ist geniales Marketing, Max. Auf dem professionellen Foto siehst du ganz offiziell aus. Aber das andere erinnert die Leute daran, dass du nicht nur für Razor Bays Sicherheit sorgst, sondern auch viel gemeinnützige Arbeit leistest."

„Das ist wahr", rief Tasha, die gerade die Tür hinter sich schloss.

Luc fuhr herum. Ihr Date war erst zwei Tage her, seitdem war sie offenbar sehr beschäftigt gewesen, und für ihn fühlte es sich wesentlich länger an.

Sie schälte sich aus einem Fransenschal, zog ihren Mantel aus, legte beides über einen Stuhl und trat näher. „Dieser Schnappschuss verbindet dich mit deinen Nachbarn, und das ist etwas, was deinem Herausforderer fehlt. Er hat nie hier gelebt oder gearbeitet, und selbst wenn ich dich nicht sowieso schon toll fände, könnte ich den anderen einfach nicht wählen. Er kommt mir viel zu rigide und unflexibel vor – was höchstwahrscheinlich ein und dasselbe ist, nicht wahr?" Sie verzog verächtlich das Gesicht. „Aber wüsste er, wie er mit Wade Nelson umzugehen hat, wenn der mal wieder Ärger wegen Curt und Mindy macht?", fragte sie und bezog sich damit auf jemanden aus der Stadt, der das neue Liebesglück seiner Exfrau nicht akzeptieren konnte – obwohl sie mit ihrem zweiten Ehemann schon fast zehn Jahre verheiratet war. „Das glaube ich kaum."

„Himmel, nicht mal ich bin mir sicher, was ich mit Wade tun soll", sagte Max. „Egal, was ich versuche, es nützt alles nichts."

„Tja, nun, Wade ist ein Idiot. Aber er ist Razor Bays Idiot."

„Das ist er.“ Jenny nickte. „Doch er ist einer von uns, und Swanson würde ihn wahrscheinlich neben meinem Vater im Knast unterbringen.“

„Und das wollen nicht mal Curt und Mindy“, sagte Tasha. Sie tätschelte Max’ Arm. „Du wirst deinen Gegenkandidaten bei der Wahl abziehen.“

„Deine Worte in Gottes Ohr. Oder besser in Gottes Wahlurnen.“

„Warte mal.“ Luc sah Jenny an. „Dein Vater sitzt im Gefängnis?“

„Ja. Ich war noch ein Teenager, als er wegen Betrugs verurteilt wurde. Er hat mit einem Schneeballsystem jede Menge Leute um ihr Erspartes gebracht. Seitdem sitzt er im Monroe Penitentiary. Oder vielleicht ist er inzwischen auch draußen.“ Sie zuckte mit den Schultern. „Wir haben seit letztem Jahr nicht oft gesprochen, weil ich mich geweigert habe, dem Bewährungsausschuss zu sagen, dass im Hotel hier eine Stelle als Buchhalter auf ihn wartet, wenn er rauskommt.“ Sie schüttelte den Kopf. „Er war beleidigt, als ich ihm einen Job als Gärtner angeboten habe. Aber eher friert die Hölle zu, als dass ich ihn auch nur in die Nähe von Austins Erbe lasse.“

Heiliger Himmel. Jedes Mal, wenn er gerade davon überzeugt war, dass seine Brüder und ihre Frauen ein ganz normales amerikanisches Leben führten, erfuhr er wieder etwas Neues.

„Könntet ihr mal bitte beim Thema bleiben?“, fragte Austin ungeduldig. „Kümmern wir uns lieber um die Wahl, wir alle wissen doch, dass Onkel Max der nächste Sheriff wird. Also, an die Arbeit!“

Max nahm den Jungen in den Schwitzkasten und gab ihm eine Kopfnuss. „Wir wissen das also, ja?“

Austin grinste zu ihm hinauf. „Klar.“

„Klingt für mich nach dem perfekten Wahlmotto", meinte Luc. „Vielleicht sollten wir den Slogan, ein neuer Sheriff ist in der Stadt, ersetzen durch: Wir alle wissen, das ist der Mann für diesen Job."

„Siehst du?", rief Austin. „Können wir *jetzt* vielleicht mit den Schildern weitermachen? Immerhin sind wir deswegen hergekommen, oder? Um für deine Kampagne zu arbeiten."

„Das stimmt allerdings." Max ließ ihn los.

„Und da du so ein gewissenhafter, selbstloser kleiner Streber bist", sagte Jake, „sollten wir dir vielleicht einfach einen Stapel von den kleineren Schildern geben. Du könntest sie mit dem Fahrrad in die Stadt bringen und die Laden- und Restaurantbesitzer fragen, ob sie eins in ihre Fenster stellen. Ich könnte wetten, dass du ein toller Fürsprecher für deinen Onkel wärst."

„Ähm ..." Austin wirkte einen Moment unsicher, fing sich jedoch ziemlich schnell. „Das würde ich ja, Dad, aber wir sind hier in Razor Bay. Von der Pizzeria einmal abgesehen, haben alle Läden schon geschlossen. Und Tasha ist ja hier, die kann gleich selbst eins mitnehmen."

Max grinste Jake an. „Er ist genauso helle im Kopf wie du", meinte er und wandte sich wieder an Austin: „Komm, ich zeig dir, wie ich es haben möchte." Er wählte eine Holzstange aus, legte sie in die Mitte des Tisches und dann ein Schild darauf. „Hier, wenn du die Stange genau hinter dem Stern platzierst, ist sie in der Mitte. Und nach unten brauchen wir noch so viel Platz, dass wir sie in den Boden stecken können, siehst du?"

Austin nickte, und Max nahm die Heftmaschine in die Hand. „Der einzige Trick ist, keine wichtige Information mit einer Klammer abzudecken. Also, am besten bringst du hier eine an." Er zielte genau auf den Stern.

„Lass mich das machen!"

Max reichte ihm den Tacker, und Austin drückte ihn genau auf die Stelle, die sein Onkel ihm gezeigt hatte. Dann schoss er die Klammer hinein. „Boaaah!" Er sah das Poster an. „Und hier?", fragte er, während er auf eine Stelle am oberen Teil der Holzlatte zeigte.

„Perfekt. Wie ich sehe, sind meine Schilder bei dir in guten Händen."

„Yeah, es geht ja schließlich nicht um Quantenphysik." Der Junge hob das Schild hoch, um sein Werk zu bewundern. „Sieht ziemlich cool aus."

„Das sollte es auch", sagte Max. „Dein Dad hat das Design gemacht."

Austin strahlte seinen Vater an. „Gute Arbeit, Dad."

„Danke, Sohn", antwortete Jake, der etwas in seinen Laptop tippte, während Harper ihm über die Schulter sah. „Bin froh, dass es dir gefällt."

Luc mochte Austin. Der Junge hatte denselben lockeren Humor wie der Rest der Familie, und für einen Teenager war er erstaunlich offen. Dass er ihn so bedingungslos als Onkel akzeptierte, erfüllte ihn mit Dankbarkeit. Austin behandelte ihn, als würden sie sich schon ewig kennen.

Und jetzt, nach diesem kleinen Zwischenspiel, dachte er auf einmal, dass er gerne hierbleiben und miterleben würde, wie Austin aufwuchs.

*Und warum tust du das nicht einfach?*

Er erstarrte, denn tatsächlich, was hielt ihn davon ab? Ganz sicher nicht seine bescheuerte Karriere. Es war nun Tage her, dass er um Paulsons Rückruf gebeten hatte – und hatte der das für nötig befunden?

*Nein, zum Teufel!* Also, warum sollte er nicht den Beruf wechseln und näher bei seinen Brüdern und ihren Familien bleiben? Und bei Tasha?

Er setzte sich auf die Couch, um darüber nachzudenken.

Kurz darauf unterbrach Tasha seine Gedanken. „Du bist heute Abend so still", sagte sie.

„Stimmt." Er rutschte zur Seite und klopfte auf den freien Platz neben sich. „Mir geht ziemlich viel im Kopf rum." Dann richtete er sich gerader auf. „Aber wir sind ja heute aus einem anderen Grund hier. Also werde ich mich darauf konzentrieren, Max zu helfen."

„Das hat noch einen Moment Zeit", meinte Jake und setzte sich anstelle von Tasha neben ihn. „Ich muss dich nämlich was fragen."

„Sicher. Schieß los."

„Du weißt, dass Jenny und ich im Januar heiraten, oder?"

Er nickte. „Ja. Zumindest weiß ich, dass ihr verlobt seid. Ich wusste allerdings nicht genau, wann die Hochzeit stattfindet."

„Am siebzehnten Januar. Es wird eine kleine Zeremonie, nur Familie und einige Freunde – aber danach gibt es eine große Feier. Austin ist mein Trauzeuge, und Max ist mein Platzanweiser." Jake sah ihn an. „Ich hätte gern, dass du mein zweiter Platzanweiser wirst."

„Du möchtest mich als Platzanweiser haben?"

„Als *zweiten* Platzanweiser", rief Max vom anderen Ende des Raumes.

Jake lachte. „Genau. Einer von zweien. Wobei es natürlich nicht viele Leute gibt, um die ihr euch kümmern müsst. Wie ich sagte, wird die Hochzeit selbst klein sein. Aber du bist mein Bruder, und ich möchte, dass du ein Teil davon bist." Er musterte ihn einen Moment. „Smoking ist Pflicht, falls dir das die Entscheidung leichter macht. Jedenfalls habe ich damit Max überzeugt." Jake schüttelte den Kopf. „Der Typ liebt es einfach, sich aufzudonnern."

„In *Männer*klamotten", rief Max, dann sagte er zu Harper: „Bei ihm klingt das so, als ob ich einen Schrank voller Frauenunterwäsche hätte, in der ich heimlich rumlaufe."

Austin sah ihn entsetzt an. „Eklig!"

„Ja, oder?" Max schüttelte den Kopf. „Dein Dad ist wirklich seltsam."

Luc lachte, aber sein Herz klopfte heftig, und sein Hals war wie zugeschnürt. Jake wollte, dass er bei dessen Hochzeit eine Aufgabe übernahm. Weil er sein Bruder war, genauso wie Max. Er sah Jake an und nickte. „Das mache ich gern", sagte er etwas barsch. „Sogar sehr gern."

„Sehr gut! Damit ist die Hochzeitsgesellschaft komplett." Jake sah zu Harper hinüber. „Also, wir sind schließlich zum Arbeiten hier. Was sollen wir als Erstes tun?"

Peyton knallte die Geschirrwanne neben die Spülmaschine, stützte die Hände in die Hüften und sah Jeremy an. „Hast du vor, jemals wieder mit mir zu sprechen?"

Seit dem vergangenen Freitag zeigte er ihr nun bereits die kalte Schulter. Wenn Tasha in der Nähe war und er sie nicht vollkommen ignorieren konnte, war er kurz angebunden und höflich, ansonsten schwieg er sie an.

Sie hatte sich mehr als einmal entschuldigt, und jetzt reichte es ihr. Sie war bereit für die große Auseinandersetzung. Tasha war bei Deputy Bradshaw, um … zu tun, was auch immer man für eine Wahlkampagne so tat. Tiffany kassierte gerade die letzten Gäste ab und würde danach genug damit zu tun haben, die Tische abzuwischen. Somit waren sie die nächsten Minuten allein in der Küche, und sie wollte endgültig wissen, ob er ihr irgendwann verzeihen würde.

Sie starrte ihn an, seinen verschlossenen Blick, seine fest zusammengebissenen Zähne. Zwar hatte sie gehofft, er würde endlich sein Schweigen brechen und wieder mit ihr reden, doch sie hatte sich schwer getäuscht. Mit pochendem Herzen richtete sie ihre Aufmerksamkeit auf das, wofür Tasha sie bezahlte, wandte ihm den Rücken zu und begann, die Spülmaschine einzuräumen.

Eine Zeit lang hörte man nichts anderes als Geschirrklappern und wie er die Plastikdosen mit Resten im Kühlschrank verstaute. Schließlich füllte sie Spülmittel ein und stellte die Maschine an. Dann drehte sie sich um und ertappte ihn dabei, wie er sie beobachtete. Sofort sah er weg.

„Tut mir leid, dass ich dein Auto beleidigt habe", sagte sie leise. „Als mir klar wurde, dass es deines ist, war ich … total am Ende."

Er hob den Kopf. „Wieso?", fauchte er. „Aus Angst, dass dich jemand in dieser … wie hast du dich ausgedrückt? Ach ja, Dreckschleuder sehen könnte?"

Sie sollte es einfach lassen. Den Schaden begrenzen. Denn wenn sie ihm die Wahrheit sagte und er immer noch sauer auf sie wäre – das würde sie nicht ertragen.

Aber, verdammt, sie musste daran denken, was Tasha ihr gesagt hatte, und die bewunderte sie nun einmal flammend – mehr als irgendeinen anderen Erwachsenen, den sie kannte.

Jedes Mal hatte Tasha ihr geraten, sich an die Wahrheit zu halten.

Also atmete sie tief ein und stieß dann zitternd die Luft wieder aus. „Nein. Sondern weil es für mich immer der schönste Moment des Tages war, dich zur Arbeit oder nach Hause zu fahren. Und weil das jetzt, wo du selbst ein Auto hast, nicht mehr nötig ist."

Und erneut dröhnte Jeremys Schweigen in ihren Ohren. Peyton beschloss, dass dies ihr letzter Versuch gewesen war. Sie mochte ihn mehr als jeden anderen Jungen, den sie kannte, aber sie konnte einfach nicht mehr. Mit hochgezogenen Schultern starrte sie auf den Küchenboden. Dabei hätte sie so gern lässig reagiert, cool. Denn hey, man konnte ja nicht immer gewinnen.

Doch sie dachte nur eins: Verlieren ist Scheiße.

„Was?", krächzte Jeremy, und sie hob den Kopf.

Er sah sie tatsächlich an, statt durch sie hindurch wie in den letzten fünf Tagen. Etwas Hoffnung ließ ihr Herz höherschlagen, und sie straffte die Schultern. „Ich fand es einfach furchtbar, dass du jetzt nicht mehr mit mir fahren wirst."

Er trat näher. „Und dir ist nie in den Sinn gekommen, dass du stattdessen ab und zu mit mir fahren könntest?" Er kniff die Augen zusammen. „Andererseits möchtest du bestimmt nicht in so einem beschissenen Auto gesehen werden."

„Ach, Himmel noch mal, Jeremy, könntest du jetzt langsam mal damit aufhören? Ich habe das gesagt, weil ich dachte, dass jemand das Auto auf unserem Parkplatz einfach zurückgelassen hat. Wenn ich gewusst hätte, dass es dir gehört – ich hätte doch niemals deinen Vater beleidigt. Ich könnte grün werden vor Neid, dass du einen Dad hast, der extra von Seattle hierherkommt, um dir ein Auto zu schenken. Ich warte jeden Tag darauf, dass mein Stiefvater mir mein Auto wieder wegnimmt, das er mir geschenkt hat, als ich ihm noch was bedeutet habe." Hastig biss sie auf die Unterlippe, die zu beben begonnen hatte.

Sie würde verdammt noch mal nicht vor ihm in Tränen ausbrechen.

Erst als Peyton mit ihren weißen Zähnen auf ihrer Unterlippe zu kauen begann, konnte Jeremy sich endlich wieder bewegen und machte einen Schritt auf sie zu. Er sah, wie ihre Augen groß wurden, als er sie in die Arme zog, und atmete den unvergesslichen Duft ihres Shampoos tief ein. „War es das, was du meinem Dad gesagt hast?"

Sie legte den Kopf in den Nacken. „Was? Ich habe deinen Dad seit Freitag nicht mehr gesehen."

„Er fragt immer nach dir, wenn er anruft. Und er hat mir an diesem Abend erzählt, dass du etwas zu ihm gesagt hast, und er meinte, ich soll nicht so schlecht von dir denken."

Sie kniff die Augen zusammen, und er grinste entschuldigend. „Hey, du hast sein Geschenk beleidigt, und ich war sauer. Also? Hast du ihm so was Ähnliches gesagt wie mir gerade?"

„Ich weiß nicht mehr … Oh. Ja. Das habe ich wohl. Ich sagte, was für ein Glück du mit ihm hast, und dass ich alles dafür geben würde, einen Vater zu haben, dem ich nur halb so wichtig wäre wie du ihm."

„Ich schätze, das hat ihm viel bedeutet."

Sie wich etwas zurück, und er ließ die Arme an den Seiten herabfallen.

„Ja, er hat meine Entschuldigung sofort akzeptiert. Warum warst du so lange wütend auf mich?"

„Dad sagt, dass ich oft auf einer Sache herumreite, obwohl es besser wäre, mal fünfe gerade sein zu lassen." Er zuckte mit den Schultern. „Da hat er nicht unrecht, und ich arbeite daran. Aber als ich das Gefühl hatte, dass du auf mich und Leute wie mich herabsiehst, da … ich weiß nicht … das hat mich schwer getroffen. Deswegen habe ich getan, was ich meistens tue, nämlich zugemacht."

Sie schmiegte sich wieder an ihn. „Weil ich dich verletzen kann?"

Jeremy richtete sich zu seiner vollen Größe auf, und sein eigensinniger Gesichtsausdruck sagte: *Verflucht, nein – echte Männer geben so einen Scheiß nicht zu.* Doch als er den Mund öffnete, kam etwas anderes heraus. „Vielleicht."

„Du kannst mich auch verletzen, weißt du. Also sollten wir irgendwie versuchen, es möglichst nicht zu tun."

„Yeah. Vielleicht sollten wir genau das versuchen." Langsam, ganz langsam senkte er den Kopf.

Eindeutig, um sie zu küssen. Zugleich ließ er ihr genug Zeit, ihn davon abzuhalten.

Von wegen! Sie stellte sich auf die Zehenspitzen, schlang die Arme um seinen Nacken und presste die Lippen auf seine.

Es war einfach himmlisch. Jeremy legte seine Finger, die etwas trocken von der vielen Küchenarbeit waren, mit einer Zärtlichkeit um ihr Gesicht, dass ihr Herz sich zusammenzog. Sein Mund war warm, die Lippen zart, aber fest. So fest. Peyton seufzte, gleichzeitig drückten sie sich noch enger aneinander. Sie hätte nicht sagen können, wie viel Zeit vergangen war, als er schließlich den Kopf hob.

Er strich mit der Fingerspitze eine Haarsträhne aus ihrer Stirn. „Also", sagte er.

Sie erwiderte seinen zärtlichen Blick. „Also."

„Lust auf eine Fahrt mit meinem neuen Auto?"

„Ja." Sie lächelte ihn an. „Sehr gern. Ich dachte schon, du würdest nie fragen."

## 21. KAPITEL

In zerschlissener Jeans, ausgewaschenem Sweatshirt und einem Kopftuch über ihren wilden Locken putzte Tasha die Wohnung, als ob demnächst eine Horde Putzteufel mit weißen Handschuhen in ihr Haus dringen, mit den Fingerspitzen über ihre Möbel fahren und Noten verteilen würde. Ihre dummen Mitarbeiter in der Pizzeria hatten sie fortgeschickt und behauptet, alles im Griff zu haben.

Okay, sie waren natürlich nicht dumm – so was durfte man nicht mal denken. Zumal sie froh darüber sein sollte. Dankbar sogar. Wie oft hatte sie davon geträumt, endlich mehr Zeit zu haben. Wenigstens mal eine Stunde in Ruhe eine Zeitschrift durchblättern oder Erledigungen machen zu können, ohne dass in ihrem Kopf ständig vorwurfsvoll die Uhr tickte?

Das hier war jedoch etwas anderes. Es war Freitag, Himmelherrgott noch mal, und an einem Freitag sollte sie das Bella T's nicht allein lassen! Ihr Team betrachtete es als Test – sie konnten sie jederzeit anrufen, falls ihnen die Sache über den Kopf wuchs. Andererseits hatte Jeremy ihr sein großspuriges Vertrau-mir-Lächeln zugeworfen und behauptet, er habe alles im Griff.

*Ha!* Wahrscheinlich wollte er sie nur loswerden, damit er und Peyton in der Küche rummachen konnten. Dass die beiden sich versöhnt hatten, war ihr schließlich nicht entgangen.

Sie sollte wirklich nach dem Rechten sehen.

„Ach, Himmel, jetzt reiß dich mal zusammen.“ Schlecht gelaunt räumte sie das schmutzige Geschirr in die Spülmaschine und verursachte dabei lautes Geklirre.

Verdammt, sie freute sich ja für die beiden – und vielleicht noch mehr für sich selbst, denn Jeremy und Peyton waren die ganze vergangene Woche missgelaunt durch die Gegend gelaufen.

Natürlich hatte ihre eigene miese Laune überhaupt nichts mit dem Liebesleben von Teenagern zu tun, sondern mit der Tatsache, dass ihr ständiges Gerede über mehr Freizeit offenbar präzise das gewesen war: Gerede. Denn jetzt, ohne ihre üblichen Pflichten und Aufgaben, war sie kurz davor, die Wände hochzugehen. Ein kleiner Schreianfall wäre im Moment angebracht.

*Man kann auch zu viel Zeit zum Nachdenken haben, verflucht.* Manchmal wollte eine Frau einfach arbeiten und nicht denken, denken, denken. Genau deshalb veranstaltete sie ja diesen durchgeknallten Putzmarathon. Sie brauchte etwas, um aus ihrem gedanklichen Hamsterrad herauszukommen.

Vor einer Woche hatte Jenny ihr versichert – sie hatte es ihr direkt ins Gesicht gesagt –, dass sie, Tasha, nicht wie ihre Mutter war. Dass sie im Gegenteil nicht einmal die geringste Ähnlichkeit mit ihr hatte und niemals haben würde.

Darüber hatte sie seither viel nachgedacht. Verstandesmäßig wusste sie, dass ihre beste Freundin recht hatte. Solange sie zurückdenken konnte, hatte sie immer wie eine Verrückte daran gearbeitet, nicht wie Nola zu werden.

Trotzdem stand sie jetzt da und war wieder bis über beide Ohren in Luc verliebt. Nur dass es diesmal noch schlimmer als beim letzten Mal war, denn nun ging es nicht nur um ein paar Tage auf einer exotischen Insel. Nein, nun erlebte sie, wie perfekt er in ihr Leben passte. Jedes Mal, wenn sie zusammen waren, lernte sie ihn ein bisschen besser kennen und verstand, was ihn zu dem Menschen machte, der er war.

Zudem war sie inzwischen davon überzeugt, ihn zu *liiiiieben*.

Sie schleuderte den Kaffeebecher, den sie in der Hand hielt, an die Wand und zuckte nicht mal mit der Wimper, als er in tausend Scherben zersprang, sondern stand nur schwer atmend da und starrte blind vor sich hin. Weil …

Sofort von Liebe zu sprechen, nur weil man jemanden etwas besser kennengelernt hatte, war so typisch Nola. Nichts könnte typischer sein.

Natürlich wäre es keine Lösung, sich die eigenen Gefühle nicht einzugestehen, aber gleich ein rosa Wolkenkuckucksheim darum herumzubauen war ein Riesenfehler. Schließlich hatte Luc ihr nie irgendetwas versprochen. Im Gegenteil, sie wusste ganz genau, wie sehr er seinen Job liebte. Deswegen rechnete sie auch täglich damit, dass er die Tasche packte und wieder in seiner dunklen, gefährlichen Welt untertauchte.

Sie wusste nur nicht, was sie dann tun sollte.

Luc lauschte nun schon seit zwanzig Minuten dem Lärm, den Tasha veranstaltete. Sosehr er am liebsten in Erfahrung gebracht hätte, was genau sie da trieb, vermutete er, dass sie etwas Zeit für sich brauchte. Sie bewegte sich normalerweise ziemlich leise in ihrer Wohnung, und was er da von nebenan zu hören bekam, klang, als wäre sie genervt. Daher war es sicherlich das Klügste, einen großen Bogen um sie zu machen.

So dachte er, bis irgendetwas zu Bruch ging. Sofort rannte er aus der Tür und stand vor ihrer, bevor er auch nur einen klaren Gedanken gefasst hatte, und hämmerte mit der Faust dagegen. „Tasha“, rief er herrisch, „lass mich rein!“

Einige Sekunden Stille folgten. Er wollte gerade erneut gegen das Türblatt schlagen, als er ihre Stimme hörte.

„Geh weg, Luc.“

„Sicher nicht. Mach auf, oder ich werde …“

Sie riss die Tür auf. „Oder was, du toller Hecht?“

Sie starrte ihn an, ihre Wangen waren gerötet, die Hände hatte sie in die Hüften gestemmt.

„Trittst du sie sonst ein oder sprengst sie in die Luft? Wenn du unbedingt von deinem Bruder ins Gefängnis geworfen werden willst, bitte sehr. Max wird dich verhaften, so schnell kannst du gar nicht gucken, dafür sorge ich schon."

Er sah sie verblüfft an. Wieso war sie sauer auf ihn? Sie versperrte ihm den Eintritt zu ihrer Wohnung, alles an ihrer Körpersprache sagte *draußen bleiben*, und zwar in greller Neonschrift.

„Was ist denn bloß mit dir los?" Er runzelte die Stirn, entspannte sie dann aber, als ihm die logischste Erklärung in den Sinn kam. „Ah!" Er nickte weise. „Hast du deine …?"

„Was?" Mit einem Ist-das-dein-Ernst-Blick stieß sie ihn mit beiden Händen vor die Brust. „Sag so etwas besser nicht, Mann. Nicht, wenn du weißt, was gut für dich ist. Wahrscheinlich ist es für dein winziges Männerhirn nur schwer zu erfassen, dass eine Frau auch mies drauf sein kann, ohne dass es was mit ihrem Menstruationszyklus zu tun hat."

„Kann sein, ja. Aber warum ist es okay, dass du die Größe meines Hirns beleidigst, nur weil ich angedeutet habe, dass du vielleicht deine … also deine Tage hast?"

Sie starrte ihn einen Moment lang an, dann murrte sie: „Mist."

Sie drehte sich um und stakste in ihren mit Blumen gemusterten Fleecesocken zurück in ihre Wohnung. Da sie ihm die Tür nicht vor der Nase zugeknallt hatte, hieß das wohl, dass er hereinkommen durfte.

„Darauf fällt mir keine gute Antwort ein", sagte sie, „keine einzige. So ungern ich es zugebe, du hast recht." Kopfschüttelnd ließ sie sich auf die Couch plumpsen und sah zu ihm auf. „Ich hab wirklich miese Laune, und als du mit deinem Befehlston hier aufgetaucht bist, warst du der perfekte Blitzableiter für mich. Tut mir leid."

Er setzte sich neben sie. „Möchtest du darüber reden?"

„Nein." Sie rutschte etwas tiefer, ließ den Kopf an die Rückenlehne sinken und starrte in den dicken, weißen Nebel jenseits der Balkontür. „Ist nichts Wichtiges."

Eigentlich hätte er froh sein sollen, dass er sich jetzt nicht irgendwelchen Mist über Gefühle anhören musste. Warum also wollte er sie am liebsten bitten, trotzdem darüber zu sprechen? Normalerweise brach er in solchen Situationen jegliche Geschwindigkeitsrekorde, um in die entgegengesetzte Richtung abzuhauen. Aber tatsächlich war es so, dass er alles über Tasha wissen wollte. Er wollte erfahren, was sie bewegte und was sie so wütend machte.

Offensichtlich war sie nicht in der Stimmung für ein offenes Gespräch, doch ihm fiel etwas ein, das seine Mutter oft gefragt hatte. „Möchtest du in den Arm genommen werden?"

Langsam drehte sie den Kopf, um ihn anzusehen – einen Moment lang dachte er schon, sie würde anfangen zu weinen. Allein bei der Vorstellung wurde ihm angst und bange. Zum Glück nickte sie bloß.

„Ja", sagte sie leise. „Das wäre schön."

Vorsichtig zog er sie hoch und setzte sie auf seinen Schoß. Dann legte er das Kinn auf ihren Kopf und schlang die Arme um sie. Eine ganze Zeit schwiegen sie.

Dann sah er sie an. „Ich habe schon lange niemandem mehr eine Rückenmassage gegeben, aber früher konnte ich das verdammt gut. Vielleicht bin ich etwas eingerostet, doch für dich würde ich mein Bestes versuchen."

Sie seufzte. „Das wäre wirklich fantastisch."

Er stand auf und stellte sie sanft auf die Beine. „Leg dich auf den Bauch aufs Sofa. Ich setze mich auf dich." Als sie ihn zweifelnd ansah, fügte er hinzu: „Keine Sorge, ich werde dich nicht erdrücken."

„Warum gehen wir nicht einfach ins Schlafzimmer?“, schlug sie vor. „Da haben wir mehr Platz.

Sein bestes Stück war begeistert. Still, Junge, mahnte er stumm. „Dann ins Schlafzimmer“, sagte er beiläufig und folgte ihr. „Mach es dir bequem.“ Er ging zum Fenster, um die Rollläden zu schließen. Auf einer Kommode standen einige halb abgebrannte Kerzen mit Vanilleduft. Er fischte Streichhölzer aus der Hosentasche und zündete sie an.

Als er sich umdrehte, sah er, wie Tasha sich gerade diesen Fetzen von einem Pullover über den Kopf herunterzog, den BH öffnete und beides auf den Boden warf. Dann ließ sie sich aufs Bett fallen.

Seine Mundwinkel gingen in die Höhe. „Die Idee gefällt dir, schätze ich mal.“

„Allerdings.“ Sie drückte sich ein wenig hoch und lächelte ihn über die Schulter an. „Ich kann mich gar nicht daran erinnern, wann ich zum letzten Mal eine Rückenmassage bekommen habe.“ Sie legte sich wieder hin, ihre rechte Wange auf die gekreuzten Hände geschmiegt.

Luc hockte sich mit gespreizten Beinen so über sie, dass sie kaum etwas von seinem Gewicht abbekam. Einen Moment betrachtete er ihren schlanken, cremeweißen Rücken, dann beugte er sich vor, legte die Finger auf ihre Schultern und begann, sie rhythmisch mit den Handballen und den Daumen zu massieren.

Tasha stöhnte lang und tief, und sein Penis bekam fast eine Gehirnerschütterung, so hart rammte dessen Spitze gegen den Reißverschluss der Jeans. Luc musste selbst ein Stöhnen unterdrücken und versuchte, sich einzig und allein auf die Massage zu konzentrieren. Es sollte nur für sie sein, doch Tasha hörte nicht auf, kleine Laute von sich zu geben, was es ihm mit seiner Erektion nicht gerade leichter machte.

Wenigstens schien sie sich zu entspannen.

„Du hast tatsächlich magische Hände." Sie seufzte und drehte den Kopf zur anderen Seite.

Als Nacken und Schultern gelockert waren, kümmerte Luc sich um ihren Rücken. Seine Finger glitten über ihre Seiten, und jedes Mal, wenn er die Handballen rotieren ließ, wurden ihre Brüste in die Matratze gepresst.

Er war ganz und gar damit beschäftigt, seinen Körper unter Kontrolle zu behalten, deshalb bemerkte er nicht sofort, dass sie begonnen hatte, bei jeder seiner Berührungen den Oberkörper etwas anzuheben. „Tasha?"

Sie wand sich unter seinen Händen, ihr tiefes Stöhnen hatte definitiv eine sexuelle Färbung angenommen. Luc beugte sich hinunter, drückte einen Kuss auf ihren Nacken und ließ die Lippen zu einem ihrer Ohren gleiten.

Sie erschauerte.

„Sag mir, was du willst", befahl er mit heiserer Stimme.

„Fass mich an", flüsterte sie.

„Tue ich das denn nicht?" Noch während er fragte, schob er seine Hände direkt auf ihre Brüste zu.

Sie hob eine Schulter.

*Oh ja.* Er ließ die Hand unter ihren Körper gleiten. Herr im Himmel, ihre Brust war voll und weich. Er streichelte sie einen Moment, dann nahm er ihre Brustwarze zwischen Daumen und Zeigefinger.

„Oh Gott, Luc."

Tasha keuchte – es wirkte auf ihn, als würde es sich dabei um die schmutzigsten Worte der Welt handeln, so hart wurde er. Sein Magen zog sich zusammen, sein Herz pochte. Wenn seine Erektion weiter zunähme, könnte eine unachtsame Berührung sein bestes Stück zu Staub zerfallen lassen.

Er stieg von ihr, drehte sie auf den Rücken und griff nach ihrer Jeans. Innerhalb von Sekunden hatte er sie ihr ausgezogen.

Einen Moment starrte er Tasha nur an, bis er seine Sprache wiederfand. „Sieh mal einer an, keine Unterwäsche“, murmelte er erregt. Der Anblick der seidigen rotblonden Locken und diese herrlich langen, wohlgeformten Beine besorgten ihm fast den Rest.

Auf Knien beugte er sich über sie, um sie zu küssen. Sie schlang die Arme um seinen Nacken ... und er war verloren.

Er wusste nicht, wie viel Zeit verstrichen war, als er den Kopf wieder hob. Da er die Minuten aber sinnvoll genutzt hatte, lächelte er. „Gott, Tasha. Alles an dir haut mich um.“ Und weil das die Wahrheit war und er immer noch nicht zeigen konnte, wie verletzlich er durch sie wurde, zwang er sich zu einem schiefen Lächeln. „Stört auch nicht gerade, dass du so verdammt schön bist.“

„Ja, oder?“, stimmte sie ihm trocken zu. „Ich bin ’ne ziemliche Schönheit. Liegt wohl daran, dass ich mich besonders vorteilhaft zu kleiden weiß.“

Grinsend dachte er an die Putzklamotten, die sie angehabt hatte.

Plötzlich fasste sie sich an den Kopf. „Gütiger Herr im Himmel, ich hab ja noch das Tuch um. Du meine Güte.“ Hastig löste sie den Knoten am Hinterkopf, zog es ab und fuhr sich mit den Fingern durch die Locken. „Du stehst offenbar auf den Seattle-Grunge-Look.“

„Ja, ich mag meine Frauen gern ein bisschen derb. Und ich stehe drauf, wenn eine Frau mich im Griff hat.“

„Was brauchst du, einen Stuhl und eine Peitsche?“ Sie grinste ihn an, schlang die Arme um seinen Nacken und zog sich daran hoch, um ihn zu küssen.

Und sofort war er wieder ganz bei der Sache. Er erwiderte ihren Kuss so lange wie möglich, dann schob er sich langsam nach unten. Als er ihren Nabel erreichte, verweilte er dort einen Moment, bevor er tiefer rutschte.

Er hob den Blick, um ihr in die Augen zu sehen. „Ich liebe diese Gegensätze an deinem Körper. Ich liebe es, dass deine Beine und Arme kräftig sind wie bei einer Sportlerin. Über all diesen schönen Muskeln gibt es jedoch diese süße, weiche Mädchenhaut."

Tasha stützte sich auf die Ellbogen, und Luc spürte, wie ihm vor Verlegenheit die Röte heiß ins Gesicht schoss. *Was zur Hölle, Mann?* Undercover-Agenten redeten nicht so einen Schwachsinn. Um dem entgegenzuwirken, vor allem aber, weil er genau darauf Lust hatte, schob er ihre Schamlippen auseinander und senkte den Kopf.

Er betrachtete die verlockenden rosa Lippen und die winzige Perle dazwischen, dann schnalzte er leicht mit der Zungenspitze darüber.

„Ohhhhhh", stöhnte Tasha auf und spreizte die Beine. Sofort verlor er sich in der salzig-süßen Feuchtigkeit. Es verging eine ganze Weile, bis er bemerkte, dass sie die Finger in seine Locken gekrallt hatte, die inzwischen etwas zu lang waren. Seit er nach Razor Bay gekommen war, hatte er keine Zeit gehabt, zum Friseur zu gehen. Er hörte, wie sie keuchte, und spürte, wie ihr Griff sich verstärkte.

„Oh Gott, Luc", stieß sie aus. „Das fühlt sich so …"

Sie sog scharf den Atem ein, als er mit der Zungenspitze federleicht über ihre Klitoris strich, und presste die Schenkel um seinen Kopf zusammen.

„Oh Gott. Ich komme …"

„Noch nicht, *bebe*, noch nicht." Er richtete sich auf. „Ich möchte spüren, wie du kommst." Er sah sich suchend um. „Wo zur Hölle ist meine Hose?"

Tasha rollte sich etwas zur Seite. „Hier", sagte sie atemlos.

„Kondom. Schnell." Dann schüttelte sie den Kopf und kniete sich vor ihn hin.

„Ja." Er sah ihr dabei zu, wie sie das Päcken aufriss und ihm das Kondom überstreifte. „Gott. Ja. Ich will in dir sein. *Jetzt.*" Er löste sich von ihr.

Sie ließ sich auf Händen und Knien nieder und sah ihn über die Schulter an. „Ich will dich in mir, in mir, in mir."

„Himmel, Tash." Er strich über die blassen Rundungen ihres Pos und drängte mit einem Knie ihre Beine weiter auseinander. Danach richtete er seine Erektion aus und schob die Hüften vor, spürte ihre Hitze, sah zu, wie sein Schaft in sie drang, Zentimeter für Zentimeter. Als er fühlte, wie ihre Muskeln sich anspannten, musste er die Zähne zusammenbeißen, um nicht wie ein Vierzehnjähriger auf der Stelle zu kommen. Er flüsterte ihr schmutzige spanische Worte ins Ohr, die sie zum Glück nicht verstand, zog sich etwas aus ihr zurück, versetzte ihr einen leichten Klaps und drang erneut in sie ein.

Tasha gab einen kleinen spitzen Schrei von sich und presste ihren Po an seinen Schoß. Wieder glitt er fast vollkommen aus ihr heraus und stieß mit einer angedeuteten Drehung der Hüften in sie.

Sie griff hinter sich und packte seine Handgelenke, um ihn tief in sich zu halten, drängte sich ihm entgegen und kam laut stöhnend und gewaltig.

Luc stieß den Atem durch die Zähne aus, als er spürte, wie sie erschauerte und sich anspannte. Dann begann er mit gleichmäßigen, fordernden Stößen in sie zu dringen. Er grinste zufrieden, als sie dem nächsten Höhepunkt zustrebte.

Dieser Orgasmus war kürzer und schärfer, danach sank ihr Oberkörper kraftlos auf die Matratze. Luc umfasste ihren in die Höhe gestreckten Hintern, drang noch einige Male in sie, dann, ihren Namen stöhnend, kam er, als wären es Jahre her, nicht nur Tage. Als der letzte Schauer verklungen war, sank er auf sie.

So also sieht für dich Abstand halten aus, fragte eine Stimme in ihrem Kopf, doch Tasha fühlte sich im Moment viel zu gut, um ihr die Beachtung zu schenken, die sie verdiente. Dennoch war die Frage berechtigt, schließlich war es nun endgültig um sie geschehen.

Sie liebte Luc Bradshaw. Das war zweifellos ein riesengroßer Fehler – aber wenn sie schon so viel Wert auf die Wahrheit legte, musste sie sich das zumindest selbst eingestehen.

Nie zuvor hatte sie für einen Mann so etwas empfunden, Liebe war die einzige Erklärung dafür. Es ging um so viel mehr als um den Sex, dass es ganz und gar nicht lustig war. Luc war intelligent und geduldig und hatte einen großartigen Sinn für Humor – was sie bereits auf den Bahamas herausgefunden, aber schnell wieder vergessen hatte. Er war … ein toller Mann, und sie liebte ihn. Ein Teil von ihr war hellauf begeistert von dieser Erkenntnis.

Die Stimme der Vernunft bestand jedoch darauf, diese unkontrollierbaren Gefühle nicht länger zuzulassen, denn am Ende würde sie so tief verletzt werden, dass sie sich vielleicht nie mehr davon erholte. Sie musste den goldenen Mittelweg finden, eine Möglichkeit, die Zeit mit ihm zu genießen, ohne sich ihm mit Haut und Haaren auszuliefern, damit sie an dem Tag, an dem er wieder verschwand, nicht vollkommen am Boden zerstört zurückblieb.

## 22. KAPITEL

Luc rollte sich auf die Matratze und streckte die Arme aus, um Tasha in eine lange Nach-dem-Sex-Umarmung zu ziehen. Doch sie drehte sich hastig weg, kletterte aus dem Bett und warf ihm über die Schulter ein Lächeln zu.

Ihm entging nicht, dass ihr Blick dabei auf etwas hinter ihm fixiert war.

„Ich muss mal ins Bad", sagte sie.

Das konnte natürlich stimmen, aber sie hob ihre Kleider vom Boden auf, was nichts anderes bedeutete, als dass sie nicht zurück zu ihm ins Bett kommen wollte. Sie würde sich anziehen und seine Wohnung verlassen, weil sie mal wieder irgendetwas zu erledigen hatte.

Seit einiger Zeit spürte er, wie sie sich immer mehr vor ihm verschloss. Im Bett war sie leidenschaftlich, doch davon abgesehen wurde sie von Tag zu Tag distanzierter. Und er wusste nicht, woran es lag.

Gut, das stimmte nicht so ganz. Womöglich war er selbst schuld daran. Er hatte genug Gelegenheiten gehabt, ihr seine Gefühle zu gestehen – und hatte nicht eine einzige genutzt.

Seine Schultern verspannten sich. Er war es gewöhnt, seine Gedanken für sich zu behalten, in seiner Branche war es auch nicht ratsam, diese Gewohnheit abzulegen. Ganz davon abgesehen, dass eine Liebeserklärung ein verdammt großer Schritt war – einer, den er in seinen fünfunddreißig Lebensjahren bisher nie gemacht hatte. Also ja, er hatte es die letzten Wochen vor sich hergeschoben.

Andererseits hatte er nun wirklich sein Bestes getan, um ihr seine Gefühle zu zeigen. Zählten Taten denn normalerweise nicht mehr als Worte?

Offensichtlich nicht, schließlich war er damit nicht sonderlich weit gekommen. Zwar wusste sie seine Bemühungen zu schätzen, doch je öfter er ihr zeigte, was er für sie empfand, desto hartnäckiger hielt sie daran fest, dass es sich nur um eine zeitlich begrenzte Affäre handelte. Bisher hatte er ihr nichts von seinem Entschluss erzählt, höchstwahrscheinlich nicht mehr als Undercover-Agent zu arbeiten. Wie es schien, erwarteten Frauen bei Liebesangelegenheiten deutliche Worte.

Als er daran dachte, was er vor Kurzem erst über die Nacht auf Andros Island in Erfahrung gebracht hatte, wurde ihm eines klar: Er hätte inzwischen verdammt noch mal sehr viel in Worte fassen müssen.

Entschlossen sprang er aus dem Bett und griff nach seiner Jeans. Kein Problem, dann würde er es ihr eben jetzt sagen. Ja, ja, okay, vielleicht hätte er es schon früher tun sollen, doch egal. Besser spät als …

Sie kam aus dem Badezimmer, angezogen, wie er vermutet hatte. Nun trug sie wieder die Jeans und den leichten orangeroten Pullover, dessen Farbe sich eigentlich mit der ihrer Haare hätte beißen müssen, ihr aber aus irgendeinem Grund hervorragend stand. Als sie ihn sah, blieb sie stehen.

„Oh. Du bist aufgestanden. Ich muss zurück in meine Wohnung und ein paar Sachen für die Arbeit holen, dann muss ich ins Restaurant, den Ofen anwerfen und einen ganzen Kanister Soße vorbereiten."

„Du hast doch bestimmt noch zehn Minuten Zeit. Wenn nicht, kann ich aber auch mit dir runtergehen. Was ich dir zu sagen habe, könnte etwas dauern."

„Ach ja?" Sie war schon Richtung Tür unterwegs, bei seinen Worten blieb sie jedoch stehen. Langsam drehte sie sich um und betrachtete sein Gesicht. „Könntest du mir vielleicht einen kleinen Tipp geben, worum es geht?"

„Sicher." Auf einmal wusste er nicht, wie er anfangen sollte, deswegen entschied er sich für die schlichte Wahrheit. „Erst mal muss ich dir sagen, dass ich dich liebe."

Tasha starrte Luc einen Moment lang bloß an, ihr Herz pochte wild, hoffnungsvoll und zugleich voller Angst.

Die Angst siegte – und das machte sie wütend. Deswegen reagierte sie so, wie jede echte Frau reagieren würde, und schaltete den Abwehrmodus auf die höchste Stufe. „Sag das nicht", schnappte sie. „Sag einer Frau nicht, dass du sie liebst, wenn du planst, eher heute als morgen wieder abzuhauen, um irgendwo in Südamerika einen furchtbaren, lebensbedrohlichen Job auszuüben. Einen, wie ich hinzufügen möchte, der wer weiß wie lange dauern wird."

Er machte einen Schritt auf sie zu. „Vielleicht muss ich weg. Aber vielleicht bleibe ich auch."

*Vielleicht.* Sie sah ihm direkt in die Augen. *Guter Gott, Tasha – daran willst du deine Hoffnungen hängen? An ein verfluchtes Vielleicht?* Wie viele Schwerenöter hatten in all den Jahren ihre Mutter mit diesem Wörtchen hingehalten? „Wow", sagte sie kühl. „Eine erstaunlich konkrete Aussage. Muss ja ein tolles Gefühl sein, sich immer ein Hintertürchen offenzuhalten."

„Hey!" Er zog seine rabenschwarzen Augenbrauen zusammen. „Wer zur Hölle sagt überhaupt, dass ich vorhabe, wegzugehen?"

„Du." Als er ihr einen ungläubigen Blick zuwarf, fuhr sie fort: „Vielleicht nicht wortwörtlich, aber du hast mir erzählt, wie sehr du deine Arbeit liebst."

„Das stimmt auch."

„Nun, wir beide wissen, wie dein Job aussieht! Womit alles gesagt wäre."

„Oh nein. Nicht ganz."

Er kam noch näher.

„Ja, ich liebe meine Arbeit, das gebe ich gern zu, aber vielleicht liebe ich dich mehr."

„Hör auf, das zu sagen!" *Wieder dieses Vielleicht. Wenn ein Mann so über seine Gefühle spricht, brauchst du dir keine Hoffnungen zu machen. Gar keine, hörst du?* Sie versuchte, ihn wegstoßen, doch dabei löste sich lediglich eine Haarsträhne aus ihrem Zopf, Luc hingegen rührte sich nicht von der Stelle.

„Warum? Ich liebe dich mehr als meinen Job." Er strich ihr die Strähne hinters Ohr. „Überleg doch mal, Tash. Du und ich, wir passen gut zusammen. Verdammt gut. Also was, wenn ich bleibe?"

Hoffnung blühte bei seinen Worten auf wie ein Kaktus mitten im tiefsten Winter. Was er sagte, war wunderschön und so beängstigend, dass sie panisch wurde.

Da es, wie sie nun wusste, keinen Sinn hatte ihn wegzustoßen, machte sie selbst einen riesigen Schritt zurück. „Um was zu tun? Ich habe mir ein Leben aufgebaut, verstehst du! Ganz allein hab ich das gemacht – du kannst jetzt nicht einfach hier antanzen und beschließen, alles auf den Kopf zu stellen, ohne auch nur mit mir darüber zu sprechen. Wir hatten eine Abmachung. Das hier ist eine Affäre und nichts sonst. Du kannst nicht auf einmal die Regeln ändern."

Er trat vor und senkte den Kopf, bis sie Nase an Nase standen, sein nackter Oberkörper strahlte Hitze aus. Sie musste durch den Mund Luft holen, um nicht diesen herrlichen Geruch von Seife und Wasser und warmer Männerhaut einzuatmen. Dann riss sie das Kinn hoch, um ihm zu zeigen, dass er sie nicht einschüchtern konnte.

Und sah direkt in seine vor Wut blitzenden Augen.

„Das mit uns war nie eine Affäre", sagte er tonlos. „Nicht vor sieben Jahren und ganz sicher nicht jetzt. Ich gebe zu, dass ich versucht habe, das zu glauben, aber was für ein Unsinn. Mir ging es nie nur um Sex – und *bebe*, dir ebenfalls nicht."

„Sprich für dich selbst", fuhr sie ihn an. „Denn mir geht es nur um den Sex." *Ach Gott, Tasha, so viel zum Thema Wahrheit.* Doch sosehr sie es auch hasste, ihn nach Strich und Faden zu belügen, konnte sie einfach nicht anders. „Um mehr nicht."

Er richtete sich langsam auf, betrachtete sie von Kopf bis Fuß, Zentimeter für Zentimeter. Dann sah er sie durchdringend an.

„Ich glaub's nicht", sagte er. „Du hast Angst."

„Was?" Sie schnaubte ungläubig. „Was redest du da!"

Er nickte wissend. „Ich weiß – mich haut das auch um. Mir ist doch klar, dass du deine Pizzeria ganz allein aus dem Boden gestampft hast und wie hart du arbeitest, was für eine tolle Freundin du für andere bist – verdammt, Tasha."

Er schüttelte den Kopf und sah sie an, als ob er tief enttäuscht von ihr wäre.

„Ich muss sagen, damit habe ich nicht gerechnet. Ich hätte nie gedacht, dass ich dich mal einen Feigling nennen müsste."

Seine Worte fuhren wie ein Stromschlag durch ihren Körper. Doch bevor sie sich einreden konnte, dass es so das Beste war, dass sie lieber eine große Enttäuschung für ihn sein und ihn einfach gehen lassen sollte, und zwar am besten sofort, und nicht erst, wenn er ihr ganzes Leben auf den Kopf gestellt hatte, klopfte es.

Dankbar für die Unterbrechung, als hätte man ihr ein lebensrettendes Seil zugeworfen, hob sie eine Augenbraue und sah ihn an. „Erwartest du jemanden?"

„Nein." Er schüttelte den Kopf. „Eventuell Max oder Jake, die rufen nie vorher an. Aber da wir nicht verabredet sind, können wir das einfach ignorieren – wer auch immer es ist, soll wieder gehen. Du und ich sind noch nicht fertig."

„Oh, und wie fertig wir sind.“ Gütiger Gott, eine weitere Sekunde, und sie würde explodieren.

*Nein.* So dachten vielleicht die verzogenen Gören, die im schicken Teil der Stadt mit Blick aufs Wasser aufgewachsen waren. Frauen wie sie machten kein Theater. *Kein Mann zwingt mich in die Knie.*

Also schluckte sie den Schmerz und die Verwirrung hinunter, hob erneut die Augenbrauen und sah ihn an. „Zieh dir ein Hemd an und sieh nach, wer da ist. Ich verschwinde.“ Ohne seine Antwort abzuwarten, marschierte sie mit erhobenem Kopf zur Tür.

Verdammt froh über jede Ausrede, endlich rauszukommen.

Vor Wut kochend stampfte Luc zurück zum Bett am anderen Ende des Apartments.

Doch während er sich suchend nach seinem Pullover umsah, musste er sich eingestehen, dass Tasha womöglich einen guten Grund hatte, an seiner Liebeserklärung zu zweifeln. Denn: *Himmel, Bradshaw, im Ernst jetzt? Vielleicht würdest du bleiben*?

Noch vor fünf Minuten war er zu neunundneunzig Prozent sicher gewesen, aber ihre Reaktion auf sein Liebesgeständnis hatte ihn überrascht. Und er hatte sich gefragt, ob er bleiben könnte, wenn sie ihn nicht wollte.

*Verdammt, nein!* Das war eine reflexartige Reaktion gewesen, laut und deutlich. Deshalb hatte er einen Gang zurückgeschaltet. Um sich abzusichern und etwas von seinem Stolz zu retten.

Endlich hatte er den Pullover gefunden, nämlich dort, wo er gelandet war, als Tasha sich vor ihn hingekniet hatte. Hastig wischte er dieses Bild und alles, was sie danach getan hatten, beiseite – schnappte ihn sich und zog ihn an.

Gerade als er die Ärmel hochschob, hörte er Tasha.

„Mr Paulson?", sagte sie verblüfft.

Er erstarrte einen Moment.

„Woher wussten Sie, wo Sie mich finden?", fragte sie den Mann auf der Türschwelle.

„Ich suche nicht Sie", sagte sein Vorgesetzter in seinem üblichen ungeduldigen Ton. „Ich suche Agent Bradshaw." Sein Vorgesetzter drückte sich an ihr vorbei.

Luc sah, wie Tasha blinzelte und dann den Mann anstarrte. „Woher kennen Sie Luc?"

„Das ist nicht *Mr* Paulson, Tasha", erklärte Luc und stellte sich neben sie. „Das ist Special Agent in Charge Jeff Paulson. *Mein* Special Agent in Charge."

„Dein … Chef?" Sie blickte zwischen ihnen beiden hin und her. „Kein Botschaftsmitarbeiter?" Sie kniff die Augen zusammen. „Denn das ist auf jeden Fall derselbe Mann, der mich vor sieben Jahren aus dem Gefängnis geholt hat." Sie sah ihn aufgebracht an und sagte: „Könntest du mir vielleicht verraten, was dieser Mann mit der Geschichte auf den Bahamas zu tun hat?"

„Was dagegen, uns allein zu lassen?", unterbrach Paulson sie, offenbar verärgert, weil sein Zeitplan durchkreuzt wurde.

„Ja", fuhr sie ihn an. „Ich habe was dagegen. Sogar sehr. Also, warum halten Sie nicht einfach die Klappe und setzen sich?"

Luc musste fast grinsen. Das Mädchen hatte *cojones*, er kannte in der ganzen testosterongetriebenen DEA nicht einen einzigen Menschen, der jemals in diesem Ton mit SAC Paulson gesprochen hatte.

Paulson schien nicht annähernd so amüsiert. Militärisch richtete er sich zu seiner vollen Größe auf. „Haben Sie eigentlich eine Ahnung, mit wem Sie sprechen, junge Dame?"

„Vor allem mit einem gottverdammten Lügner, *Mr* Paulson von der amerikanischen Botschaft. Ich lehne mich jetzt mal weit aus dem Fenster und behaupte, dass Sie damals die ganze Zeit von meiner Verhaftung gewusst haben. Dass Sie die hätten verhindern können. Oder mich zumindest viel früher aus dem Gefängnis hätten holen können." Sie wirbelte zu ihm herum. „Und was ist mit dir, du Ass? Wusstest du auch, dass ich in dieser verdammten Zelle festgehalten wurde?"

Er öffnete den Mund, um zu sagen: Verflucht, Tasha, darüber haben wir inzwischen oft genug gesprochen – du *weißt*, dass ich es nicht wusste. Doch Paulson, der nicht gerade für seine Geduld bekannt war, kam ihm zuvor.

„Hören Sie, Lady", sagte er. „Vergessen Sie das – es ist unwesentlich."

„Unwesentlich für wen?", fauchte sie Paulson an. „Mir ist es zufällig verdammt wichtig."

„Unwesentlich für die Regierung der Vereinigten Staaten!", brüllte sein Chef plötzlich. „Für die Regierung spielt das nicht die geringste Rolle. Wir haben keine Zeit für Ihren kleinen Wutanfall. Wichtig ist lediglich, dass der Job erledigt werden musste, und die Tatsache, dass die Regierung jetzt erneut Agent Bradshaws Fachkenntnis braucht."

Als ob sie auf einmal nicht mehr existierte, sah Paulson an Tasha vorbei ihn an. „Ich brauche Sie. Sie haben zehn Minuten."

Luc sah, wie alle Farbe aus Tashas Gesicht wich. Bevor er Paulson sagen konnte, wohin der sich seine Befehle stecken sollte, sah sie ihn mit einem Blick an, der ihn erstarren ließ.

Nicht mal ein Hauch von Wärme lag darin.

„Nun", sagte sie. „Das kommt mir irgendwie verdammt bekannt vor."

Mit einer zackigen Kehrtwende, auf die jeder Soldat hätte stolz sein können, steuerte sie auf die noch immer offenstehende Wohnungstür zu. Sie machte sich nicht einmal die Mühe, sie zu schließen. Eine Sekunde später, bevor er auch nur Luft holen konnte, hörte er bereits die Haustür hinter Tasha ins Schloss fallen.

Er atmete ein und atmete aus … dann wandte er sich zu seinem Chef um.

Und sah rot, weil der auf die Uhr zeigte und ungeduldig mit dem Fuß auf den Boden klopfte. Er ging auf ihn zu. „Sie haben mich belogen."

„Dafür haben wir keine Zeit."

„Nehmen Sie sich welche." Seine Stimme war tonlos. Luc war verärgert. Wütend. Fühlte sich betrogen. Dieses Gespräch war längst überfällig, und diesmal würde er sich nicht einfach so abspeisen lassen. „Sie haben mich belogen, und als ich das herausgefunden und nach einer Erklärung verlangt habe, haben Sie mich hängen lassen."

„Sie hängen lassen? Verdammt", zischte Paulson. „Ich habe mir einen dringend benötigten Urlaub gegönnt."

„Bitte entschuldigen Sie, wenn sich mein Mitgefühl in Grenzen hält. Erinnern Sie sich an meinen letzten richtigen Urlaub, Sir? Der war vor sieben Jahren – und da haben Sie keine Sekunde gezögert, ihn zu unterbrechen."

„Sie wurden gebraucht. Genauso wie jetzt."

Als Luc ihn nur ansah, hob Paulson arrogant die Augenbrauen. „Hier bin ich doch, oder nicht? Ich habe zwar viele Talente, aber Gedankenlesen gehört nicht dazu. Ich wusste nicht, dass Sie mit mir sprechen wollten, bis ich zurückkam."

„Ach, Schwachsinn!" Er hatte die Ausflüchte dieses Mannes und dessen Art, die Wahrheit immer zu seinen Gunsten zu verdrehen, mehr als satt. „Ich habe Ihrer Assistentin gesagt, dass ich mit Ihnen sprechen muss. Und zwar dringend. Wir wissen beide, dass Jackie äußerst effizient ist. Also hören Sie mit dem Mist auf."

Sein SAC stieß widerwillig die Luft aus. „Ich wollte dieses Gespräch vermeiden."

„Ja? Und welches genau? Das, in dem ich Sie frage, wieso Sie mich damals belogen haben und wieso Sie noch immer lügen?"

„Nein", brummte Paulson. „Das, in dem Sie sich eine makellose dreizehnjährige Karriere in der DEA versauen, und das nur wegen eines knackigen Ar…"

Luc trat einen großen Schritt vor. „Sie sollten sich gut überlegen, ob Sie diesen Satz beenden wollen, Sir. Ich habe in meiner makellosen dreizehnjährigen Karriere nie jemanden aus meinem Team geschlagen, doch das kann sich jeden Moment ändern."

Er brachte Abstand zwischen sich und seinen Vorgesetzten. „Tasha ist nicht nur ein knackiger Arsch für mich, das war sie nie." Er sah seinen Chef durchdringend an. „Aber das wussten Sie schon, nicht wahr? Das wurde Ihnen damals klar, als ich unbedingt zu ihr zurückwollte. Das hat Ihnen nicht gefallen, und deshalb haben Sie dafür gesorgt, dass sie ins Gefängnis wanderte, während Sie mich aus dem Land geschafft haben, damit ich einen Job erledige, den Sie wichtiger fanden."

„Er *war* wichtiger!"

„Nicht Sie entscheiden, was wichtig für mich ist!", knurrte Luc. Zum ersten Mal in seiner sogenannten makellosen Karriere verlor er komplett die Nerven. „Es geht um mein beschissenes Leben, nicht um Ihres!"

Er hätte genauso gut nichts sagen können, so vollständig ignorierte Paulson seinen Ausbruch.

„Ich habe Riordans Verhaftung nicht veranlasst", sagte sein Chef herablassend. „Das war allein die Entscheidung der einheimischen Polizei. Ich habe einfach nur ein oder zwei Tage verstreichen lassen, bis ich sie herausgeholt habe." Als ob damit das Thema erledigt wäre, sah er wieder auf die Uhr. „Und jetzt packen Sie Ihre Tasche. Ich brauche sie in Jurárez in Mexiko." Er hielt auf die Tür zu.

„Nein."

Paulson drehte sich langsam um, sein Blick war kälter als eine arktische Nacht. „Was haben Sie gesagt?"

„Ich sagte Nein. Ich gehe nicht nach Juárez."

„Sie bewegen sich hier auf sehr dünnem Eis, Bradshaw. Vielleicht möchten Sie einen Moment nachdenken, bevor Sie Ihre ganze Karriere zerstören. Denn ich bin kurz davor, Sie zu feuern. Was ich nicht gern tun würde, aber …"

Luc überlegte ungefähr zwanzig Sekunden. Wollte er seine Karriere wirklich in den Sand setzen? Dreizehn Jahre lang war er immerhin völlig in seinem Job aufgegangen.

Es passte ihm jedoch nicht, wie er belogen worden war, genauso wenig passte es ihm, wie respektlos man Tasha behandelt hatte. Er musste sich fragen, wie oft ihm schon zuvor falsche Informationen gegeben worden waren. Und wenn er ehrlich war: Der Kick war weg.

„Ich meine es ernst", unterbrach Paulson seine Überlegungen. „Wie gesagt, ich würde Sie nur ungern feuern."

*So ungern nun auch wieder nicht, wenn Sie mir nicht mal fünf Minuten zum Nachdenken lassen.*

Luc lächelte den älteren Mann an, da der daraufhin einen Schritt zurückwich, war dieses Lächeln wohl nicht besonders freundlich ausgefallen. Seine Stimme allerdings klang sanft, als er sagte: „Das möchte ich Ihnen gern ersparen." Ein zufriedener Ausdruck breitete sich auf dem Gesicht seines Vorgesetzten aus. „Ich gehe, Sir. Die schriftliche Kündigung werde ich noch heute Nachmittag an Ihr Büro schicken."

„Wie bitte? Sie können nicht einfach kündigen!"

„Doch, kann ich." Luc ging an seinem ehemaligen Special Agent in Charge vorbei, um ihm die Tür aufzuhalten. Dann sah er ihm in die Augen.

„Ich schlage vor, dass Sie sich verziehen, und zwar so schnell wie möglich."

# 23. KAPITEL

„Von wegen Feigling“, rief Tasha laut in den menschenleeren Raum. Regen peitschte gegen die Fenster des Restaurants. Sie hatte das Feuer im Ofen angezündet und Apfelholz nachgelegt, und so langsam wurde es in der Küche wärmer. Oder ihr wurde wärmer, weil sie nicht eine Sekunde lang still stand.

Darum ging es jetzt jedoch gar nicht. „Wenn eine Frau mit jeder Menge Vielleichts über ihre Zukunft abgespeist wird“, murrte sie, „ist es durchaus klug, etwas Vorsicht an den Tag zu legen.“

*Aber du verstehst schon, dass er von deinem Gefängnisaufenthalt nichts gewusst hat, bis du es ihm erzählt hast, oder?*

„Ach, halt die Klappe“, blaffte sie ihr vorlautes Gewissen an. Ja, schön, das hatte sie in der Hitze des Gefechts vielleicht einmal kurz infrage gestellt, doch Luc war kein Mann, der einem mitten ins Gesicht log.

Sie schüttelte sich ungeduldig, denn sie hatte verdammt noch mal überhaupt keine Zeit für so etwas. Sie hatte Zwiebeln und Knoblauch zu dünsten und Pizzasoße zuzubereiten, die lange köcheln musste, bevor die ersten Gäste kamen.

Auch wenn zu dieser Jahreszeit nicht mehr ganz so viel los war, hatten die Freitage es in sich. Sobald der Schulbus kam, würden Horden von Schülern ins Bella T's strömen.

Bei dem Gedanken musste sie fast lächeln. Tiffany erzählte ihr immer von den Gesprächen der Teenager. Momentan ging es vor allem darum, wer an Halloween nächste Woche welches Kostüm trug. Man musste zugeben, dass die Kids ziemlich einfallsreich waren.

Im Moment konnte sie jedoch wenig Begeisterung für ihre Gäste aufbringen. Sie war … wie betäubt. Oder vielleicht traurig. Oder genervt.

Letzteres war ihr lieber. Aber was es auch sein mochte, sie würde schon darüber hinwegkommen. Sich wieder einkriegen. Sie brauchte nur ein paar Stunden. Oder einen Tag.

Oder ein Jahrtausend.

*Die Soße, Riordan. Vergiss alles andere und konzentrier dich auf die Soße.*

Sie streute gerade Salz, Basilikum und Oregano in den großen Topf, als Jeremy durch die Hintertür hereinkam.

„Hey", sagte er und schüttelte sich wie ein nasser Hund, bevor er seine Jacke auszog und sie an einen Haken über der Holzkiste hängte. „Riecht fantastisch hier." Er warf ihr ein breites Grinsen zu. „Okay, hier riecht es immer gut. Aber wenn die Soße gerade erst zu kochen anfängt, dann ganz besonders."

Sie brachte nur einen blassen Abklatsch ihres sonstigen Lächelns zustande. Um Jeremy davon abzulenken, zeigte sie mit dem Kinn auf seinen Arbeitsbereich. Dort hatte sie bereits Gemüse aufgestapelt. „Das kannst du würfeln."

Er runzelte leicht die Stirn und musterte sie, sagte aber lediglich: „Sicher."

„Sehr gut." Sie rührte kräftig die Soße um, stellte die Gasflamme kleiner und griff nach dem Deckel, während sie nach wie vor an Luc dachte. In dem Moment zuckte ihre Hand merkwürdig, als hätte sie einen Krampf.

Statt den Deckel anzuheben, ließ sie ihn fallen.

„Verfluchter Mist noch mal!" Sie sah, wie der Deckel auf den Boden knallte und davonrollte. Am liebsten hätte sie ihm wütend einen Tritt verpasst.

„Wow!"

Jeremy warf ihr besorgt einen Blick zu, und sie hätte ihn gern ebenfalls getreten.

*Nein!* Nein, natürlich wollte sie niemandem wehtun und

diesem großartigen Jungen schon gar nicht, dessen einziges Vergehen es war, sie von der Seite anzusehen.

„Bist du okay?", fragte er.

„Ja", log sie. „Mir geht's blendend."

Er musterte sie weiter.

„Okay, ich weiß nicht genau, wie es mir geht", gestand sie. „Aber ich weiß, dass ich jetzt nicht darüber sprechen möchte, okay?"

„Klar. Wenn du es dir anders überlegst …"

Obwohl er den Satz nicht beendete, zeigte sein Gesichtsausdruck deutlich, dass er ihr dann zuhören würde. Als sie nichts entgegnete, fuhr er fort, das Gemüse zu schnippeln.

Sie hob den Deckel auf, wusch ihn ab und legte ihn vorsichtig auf den Topf. Danach sah sie sich um und überlegte, was als Nächstes zu tun war. Die Wurst. Im Moment traute sie sich allerdings nicht zu, mit heißem Fett zu hantieren. Sie war nicht hundert Prozent bei der Sache.

Sie sah Jeremy an. „Wenn du mit den Zwiebeln durch bist, könntest du dann bitte die Wurst anbraten?"

„Na klar."

Eine Weile war nur das Hackgeräusch von Jeremys Messer zu hören. Als er fertig war, reinigte er die Arbeitsfläche, stellte die Plastikbehälter mit dem geschnittenen Gemüse in den Kühlschrank und kam mit vier Packungen Würstchen zurück. Kurz darauf erfüllte der Duft von Grillwürstchen und Tomatensoße die Küche.

Tasha versuchte sich auf ihre Arbeit zu konzentrieren, und eine Zeit lang gelang ihr das sogar. Und zwar ganz hervorragend, wenn man so sagen durfte. Deswegen war sie selbst am meisten überrascht, als sie ohne besonderen Grund auf einmal sagte: „Manche Menschen sind für die Liebe nicht gemacht."

Jeremy hob jäh den Kopf und starrte sie an. Dann nickte er. „Das stimmt. Ich habe dir nie von meiner Mom erzählt, die ist manisch depressiv mit einer Neigung zu Jähzorn."

Das riss sie aus ihrem Selbstmitleid. „Oh, Jeremy, das tut mir leid."

Er zuckte mit den Schultern. „Es ist, wie es ist, weißt du? Bestimmt hat sie bei ihrer Hochzeit mit meinem Dad gedacht, dass sie für ein Familienleben geschaffen ist. Und ich weiß, dass sie mich geliebt hat, als ich klein war. Aber irgendwann konnte sie uns kaum noch Zuneigung zeigen. Je weiter die Krankheit vorangeschritten ist, desto gemeiner wurde sie – das war dann der Teil mit dem Jähzorn. Mit Dad konnte sie besser umgehen als mit mir, er hat sie wie verrückt geliebt. Doch als er sah, welche Auswirkungen das auf mich hatte, hat er sich von ihr getrennt."

„Und deswegen bist du ins Cedar Village gekommen?"

„Ja. Ich habe zwar kapiert, dass sie krank ist, es war jedoch schwer, es nicht zu vergessen, wenn sie mal wieder hinter mir her war oder mich geschlagen hat. Irgendwann habe ich mich mit zwielichtigen Typen eingelassen und mir jede Menge Ärger eingehandelt." Er schüttelte den Kopf. „Darauf wollte ich allerdings gar nicht hinaus. Ich wollte eigentlich sagen, dass ich aus eigener Erfahrung weiß, dass manche Leute nicht für die Liebe gemacht sind. Aber, Tasha?" Er sah sie an. „Du gehörst nicht dazu."

Sie zuckte zusammen, als hätte sie einen Stromschlag bekommen. „Wir haben doch nicht von mir gesprochen."

„Natürlich haben wir das."

Er betrachtete sie mit Augen, die mehr sahen, als ein Achtzehnjähriger wissen sollte, deswegen hörte sie auf, ihm noch länger etwas vorzumachen. „Okay." Sie warf ihm ein kleines Lächeln zu. „Ich schätze, das haben wir. Aber du weißt nichts über mich."

Er lachte. „Das ist ein Scherz, oder? Diese Stadt ist ungefähr so riesig wie eine Briefmarke. Auch wenn ich hier nicht aufgewachsen bin, weiß ich, dass du in einer Wohnwagensiedlung groß geworden bist und dass deine Mutter einen gewissen Ruf hat."

*Nun … Mist.* Natürlich wusste er Bescheid. Wie er gesagt hatte, war Razor Bay eine verflucht klitzekleine Stadt, in der jedermann gern tratschte.

„Selbst wenn ich das nicht wissen würde", fuhr er fort. „Du hast alles, was man dafür braucht, du bist voll mit diesem Mitgefühl-Scheiß. Man muss sich doch nur mal deine Angestellten ansehen. Gut, Tiff kommt aus einer normalen Familie, aber du hast Peyton und mich eingestellt, und wir haben nun wirklich so unsere Probleme."

Tasha krümmte sich wie ein kleines Mädchen, das dringend auf die Toilette musste. Schließlich sah sie ihn mit erhobenen Augenbrauen an und sagte mit lobenswerter Sachlichkeit: „Du weißt schon, dass Max und Harper mich um einen Job für dich gebeten haben, oder?"

„Ja, das weiß ich. Aber haben sie dich auch gebeten, Peyton einzustellen oder für mich eine Wohnung zu organisieren oder deine Freundin Jenny zu überreden, mir bei der Suche nach Stipendien zu helfen, damit ich aufs College gehen kann?"

Sie sah ihn bloß an.

„Siehst du, ich kenne dich", sagte er. Dann straffte er die Schultern. „Allerdings weiß ich nicht, was Luc getan hat."

*Er hat gesagt, dass er mich liebt, der Mistkerl. Er hat mich einen Feigling genannt.*

„Ich kann gut verstehen, dass man wütend ist, wenn jemand Mist gebaut hat. Jemand, der einem wichtig ist. Ich war stinksauer, als Peyton meinen Dad beleidigt hat. Aber eins kann ich dir sagen, ich bin verdammt froh, dass ich ihr verziehen habe. Sie hat einen Fehler gemacht, na gut. Ich hätte allerdings 'ne Menge verpasst, wenn ich an meiner Wut festgehalten hätte."

Gerade wollte sie sagen, dass es mit Luc nicht so einfach war.

Doch dann schwieg sie. Denn das war es.

Genau so einfach war es.

Ihr wurde ein wenig schwindlig, und sie ließ sich auf einen Stuhl sinken.

Vielleicht hatte sich ihre Mutter von einer Beziehung in die nächste gestürzt, ohne dass eine davon jemals länger gehalten hatte, aber das hatte nun mal nichts mit ihr zu tun, wie Jenny ihr wieder und wieder gesagt hatte und sie sich selbst auch. Und doch hatte sie offensichtlich nie wirklich daran geglaubt.

Das war ziemlich bescheuert von ihr. Unglaublich! Sie stieß den Atem aus. In Wahrheit kannte sie sich mit langen Beziehungen aus. Vielleicht nicht unbedingt mit Mann-Frau-Beziehungen, aber mit Jenny war sie seit der Highschool befreundet. Und sie hatte auch andere Freunde – gute Freunde. Sie hatte ihre eigene Pizzeria aus dem Boden gestampft, und zwar ganz allein, sie hatte Mitarbeiter und würde – wenn es so weiterging – bald sogar noch mehr haben.

*Das bin ich. Ich bin in keiner Hinsicht wie Mom, warum in aller Welt klammere ich mich dann an die Vorstellung, dass es mir in der Liebe genauso ergeht wie ihr?*

Luc hatte recht. Sie war feige.

Aber das konnte sie ändern. Schnell nahm sie die Schürze ab und wandte sich an Jeremy: „Kannst du hier die Stellung halten?"

„Sicher."

„Ich weiß nicht, wie lange ich weg sein werde."

„Egal. Ich bekomme das hin. Tiff kommt auch gleich, und Peyton ist für die zweite Schicht eingetragen. Wir schaffen das – wenn nicht, haben wir ja deine Nummer als Kurzwahl gespeichert."

Tasha warf einen Blick auf die Ananasscheiben, die sie nicht geschnitten hatte. „Ich bin nicht mal damit fertig."

„Geh schon", sagte Jeremy. „Die Würstchen sind gleich so weit – ich kann mich dann darum kümmern."

„Okay. Danke dir." Sie trat ans Spülbecken, um sich die Hände zu waschen, trocknete sie an der abgelegten Schürze ab und warf diese in den Wäschekorb. Bevor sie zur Tür ging, legte sie Jeremy eine Hand in den Nacken, zog seinen Kopf zu sich herunter und drückte ihm einen Kuss auf die Stirn.

„Dich einzustellen war so ziemlich das Klügste, was ich je getan habe", sagte sie. „Wehe, wenn du je daran zweifelst."

Dann rannte sie quer durchs Restaurant hinaus in den Regen und die Treppe zu ihrer Wohnung hinauf. Auf einmal hatte sie schreckliche Angst, dass sie zu spät kommen könnte, dass Luc bereits abgereist war. Paulson hatte ihm zehn Minuten gegeben, inzwischen war jedoch viel mehr Zeit vergangen. Wenn sie ihn hatte gehen lassen, ohne ihm zu sagen, dass sie ihn liebte …

*Oh Gott.* Das würde sie sich nie verzeihen.

Bis auf die Haut durchnässt rannte Luc auf die Außentreppe beim Bella T's zu, obwohl es keinen Unterschied machte – nasser konnte er nicht mehr werden.

Okay, es war vielleicht nicht die tollste Idee gewesen, ohne Jacke durch den strömenden Regen zu rennen.

Andererseits war das Wetter, als sein Vorgesetzter vor etwa vierzig Minuten aus der Wohnung gestürmt war, sein geringstes Problem gewesen. Paulson hatte etwas in der Art vor sich hingebrummt, dass Luc niemals wieder einen Fuß bei der DEA oder dem Department of Justice in die Tür bekommen werde.

Nicht, dass Paulson ihn damit eingeschüchtert hatte. Er – und noch wichtiger Tasha – hatte guten Grund, eine offizielle Beschwerde gegen seinen Vorgesetzten einzureichen, was dieser auch wusste. Deswegen war es unwahrscheinlich, dass er ihm tatsächlich Steine in den Weg legen würde. Nicht, wenn die Folgen ihm selbst mehr schadeten als sonst jemandem.

Aber das war überhaupt nicht wichtig, denn im Moment verspürte er nicht die geringste Lust, jemals wieder für eine dieser Organisationen zu arbeiten.

Was ihn hingegen wie der Blitz getroffen hatte war die Erkenntnis, was für eine tiefe Verbindung er in den letzten sieben Wochen zu seinen Brüdern aufgebaut hatte. Ihm war bei Max' Wahlkampagnenparty klar geworden, dass er nicht länger das dritte Rad am Wagen war, dass er für Jake und Max längst zur Familie gehörte. Doch erst jetzt hatte er wirklich begriffen, wie viel es ihm bedeutete.

Er war außer sich vor Glück, obwohl ein normaler Mann diesen Ausdruck niemals freiwillig benutzen würde – und auch er würde dieses Wissen eher mit ins Grab nehmen, als es laut auszusprechen. Trotzdem, er war glücklich darüber, Brüder zu haben.

Obwohl er reflexartig *um Gottes willen, nein*, geantwortet hatte, als sie ihn fragten, ob er auch in Razor Bay bleiben würde, wenn das mit Tasha und ihm nichts werden sollte, glaubte er nun nicht mehr, dass er einfach so seine neue Familie verlassen könnte. Er wollte dabei sein, wenn Jake und Jenny heirateten. Er wollte sehen, wie Austin erwachsen wurde, und dabei in der ersten Reihe sitzen. Er wollte Jake und Max ein genauso guter Bruder sein, wie sie es ihm waren.

Tasha hin oder her.

Und doch – Herrgott – wenn sie ihn tatsächlich nicht wollte, dann wusste er nicht, wie er es in ihrer Nähe aushalten sollte, ohne verrückt zu werden.

Er hatte so lange überlegt, bis er das Gefühl hatte, dass die Wände in dem Apartment ihm bedrohlich näher kamen, sodass er nur noch an die Luft wollte.

Um wieder atmen zu können.

Deswegen war er hinunter zum Strand gelaufen, ohne auf das Wetter zu achten, obwohl es so stark regnete, dass man nicht mal die Berge jenseits des Kanals sehen konnte. Eins hatte diese Erfahrung ihn gelehrt: Wenn er in Razor Bay blieb – und das hatte er auf seinem Marsch bis fast zum The Brothers Inn und zurück fest beschlossen –, musste er sich anständige Regenkleidung zulegen. Er war durch seine langen Aufenthalte in der südlichen Hemisphäre doch recht empfindlich geworden, jedenfalls fror er bis auf die Knochen.

Als er die Treppe erreichte, hörte er, wie oben eine Tür zugeknallt wurde, und sein Herzschlag schaltete in den höchsten Gang wie ein Formel-1-Fahrer. Zwar würde Tasha sich wahrscheinlich eher in ihrer Wohnung verschanzen als in seine ausgebreiteten Arme zu laufen, aber er schwang sich nichtsdestotrotz die Treppe hinauf, indem er immer drei Stufen auf einmal nahm. Dann riss er die Haustür auf.

Gerade rechtzeitig, um zu sehen, dass Tasha vor seiner Wohnungstür stand. Sie wirbelte zu ihm herum.

Er war noch dabei, nach Luft zu schnappen, als sie das Schweigen brach.

„Ich war mir nicht sicher, ob du schon weg bist", sagte sie, dann schüttelte sie den Kopf. Ihre Locken wippten wild. „Vergiss das. Ich wollte dir etwas viel Wichtigeres sagen."

„Ja?" Er ging auf sie zu und wusste nicht, ob er sich gegen eine Enttäuschung wappnen oder Hoffnung schöpfen sollte. „Und was genau?"

„Dass ich bescheuert war." Sie sah zu ihm auf, als er ein paar Schritte vor ihr stehen blieb. „Du hast gesagt, dass du mich liebst, und ich habe dich abblitzen lassen." Sie kam einen Schritt näher. „Dabei hätte ich sagen sollen, dass ich dich auch liebe. Und du hattest recht, Luc. Ich war ein Feigling."

Er hörte nicht viel mehr als ihre Liebeserklärung. Erleichterung erfasste ihn und ein tiefes Glücksgefühl. Er nahm ihre Hände, drückte sie an die Wand und sah ihr einen endlosen Moment in die schönen graublauen Augen. Dann neigte er den Kopf und küsste sie, und in diesen Kuss legte er all seine Gefühle.

Als Tasha ihre Arme um seinen Nacken schlang, stöhnte er auf.

Er hätte ihre Lippen eine Ewigkeit liebkosen können, doch zugleich wollte er wieder und wieder hören, dass sie ihn liebte. Deswegen hob er halb zögernd, halb begierig den Kopf und wich einen Schritt zurück.

Sie erschauerte leicht und strich sich über die Kleidung. „Heiliger Himmel. Du machst mich ganz nass."

Er warf ihr ein selbstgefälliges Grinsen zu. „Dann leiste ich gute Arbeit."

Tasha schlug ihm mit der flachen Hand auf die Schulter. „Nicht auf diese Weise nass, du Blödmann!"

Dann lachte sie, dieses volle Aus-dem-Bauch-Lachen.

„Okay, das vielleicht auch, aber ich habe von deinen nassen Klamotten gesprochen. Was hast du gemacht, ein Bad im Kanal genommen?"

„Ich bin zum Strand gelaufen, weil ich nachdenken musste", antwortete er. Dann schüttelte er ungeduldig den Kopf, denn er wollte etwas ganz anderes von ihr hören. Er strich sich mit der Zunge über die Unterlippe. „Sag es mir noch mal, Tash."

Sie tat gar nicht erst so, als ob sie nicht wüsste, was er meinte. Tasha spielte eben keine Spielchen, das wusste er ja.

„Ich liebe dich", sagte sie, wobei ihre Augen strahlten. „Gott Luc, ich liebe dich mehr, als ich es jemals für möglich gehalten hätte." Sie holte zitternd Luft, wandte den Blick aber nicht ab. „Es stimmt, weißt du – ich hatte Schiss. Bisher dachte ich immer, dass ich vor fast nichts Angst hätte, und das ist im Großen und Ganzen auch so. Dieser romantische Kram bringt mich allerdings vollkommen aus dem Konzept, deswegen war mein erster Impuls, davonzurennen. Aber mir ist klar geworden, dass ich mir selbst keinen Gefallen tue, wenn ich versuche, irgendeinem Schmerz in der Zukunft aus dem Weg zu gehen. Zumindest nicht, wenn mir dafür gleich jetzt das Herz bricht. Also …" Sie straffte die Schultern. „Mir wäre es wirklich lieber, du würdest nicht zurück nach Südamerika gehen, und ich kann mir auch nicht vorstellen, wie unsere Beziehung funktionieren soll, wenn du ständig in Gefahr schwebst. Aber wenn du meinst, dass wir das hinbekommen, dann bin ich bereit zuzuhören."

Luc fühlte sich, als hätte er gerade ein großes Glas Sonnenschein getrunken. Staunend sah er sie an. „Also würdest du es mit mir versuchen, selbst wenn ich gehen müsste?"

„Ja."

„Mensch, Tasha. Ich liebe dich so sehr. Aber …"

„Oh Gott, es gibt ein Aber."

„Ja, und es wird dir gefallen, ich schwöre es. Ich werde nämlich nirgendwo hingehen, *bebe*. Ich habe gekündigt."

„Du hast gekündigt?" Der Mund stand ihr offen. „Deinen Job? Du hast deinen Job gekündigt?"

„Ich möchte für niemanden arbeiten, der so etwas tut wie Paulson. Also habe ich gekündigt. Allerdings musst du eins wissen." Er beugte die Knie etwas, um auf Augenhöhe mit ihr zu sein. „Ich werde wahrscheinlich immer in dieser Branche arbeiten und kann nichts an der Tatsache ändern, dass mein Job mich in Gefahr bringt. Also, wenn du lieber einen Schreibtischtäter mit regelmäßigen Arbeitszeiten hättest, werde ich dich vermutlich nicht glücklich machen können."

Sie sprang hoch, schlang die Arme um seinen Nacken und die Beine um seine Hüften. „Oh, das hast du gerade. Du hast mich sehr, sehr glücklich gemacht. Ich will dich nicht verändern, Luc, und ich kann dir nicht versprechen, dass ich mir keine Sorgen machen werde. Aber ich weiß, dass die Arbeit zu dir gehört wie das Bella T's zu mir. Und dass du nicht zum Spaß irgendwelche Risiken eingehen wirst. Ich möchte nur, dass du jeden Abend zu mir nach Hause kommst." Sie zögerte einen Moment. „Ich sollte wohl besser sagen, so oft du kannst, wenn du undercover arbeitest."

„Nein, das werde ich nicht mehr tun, versprochen. Undercover zu arbeiten ist keine gute Idee für einen Mann mit Familie."

Ihr Gesicht leuchtete auf. „Das werden wir sein, du und ich? Eine Familie?"

„Yeah. Ich habe vor, dich mit allen Mitteln an mich zu binden." Erschrocken hielt er die Luft an, da er wusste, wie wichtig ihr ihre Unabhängigkeit war. Sie lächelte jedoch nur und drückte eine Wange an seine. Er atmete den schwachen Duft von hausgemachter Pizzasoße ein.

„Normalerweise würde ich darauf antworten, dass du das ja mal versuchen kannst", sagte sie schließlich.

Lächelnd strich er ihr eine Locke aus der Stirn. „Hab ich's doch gewusst."

„Kluger Mann." Sie küsste ihn aufs Kinn. „Diesmal lasse ich dir das durchgehen. Weil dieses Mit-allen-Mitteln-an-dich-gebunden-Sein einfach himmlisch klingt."

# EPILOG

*17. Januar, im The Brothers Inn*

„Ich hasse diese Fliege! Fliegen sind was für Loser!" Luc warf Austin, der sich mit dem Binden seiner Fliege abmühte, durch den Raum einen mitfühlenden Blick zu. Er selbst war darin auch nicht besonders talentiert.

„Lass mich das mal machen", sagte Max ruhig und ging zu Austin hinüber, um ihm zu helfen. Anschließend trat er einen Schritt zurück, strich das Hemd des Jungen glatt und reichte ihm das Jackett mit dem Satinrevers.

Während der ganzen Zeit schoss Jake mit seiner Kamera Fotos.

Austin schlüpfte in sein Jackett, das Max noch einmal zurechtzupfte. „So", sagte Max dann zufrieden und deutete auf den Spiegel. „Schau dich an. Du siehst sehr gut aus." Als der Junge sich folgsam umdrehte, fuhr Max fort: „Spitze, oder? Fliegen sind vielleicht ab und zu wirklich was für Loser, aber zu einem Smoking sehen sie super aus."

„Und Max kennt sich aus", meinte Jake mit gutmütigem Lächeln. „Er liebt es, sich schick zu machen."

Max lachte. „Da hast du recht." Er stieß Austin an. „Mädchen stehen auf Jungs im Smoking." Er grinste Luc zu. „Richtig, Bro?"

„Das habe ich auch schon gehört." Luc deutete auf seine eigene Fliege. „Kannst du mir vielleicht ebenfalls helfen?"

„Na klar." Max kam zu ihm und griff nach den herabhängenden Enden.

Luc hörte, wie Jake wieder Fotos schoss, während Max ihm eine makellose Fliege zauberte. Dann wischte sein Bruder einen Fussel von seiner Schulter und sah Jake an. „Wie steht es bei dir, Bräutigam? Brauchst du auch Hilfe?" Er beantwortete seine Frage gleich selbst. „Quatsch, du bist wie immer perfekt, als wärst du dem Titelbild von ‚Gentlemen's Quaterly' entsprungen."

Luc betrachtet Jake nun ebenfalls. Sein jüngster Bruder sah tipptopp aus, vom sonnengebleichten braunen Haar bis hin zu den glänzenden Budapestern. Nach wie vor fand er es unglaublich, dass Jake nun heiraten würde. „Bist du nervös?"

„Nein." Jake sah zu Austin. „Wir sind mehr als bereit für diesen Schritt, oder nicht, Kumpel?"

„Yeah", stimmte der Junge ihm zu. „Aus Rücksicht auf meine leicht zu beeindruckende Fantasie will Jenny erst mit Dad in ein und demselben Haus leben, wenn sie verheiratet sind. Zwar ist sie fast jede Nacht zu ihm geschlichen, aber Gott bewahre, dass sie einfach zu uns ziehen würde." Er grinste, als seine Onkel und sein Vater lachten. „Daher, ja verdammt. Wir sind wirklich bereit."

In der Hochzeitssuite des Hotels hoben Tasha und Harper vorsichtig das Hochzeitskleid über Jennys Kopf und halfen ihr hinein. Dann zog Harper den Reißverschluss zu und schloss die Reihe winziger Perlenknöpfe.

Tasha steckte währenddessen die beiden glitzernden Haarnadeln im Vintage-Look in Jennys Haar und stellte anschließend die silbernen hochhackigen Pumps vor sie. Jenny hob den Saum ihres Kleides und schlüpfte in die Schuhe. Tasha und Harper traten gleichzeitig einen Schritt zurück, damit sie alle drei einen Blick in den großen Spiegel werfen konnten.

Tasha sprach als Erste: „Oh", sagte sie leise, dann räusperte sie sich. „Oh mein Gott, ich darf jetzt auf keinen Fall heulen, sonst verschmiert meine ganze Wimperntusche. Aber Jenny …" Sie strich mit einer Fingerspitze über Jennys nackten Arm, „du siehst so unglaublich schön aus." Um sich zu fassen, wedelte sie mit den Händen vor ihren tränenfeuchten Augen herum. „Verdammt." Hastig riss sie sich von Jennys Anblick los und sah Harper an. „Hast du als Kind Braut gespielt?"

Als Harper den Kopf schüttelte, sagte Tasha: „Wir auch nicht. Auf so eine Idee sind wir damals gar nicht gekommen – uns ging es eher darum, wie wir beruflich erfolgreich werden können." Dann trat sie vor Jenny, um ihr ins Gesicht sehen zu können. „Aber du, liebe, liebe Schwester meines Herzens, bist die schönste Braut, die es je gegeben hat."

Jenny lächelte strahlend, lehnte sich zur Seite und sah an Tasha vorbei in den Spiegel. „Ich fühle mich auch schön. Und, ach Gott, Tasha, ich bin so verdammt glücklich."

Auf einmal wurden Jennys Augen und ihr Mund ganz rund. „Oh! Beinahe hätte ich etwas vergessen. Ich habe was für euch beide." Sie ging zur Kommode und nahm zwei goldene Schachteln mit großen Schleifen heraus. „Ich dachte, die würden toll in eurem Haar aussehen", meinte sie. „Aber wenn sie nicht zu eurer Frisur passen, kein Problem. Dann tragt ihr sie einfach ein anderes Mal."

Tasha und Harper tauschten einen Blick, rissen grinsend die Schleifen auf und öffneten die Päckchen. „Oh, Jenny!" Tasha seufzte beim Anblick des Geschenks. „Wie wunderschön." Sie nahm einen zierlichen silbernen mit schimmernden Kristallen verzierten Haarreif aus dem Samtbett.

Harper und sie steckten sich vorsichtig die Reifen ins Haar. „Süße, vielen Dank! Jetzt fühle ich mich wie eine Prinzessin." Tasha sah, dass Harper sich ebenfalls von einer Seite zur anderen drehte, um im Spiegel das Aufblitzen der Kristalle in ihren schwarzen Locken zu betrachten. „Hey, du siehst jedenfalls aus wie eine!"

Nacheinander umarmten sie Jenny, dann posierten sie laut lachend vor der Kamera, die Jake auf einem Stativ für sie angebracht hatte.

Wenig später klopfte jemand an die Tür. „Jenny?“

„Hey, Austin!“ Jenny durchquerte die Suite, um ihm zu öffnen. „Komm rein! Ach herrje, du siehst vielleicht gut aus!“

Der Junge schien wie festgewachsen und starrte sie an. „Wow“, sagte er. „Wow. Und du siehst aus wie …“ Er brach kopfschüttelnd ab. „Wie ein Filmstar oder so.“

Tasha sah, wie Jennys Gesichtszüge weich wurden. „Ach“, sagte sie und legte eine Hand an seine Wange. „Vielen Dank. Genauso fühle ich mich heute auch. Möchtest du reinkommen? Wir müssen nur noch letzte Hand anlegen.“

Er grinste sie alle nacheinander an. „Ihr alle seht hammermäßig aus“, sagte er. Diese Art, Frauen um den Finger zu wickeln, hatte er mit allen Bradshaw-Männern gemein. „Aber nein, ich bin nur gekommen, um die Blumenteile für unsere Revers abzuholen.“

„Die sind im Kühlschrank in der Restaurantküche. Komm mal kurz rein. Wir wollen ein Foto gemeinsam mit dir haben.“

„Nicht noch ein Foto.“ Austin stöhnte. „Dad fotografiert schon ununterbrochen.“

„Ein Grund mehr, jetzt eins mit uns zu machen. Team Östrogen muss offenbar einiges nachholen.“

Austin gab nach, ließ sich pro Foto von einer Frau küssen, die Daumen selbstgefällig unters Revers gesteckt. Schließlich nahm Jenny ihn in den Arm.

„Könntest du uns auch die Sträuße bringen, bitte?“

„Klar.“

„Aber hol zuerst die für die Männer, denn die Gäste werden bald kommen, und Max und Luc müssen sie unten in Empfang nehmen.“

„Schon auf dem Weg." Als er einen Blick auf sein Spiegelbild erhaschte, blieb er stehen, richtete sich gerade auf und grinste. „Mann! Wartet nur, bis Bailey und Nolan mich im Smoking sehen!"

Noch immer grinsend verließ er die Suite und jagte die Treppe hinunter.

Die nächsten Minuten vergingen wie im Flug, dann hörten sie die ersten Takte von Pachelbels „Kanon in D". Tasha und Harper folgten Jenny auf dem kurzen Weg nach unten in die Hotelhalle. Dort nahmen sie ihre Plätze vor der Braut ein.

Tasha sah Jake, Austin, Max und Luc im Saal nebenan vor dem Kamin stehen, die wenigen Freunde, die Jenny eingeladen hatte, saßen auf Stühlen davor. Sie wartete den richtigen Takt in der Musik ab, dann berührte sie Harpers Arm für ihren Einsatz. Max, der neu gewählte Sheriff, hob den Kopf. Er starrte Harper fasziniert an, als sie über die Türschwelle trat und dann weiter in langsamem Stepp-Touch-Stepp-Rhythmus in den Raum ging. Die Gäste drehten sich auf ihren Stühlen um.

Tasha stellte erfreut fest, dass die Bradshaw-Brüder auf jeden Fall eine Eigenschaft teilten. Jeder von ihnen hatte nur Augen für seine Frau. Sie sah, wie Jake an ihr vorbei auf Jenny blickte, die noch in der Halle stand, und als sie ihre Aufmerksamkeit auf Luc richtete, bemerkte sie, dass er, der in seinem Smoking heißer als die Sünde aussah, sie mit besitzergreifenden Blicken betrachtete.

Die Zeremonie war kurz, einfach und feierlich, doch kaum hatte der Bräutigam die Braut geküsst, schien die ganze Stadt ins Hotel zu strömen.

Tasha ging herum und plauderte mit den Leuten, die sie kannte – was so ziemlich jeder war.

Irgendwann tauchte Luc vor ihr auf, um ihr ein Glas Wein zu reichen. „Möchtest du einen Moment raus aus dem Gedränge?"

„Oh Gott, ja.“ Er nahm ihre freie Hand und zog sie zur Treppe, die Jenny mit einem roten Band abgesperrt hatte, damit die Feier sich auf das Erdgeschoss beschränkte. Er stellte einen der Pfosten zur Seite, schob sie hindurch und rückte ihn dann wieder auf seinen Platz. Mit einer Hand auf ihrem Rücken dirigierte er sie hinauf in den ersten Stock.

Oben angekommen ließ Tasha sich im Korridor auf eine Couch sinken. „Ich weiß nicht, warum ich auf einmal so müde bin – ich habe ja nicht den ganzen Tag Holz gehackt oder so.“

„Hast du schon etwas gegessen?“

„Klar. Ich hatte eine Scheibe Brot zum – oh, zum Frühstück.“ Sie warf ihm ein schiefes Lächeln zu. „Nun, das erklärt dann auch, wieso mir der Wein so zu Kopf steigt. Und vor allem, warum ich mich da unten so langsam klaustrophobisch gefühlt habe. Normalerweise mag ich Menschen um mich herum, aber es ist ein bisschen viel.“

„Hier, das könnte helfen.“ Luc zog etwas aus der Tasche, riss die Aluminiumfolie auf und reichte es ihr.

„Schokolade!“ Sie brach ein Stück ab und steckte es sich in den Mund. „Hmmm“, stöhnte sie. „Und nicht irgendeine Schokolade, sondern die mit gesalzenem Karamell. Kein Wunder, dass ich dich so sehr liebe.“

„Und ich dich erst, meine Schöne. Wobei mir einfällt – ich konnte dir noch gar nicht sagen, wie umwerfend du heute Abend aussiehst.“ Er strich mit einem Finger das trägerlose Oberteil ihres pflaumenblauen Kleids entlang. „Das ist wirklich heiß. Ich frage mich schon die ganze Zeit, was du wohl darunter trägst.“

„Gott, du bist so ein Lüstling.“ Tasha lachte entzückt. „Das gefällt mir so besonders an dir. Und ich fragte mich, was die Leute von der Kitsap County Drug Task Force wohl dazu sagen würden, wenn sie das wüssten. Es wäre doch zu schade, wenn man dich nach nur acht Wochen feuern würde."

„Stimmt, mir macht der Job nämlich wirklich Spaß, allerdings arbeite ich heute Abend nicht, und deswegen möchte ich wissen, was du unter diesem Ding trägst. Also sag schon. Einen trägerlosen BH? Oder – oh Mann, womöglich einen Tanga?"

„Ja und nein. Ich ziehe gar kein Höschen einem Tanga vor." Nicht, dass sie tatsächlich keine Unterwäsche trug, aber das konnte er später noch herausfinden.

„Du liebe Zeit. Das muss ich sehen."

„Ich werde es dir zu Hause vorführen." Sie stand vom Sofa auf und drückte einen Kuss auf seine vollen Lippen, dann sah sie ihm in die Augen. „Ich liebe dich so sehr, Luc", flüsterte sie. „Ich wusste nicht, dass man so viel Liebe für einen Menschen empfinden kann, und wenn ich ganz ehrlich bin – manchmal bekomme ich eine Heidenangst."

„Aber nein." Er bedeckte ihr Gesicht mit kleinen Küssen und berührte den silbernen Haarreif. „Du darfst nie Angst davor haben, mich zu lieben, *cariño*. Denn egal, wie sehr du mich auch liebst, ich liebe dich zehn Mal mehr. Darauf kannst du dich verlassen."

„Ach, Luc. Du machst mich so glücklich."

„Und du mich erst. Außerdem, *bebe*, unsere Zukunft wird fantastisch werden, denn ich habe vor, dich bis zu meinem letzten Atemzug zu lieben." Er küsste sie kurz und heftig, dann sah er ihr tief in die Augen. „Darauf kannst du Gift nehmen."

– ENDE –

**Lesen Sie auch:**

*Ann Aguirre*

# I Want It That Way

Aus dem Amerikanischen von
Alexandra Hinrichsen und Ivonne Senn

Ab September 2015 im Buchhandel erhältlich

Band-Nr. 25859
9,99 € (D)
ISBN: 978-3-95649-209-9

Ich holte meinen Drink und ging hinaus auf den Balkon zum Sternegucken. Seufzend legte ich den Kopf zurück, lauschte dem Zirpen der Grillen, in das sich leise die Stimme eines Mannes mischte. *Das Fenster unter uns muss offen stehen.* Das klang, als würde jemand – Ty? – *Goodnight Moon* vorlesen. Wahrscheinlich zum hundertsten Mal, wie man am Ton hörte. Eine deutlich hellere Stimme antwortete, dann herrschte Schweigen. *Hm, das war definitiv ein Kind.*

Ich hatte gar nicht gemerkt, wie weit ich mich über die Brüstung gelehnt hatte, und erschrak, als ich unten ein Geräusch hörte. Plötzlich stand Ty auf seiner Terrasse, die im Mondlicht wunderschön war: Lampen am Zaun, Kräuter in großen Töpfen, Blumenampeln und Rattanmöbel, auf denen gestreifte Kissen lagen. Bestimmt wohnte er mit einer Frau zusammen. Ein Mann würde niemals so viel Zeit auf eine hübsche Terrasse verschwenden. Mein Gott, war ich oberflächlich! Ich hasste es bei anderen Leuten, wenn sie mich nach meiner Größe oder dem Gewicht beurteilten. *Du spielst doch bestimmt Basketball? Nein? Ach, was ist denn dann deine Lieblingssportart?*

Während ich noch so meinen Gedanken nachhing, tat Ty etwas sehr Ungewöhnliches. Er schritt zum Zaun, ballte die Faust und presste sie gegen den Hinterkopf. Nicht unbedingt meine Methode gegen Migräne. Das sah eher nach Erschöpfung oder Verzweiflung aus. Es war mir unangenehm, dass ich ihn dabei beobachtete, als hätte ich ihn bespitzelt. Ich wollte verschwinden, doch in dem Moment drehte er sich um, als hätte er meine Blicke gespürt. Im Dunkeln konnte ich seine Augen nicht erkennen, erinnerte mich allerdings, dass sie goldbraun waren.

Aus irgendeinem Grund war ich wie gelähmt und wagte es nicht mal, mich gerade hinzustellen. Er sollte nicht glauben, er hätte mich vom Balkon vertrieben, oder schlimmer noch, dass ich heimlich spionierte. Und so standen wir beide da, starrten uns an und schwiegen. Ty lächelte nicht. Die Situation wurde immer angespannter, dann ging er wieder hinein, und der Moment zwischen uns war vorbei. Ich fühlte mich auf einmal unerklärlich allein.

Am nächsten Tag musste ich arbeiten.

Der Kindergarten war besser als die meisten anderen Studentenjobs. In diesem Sommer hatte ich mehr Stunden bekommen und vertrat die Kollegen, die im Urlaub waren. Bald jedoch würde ich nur Teilzeit arbeiten und konnte mir kulanterweise die Arbeit so einteilen, dass sie nicht mit dem Studium kollidierte. Am Montag, Mittwoch und Freitag arbeitete ich nachmittags. Dienstags und donnerstags am Vormittag. Manchmal hatte die Direktorin bestimmte Aufgaben für mich, aber sonst sprang ich immer da ein, wo gerade Hilfe gebraucht wurde.

Mir gehörte eines unserer beiden Autos, Angus das andere. Seines war aus offensichtlichen Gründen ein deutlich teurerer Wagen, doch mein Toyota hatte Charakter. Er hatte schon eine Trillion Meilen auf dem Buckel gehabt, als ich ihn vor vier Jahren erstanden hatte, aber der Motor schnurrte noch. Max besaß ein altes Motorrad, an dem er herumschraubte, seitdem ich ihn kannte, doch neben dem Studium und dem Job blieb ihm eben nicht viel Zeit. Daher fuhr das Ding auch immer nur streckenweise. Es war ein Sensibelchen. Mein Auto hingegen sprang zuverlässig an und brachte mich stets sicher zur Arbeit.

Im Kindergarten angekommen schickte man mich in die Gruppe der Zweijährigen – ja, wahnsinnig aufregend! Die Leiterin hieß Charlotte Reynolds, und sie hatte Pädagogik studiert. Charlotte war wirklich nett, Mitte dreißig, üblicherweise sehr geduldig, nur heute Morgen war sie ein Nervenbündel. Zusammen versuchten wir, die Kinder davon abzuhalten, sich gegenseitig umzubringen, verteilten Malbücher, überwachten das Mittagessen und das anschließende Schläfchen. Dann spielten sie draußen, malten wieder, und um halb fünf neigte der Tag sich glücklicherweise langsam seinem Ende zu.

„Mann, waren die heute stur", murmelte Charlotte.

„Das war heute meine letzte volle Schicht", erklärte ich.

„Ja, leider. Hoffentlich hast du ein tolles Semester vor dir."

Ich nickte, und dann räumten wir noch auf. Gegen sechs waren dann alle Kinder abgeholt. Müde trabte ich zu meinem Toyota und wollte nach Hause, bog aber instinktiv falsch ab und landete beim Wohnheim statt daheim. Leise fluchend wendete ich und stand schließlich auf dem Parkplatz vor unserer Wohnung hinter einem silbernen Ford Focus. Ty stieg aus. Nach dem Augenblick auf dem Balkon wollte ich nicht, dass er sich von der neuen, aufdringlichen Nachbarin verfolgt fühlte. Ich nahm meine Tasche vom Rücksitz (mit dem Logo des Kindergartens: ein paar Häuser mit einem Regenbogen darüber) und schloss den Wagen ab. Danach wollte ich mich unauffällig an Ty vorbeischummeln. Der allerdings tat zumindest so, als wäre am Abend zuvor nichts gewesen, und sprach mich auf die Tasche der *ABC Rainbow Academy* an. „Hey, arbeitest du in dem Kindergarten?"

„Ja, warum?"

„Kannst du den empfehlen?"

*Goodnight Moon – ja, richtig. Gab es auch eine Mrs Ty?*

Peinlich, jetzt dachte ich schon darüber nach, ob er wohl verheiratet war! Normalerweise war ich nicht so neugierig, nicht einmal bei so attraktiven Männern. *Moment, was hatte er mich eben doch gleich gefragt*? Ich stoppte auf der ersten Stufe vor der Eingangstür und nickte. „Die Kindergärtner haben alle eine solide Ausbildung, die Vorschule ist kompetent, und die Kinder werden zuverlässig beaufsichtigt", spulte ich meinen Text herunter. „Ich arbeite da schon seit einem Jahr, und es sind keine größeren Unfälle passiert."

„Klingt nach einer echten Empfehlung. Hast du vielleicht eine Karte mit der Nummer da?"

Hatte ich tatsächlich. Ich kramte in meiner Tasche, in der alles durcheinanderflog, unter anderem die Bilder, die mir die Kinder im Sommer gemalt hatten. Die von meinen besonderen Lieblingen hatte ich mitgenommen, auch wenn man natürlich keine Lieblinge haben durfte.

„Hier, bitte sehr. Steht zwar hinten was drauf, aber das kannst du einfach ignorieren."

Er drehte die Karte um. Wenn man Ty sagte, dass grad frisch gestrichen war, überprüfte er das bestimmt auch erst mit dem Finger. „Erin, Lubriderm, drei Mal am Tag. Interessant ..."

„Eines von den Kindern hatte eine kleine Stelle mit Ausschlag. Ihre Eltern sind keine Organisationskünstler."

Er zog die Augenbrauen hoch. „Ah, das haben sie dir also als Anweisung aufgeschrieben?"

„Genau, und keine Sorge – der Kleinen geht es schon wieder besser." Ich lächelte ihn an, worauf er zurückgrinste. Dabei war Ausschlag eigentlich kein Grund zur Freude. „Der Name und die Nummer der Direktorin sind vorn drauf. Mach gern einen Termin aus, um dir alles anzuschauen."

„Danke."

Ich fragte lieber nicht, ob die Frau von gestern seine Babysitterin war – wenn ich ihn noch länger aufhielt, hätte er bestimmt nur versucht, mich endlich loszuwerden.

Also winkte ich und ließ ihn mit Erins Behandlungsanweisungen allein. Oben in der Wohnung sah Max sich gerade einen Film an.

„Produktiven Tag gehabt?“, fragte ich.

„Nicht so richtig. Ab morgen entwickle ich neuen Ehrgeiz.“

Das Wort Ehrgeiz fiel einem im Zusammenhang mit Max nun wirklich nicht ein. Doch dafür, dass er ständig von einer Party zur nächsten hüpfte, waren seine Noten noch ganz okay. Ich hingegen hatte die Bücher fürs Semester schon online gekauft und konnte nun nur mit meinem Tablet bewaffnet morgen in die Vorlesung. *Hoffentlich bringt der Umzug hierher nicht meine ganze Routine durcheinander*. In diesem Semester hatte ich vier Kurse belegt und machte ein Praktikum an der Highschool. Allerdings würde ich nur zusehen. Selbst unterrichten war erst im letzten Semester dran.

„Wo stecken die anderen beiden?“, erkundigte ich mich.

„Lauren bei der Arbeit, und Angus ist einkaufen. Er holt sie nachher ab.“ Max grinste. „Es wäre so schön, wenn ihr mal miteinander redet, und mich nicht immer zur Nachrichtenübermittlung missbrauchen würdet.“

„Schon klar.“

Ich wusch mir die Hände, machte mir ein paar Cornflakes und ließ mich auf der Couch nieder. Max’ Film lief schon zu lange, um noch reinzukommen, aber ich wartete eh nur darauf, dass meine Mitbewohner heimkehrten. Ich war sensationell gut darin, Max zu ignorieren, sonst hätte ich mir auch nie eine Wohnung mit ihm geteilt. Irgendwann langweilte ich mich und begann, die restlichen Bilder aufzuhängen. Ich bemühte mich, das so leise wie möglich zu erledigen, damit ich unseren Nachbarn von unten nicht störte.

Seltsamerweise war ich fast enttäuscht, weil Ty nicht hochkam, um sich zu beschweren, nicht mal als Lauren und Angus irgendwann nach zehn endlich eintrudelten. Die beiden waren zu müde, um sich noch zu unterhalten, und so landete ich wieder allein auf dem Balkon. Natürlich nicht, weil ich Ty hinterherspionieren wollte, wie ich mir selbst versicherte, sondern um einen letzten Tee zu trinken, bevor es ab ins Bett ging. Max hatte einen Stuhl hinausgestellt. Diesmal war Ty nirgends zu entdecken, wie ich erleichtert bemerkte. Ich wollte ihn nicht schon wieder in so einem unbedachten Moment erwischen. Natürlich hatte ich jedes Recht, mit einer Tasse Tee auf meinem Balkon zu sitzen, dennoch konnte das auch einen übermäßig neugierigen Eindruck machen.

Dann sah ich, dass Ty sehr wohl in seinem Garten war. Er saß auf der Rattanbank. Ganz allein. Ich musterte ihn und nippte am Tee. Er las etwas auf einem E-Reader, und das Mondlicht ließ ein paar seiner Haarsträhnen kupfern glänzen.

„Du hast wirklich was übrig für Sterne, was?“, sagte er, ohne den Kopf zu heben. Zwar hatte er leise gesprochen, aber er meinte eindeutig mich. Warum fand ich das eigentlich so toll? *Ganz ruhig, kann durchaus sein, dass er verheiratet ist. Oder vergeben. Oder … sonst was. Er sucht auf jeden Fall einen Kindergarten und … vielleicht sollte ich mit der ganzen Grübelei aufhören.*

„Mir gefällt es einfach hier draußen“, verkündete ich – ebenfalls leise.

Irgendwie war das Ganze unser Geheimnis. Unser Abend im Garten, und es schien Ty nicht zu stören, beides mit mir zu teilen. Ich hatte nicht das geringste Bedürfnis, einen der anderen dazuzuholen, insbesondere nicht Lauren. Ich hatte keine Lust, mich anschließend von ihr in die Mangel nehmen zu lassen.

„Ja, ist das Beste an den Wohnungen hier.“

„Was liest du da?“

Er zögerte etwas, als wäre er nicht sicher, ob er das Gespräch fortsetzen wollte. „Ein paar Kapitel für mein Seminar morgen.“

„Oh, dann bist du auch Student? Ich dachte, damit wärst du bestimmt schon fertig."

„Ich hab auch schon einen richtigen Job."

„Ah, Teilzeitstudent?", riet ich.

„Genau."

„Und was studierst du?" Oh Mann, das artete gerade in ein Verhör aus. *Okay, keine weiteren Fragen mehr, lass ihn erzählen.* Die Unterhaltung fühlte sich seltsam intim an, so im Dunkeln, ohne dass ich Tys Gesicht sehen konnte. Ich hörte nur seine sanft klingende Stimme, die Luft war lau, und es duftete nach den Blumen auf seiner Terrasse.

„Architektur."

„Klingt interessant", stellte ich fest und musste mich sehr beherrschen, um nicht weiterzubohren. *Wie viele Semester hast du noch vor dir? Was arbeitest du denn sonst? Und was würdest du gern mal bauen?*

Ganz ehrlich, bis jetzt war ich noch nie so schrecklich neugierig gewesen. Aber bei Ty war das anders. Ich hätte am liebsten jetzt sofort alles über ihn gewusst, etwaige dunkle Geheimnisse inklusive. Ich war doch etwas erschrocken über mich selbst und nippte zur Beruhigung am Tee. Das Gespräch schien damit leider beendet zu sein.

Doch dann fragte er: „Und du?"

Hurra! „Ich studiere Sonderpädagogik. Sechstes Semester." So genau hatte er es wahrscheinlich gar nicht wissen wollen. Außerdem konnte er sich mein Alter nun ziemlich genau ausrechnen. Falls ihn das denn interessierte. Bestimmt nicht.

Normalerweise flog ein ganz bestimmter Typ Mann auf mich. Sportlich, auffallend groß, mit einer Vorliebe für Outdoor-Kram und auf der Suche nach einer Frau, die ihn beim Klettern begleitete, beim Campen und bei anderen Extremsportarten. Und obwohl ich über eins achtzig groß war, leicht

Muskeln aufbaute und aus Gesundheitsgründen dreimal die Woche ins Fitnessstudio ging, hatte ich für all das nichts übrig.

„Ah, daher die Arbeit im Kindergarten", meinte Ty und stand auf. „Ich geh jetzt rein. Gute Nacht, Nadia."

Ein Schauer lief mir über den Rücken, weil er sich an meinen Namen erinnerte. Wie blöd von mir. Etwas außer Atem flüsterte ich: „Nacht, Ty."

Nadia, rief meine innere Stimme, komm zu dir, der Mann ist Vater, dreh jetzt nicht durch! Aber mein Verstand kämpfte auf verlorenem Posten.

## *Lesen Sie auch von Susan Andersen:*

Band-Nr. 25760
9,99 € (D)
ISBN: 978-3-95649-031-6
eBook: 978-3-95649-332-4
304 Seiten

*Susan Andersen*
Himmel, Herz
und Kuss

Sie ist nicht die Richtige für ihn! Nur wieso fühlt sich ihre Nähe so unverschämt gut an? Schockiert muss Sheriff Max Bradshaw sich eingestehen, dass er sein Herz ausgerechnet an die schöne Harper verloren hat. Dabei ist er doch auf der Suche nach der Frau fürs Leben. Er will heiraten und eine Familie gründen. Keine Affäre mit einer unkonventionellen, sexy Weltenbummlerin haben, die Razor Bay am Ende des Sommers wieder verlassen wird. Aber wenn er Harper nur ansieht, fühlt Max etwas, das er so noch nie erlebt hat – und das ihn alle Vorsätze vergessen lässt. Zumindest bis er hinter Harpers Geheimnis kommt …

*Susan Mallery*
Küsse haben
keine Kalorien

Pralinen, Trüffel und feinste Schokoladen: Cafébesitzerin Allison ist Meisterin der süßen Verführung – allerdings nur, was die Herstellung zartschmelzender Köstlichkeiten angeht. Bei Männern hat sie leider kein so glückliches Händchen …

Band-Nr. 25823
9,99 € (D)
ISBN: 978-3-95649-163-4
368 Seiten

*Lynsay Sands*
Mit Herz und
scharfen Kurven

Richtig wohl fühlt sich Jane nur, wenn sie an innovativen Erfindungen für den Geheimdienst B.L.I.S.S tüftelt. Als ihre Nachbarin Edie nach einem mysteriösen Date gekidnappt wird, nimmt Jane bewaffnet mit einem K.O.-Lippenstift und schießenden Schuhen die Verfolgung auf …

Band-Nr. 25830
9,99 € (D)
ISBN: 978-3-95649-171-9
eBook: 978-3-95649-418-5
352 Seiten